Judith Kuckart

Die Verdächtige

Judith Kuckart

Die Verdächtige

Roman DuMont

Erste Auflage 2008

Umschlag: Zero, München
Gesetzt aus der Dante
Gedruckt auf säurefreiem und chlorfrei gebleichtem Papier
Druck und Verarbeitung: CPI – Clausen & Bosse, Leck
Printed in Germany

ISBN 978-3-8321-8072-0

I. Frau mit Mantel

»A light drizzle starts to fall.
An anxious lover waits by the phone.«

1

Sie saß mit dem Rücken zur Tür. Der Kragen eines altmodischen Mantels fiel ihr wie ein riesiges Rhabarberblatt über die Schultern. War sie sechzig? Aus dem Kragen wuchs ein Mädchennacken, und das hochgesteckte Haar war blond, mit einem Ton Asche darin. Die Spange am Hinterkopf schimmerte rosa. War sie jung, siebzehn oder so?

Als sie sich zu ihm umdrehte, war sie Ende dreißig. Es war Sonntag.

Ob sein Kollege sie schon nach Namen, Wohnort, Alter gefragt hatte, wusste Robert nicht. Er zog seinen Mantel aus. Sie hielt seinem Blick mit einer Reglosigkeit stand, die ihn die Hände in die Jacketttaschen stecken ließ. Ihr einziges Make-up war ein auffälliger Lidstrich in einem Gesicht ohne deutliche Spur von Jahren. Als Kind hatte sie bestimmt genauso alt ausgesehen, und ihm kam sie schön vor. Sie wandte sich wieder dem Kollegen zu.

»Der Mann, den ich liebe, ist am Sonntag vor zwei Wochen in der Geisterbahn verschwunden«, sagte sie. Sie riss die Augen auf.

»Sie wollen also eine Vermisstenanzeige aufgeben? Das übernimmt jetzt er«, und der Kollege zeigte auf Robert. »Die vom KK 11 haben mehr Verständnis für Angelegenheiten wie Ihre.«

Unter dem Satz lag ein zweiter. Der hat Geduld mit unglücklichen Frauen, wenn sie blond sind.

»Außerdem sieht er aus wie Clooney, finden Sie nicht?« Der Kollege zwinkerte der Frau zu. Sie schaute ohne einen Lidschlag zurück.

Seit fünf Jahren war Robert Kriminalhauptkommissar beim KK 11, wo er Delikte gegen das Leben verfolgte und einen Anzug dabei trug. Wer beim KK 11 war, galt als intelligent, emotional stabil und musste sich schriftlich ausdrücken können, wegen der komplizierten Verhöre. Robert war neununddreißig, ein Alter, das für einen Mann noch keine Beleidigung ist. Trotzdem fing er an, die Wochenenden zu hassen, an denen er keinen Dienst hatte.

Der Kollege zog seinen Anorak an, der zu dünn für die Jahreszeit war, und warf sich die Sporttasche über die Schulter.

»Er wird sich richtig Zeit für Sie nehmen, junge Frau.«

»Mach die Tür von außen zu«, sagte Robert und gab ihr die Hand, bevor er sich setzte. Ihre Hand war trocken und warm.

Als Robert am Morgen aufgewacht war, hatte auf dem Dachfenster das Licht eines kurzen Tages gelegen. Er schlug sein Kopfkissen zurecht und hatte den Geruch von Isa in der Nase, wenn sie schlief. Es war stürmisch, Anfang November, und wieder so ein Sonntag mit Wochenenddienst in einem fremden Büro. In der Woche zuvor war die Sommerzeit auf Winterzeit umgestellt worden. Mit angezogenen Beinen im Bett liegend überlegte er, sein Einfamilienhaus zu verkaufen, weil letzte Woche der Sturm schon wieder einen Baum des Nachbarn auf sein kleines Grundstück gekippt hatte. Außerdem, was sollte er mit einem Haus, aus dem Isa ausgezogen war? Er hatte auf das schräge Fenster gegenüber dem Doppelbett gestarrt und die

Regentropfen schnelle Schneckenbahnen über das Glas ziehen sehen, bevor er sich auf die andere Seite drehte und mit dem Fuß in die kalte Hälfte des Bettes fuhr, in der Hoffnung, sie läge neben ihm, wenn auch abgewandt, um selbst im Schlaf ihren Unmut über die Beziehung auszudrücken. Ihr Platz war leer. Er musste endlich ihren Bettbezug abziehen, dessen schimmerndes Moosgrün erzählte, dass sie einmal treu gewesen war. Ja, treu, aber das ging vorbei. An dem Tag, an dem sie es ihm gesagt hatte, hatte er für sie gekocht.

Robert setzte sich auf den Stuhl, auf dem der Kollege gesessen hatte, und überflog dessen Notizen. Sie hieß Marga, Familienname Burg, wohnhaft Am Wall 247, geboren im Februar 1969, angestellt beim örtlichen Straßenverkehrsamt. Staatsangehörigkeit deutsch. Er schaltete den Computer ein.

»Darf ich dieses Neonlicht ausmachen?«

Er nickte, und während sie zum Schalter bei der Tür ging, sah er ihre Beine von hinten. Der Saum ihres Mantels hatte sich beim Sitzen hochgeschlagen. Sie hatte sehr feine Kniekehlen unter den dünnen Strümpfen, und ihre Beine wirkten jünger oder unbeschädigter als sie. Kurz dachte er, sie hinke. Aber das war es nicht, sie war einfach nur ernst.

Es dauerte, bis das Vernehmungsformular auf dem Bildschirm erschien. Er klickte es weg. Ihm reichte der Platz auf dem Vordruck nie aus. Auch Marga Burg würde erzählen und nicht einfach nur Angaben zur Sache machen. Auf eigene Veranlassung, tippte er in das Dokument, kam Frau Burg ins Kriminalkommissariat, um eine Vermisstenanzeige aufzugeben. Dann fragte er nach ihrer telefonischen Erreichbarkeit, dem akademischen Grad und nach ihrem Verhältnis zu dem Vermissten. Bei der Anschrift horchte er auf. Er kannte die Straße. Dort standen so schöne Akazien überall.

Ob sie verheiratet sei, fragte er nicht, da sie als Zeugin und nicht als Verdächtige vor ihm saß. Auf dem Gang vor dem Büro schlug eine Tür.

Sie war auch blond gewesen, damals. Ein intelligentes Blond, hatte er gedacht, als das Licht seiner Taschenlampe bei der Verkehrskontrolle ihr Haar gestreift hatte und er sie bitten musste auszusteigen. Die Kollegen waren mit einem verdächtigen BMW beschäftigt, so stand er allein mit ihr und ihrem kleinen Fiat und steckte noch mitten in jener Anfängerphase, in der er das gelernte Rollenspiel aus der Polizeischule nutzte und sich wunderte, wie gut er im Gespräch damit zurechtkam. Weitere Autos wurden angehalten, Heimkehrer aus der Disco, andere, die zur Arbeit mussten. Die Polizei suchte einen flüchtigen Mann, als Robert seine Frau fand. Es war kurz vor fünf in der Frühe. Er war dreiundzwanzig. Sie sagte, dass sie Deutsch studiere und Lehrerin werden wolle, während er ihre Papiere ausführlich ein drittes Mal prüfte, vor allem die Fotos. Sie hatte bei jedem Bild ernst geschaut, aber es war ein Ernst ohne Boden. Das würde vielleicht noch kommen. Sie war fast so groß wie er, als sie vor ihm stand. Er sah von ihrem Führerscheinbild hoch direkt in ihre Augen. Er habe in der Ausbildung an der Fachhochschule einmal ein Referat über Lessing geschrieben, sagte er zu der Frau, die laut ihrer Papiere Isa hieß.

»Interessant, haben Sie die Arbeit noch?«

»Soll ich sie Ihnen vorbeibringen?«

»Ja«, sagte sie, und ja sagte sie, als er sie zwei Jahre später fragte, ob sie ihn heiraten wolle. Ja, sagte sie, als sie noch später das Haus im Zahmenhofweg zum ersten Mal sahen, und gleich nach dem Einzug sagte sie nein.

»Nein, ich will keine Kinder, ich weiß ja nicht, ob dich nicht mal einer erschießt.«

»Das gibt es doch nicht!«

»Doch, so ist das«, sagte sie.

So ist die Wirklichkeit des wahren Lebens, sagten die verheirateten Kollegen, als er Rat wollte. Aber was sollte das bitte sein, diese Wirklichkeit, von der sie im Fernsehen behaupteten, es gebe nach wissenschaftlichen Erkenntnissen nicht einmal die Farbe Lila oder den Geruch von Zimt oder den Klang des wohltemperierten Klaviers, ja selbst Böse und Gut und auch Liebe gebe es nicht und wahrscheinlich auch nicht das, was man »Bewegung« nennt? Also, was war los mit der Wirklichkeit, die es eigentlich gar nicht gab? Was war los mit Isa, die einmal blond gewesen und gleich nach dem Umzug rothaarig geworden war, aus irgendwelchen Geschmacksgründen, die er mit ihr nicht teilte? Was war los mit einer Welt, die ihm nach jedem geklärten Fall bereits auf dem Weg nach Hause rätselhafter zu sein schien als noch am Tag zuvor?

»Mein Bekannter Mathias Böhm und ich«, sagte Marga Burg, stützte den Kopf in die Hand und sah ihn irgendwie blumenhaft an. Robert ertappte sich dabei, dass er ebenfalls den Kopf in die Hand stützte. Sie sprach leise, und er tippte in den Computer, dass Mathias Böhm und Marga Burg am Sonntag vor zwei Wochen die Kirmes besucht hätten. Mathias Böhm sei an dem betreffenden Abend mit der Geisterbahn gefahren.

»Ich hatte nämlich Freikarten.«

»Wieso?« Robert nahm die Hände von der Tastatur.

»Ich habe immer Freikarten für die Kirmes, weil ich beim Straßenverkehrsamt arbeite und wir sie von den Schaustellern als Dankeschön bekommen. Meinem Bekannten gab ich eine und sagte, ich selber würde draußen warten.«

Sie schwieg und riss wieder die Augen auf. Vielleicht sieht sie schlecht, dachte Robert.

»Warum sind Sie nicht mitgefahren?«

»Ich habe lieber gewartet bei den schwarzen Filzportieren, wo die Wagen wieder herauskommen.«

Sie habe am Ausgang für die Wagen auf ihn gewartet, schrieb er, und in Klammern hätte er gern angefügt: Zeugin scheint plötzlich geistig abwesend zu sein.

»Mathias ist aus der Finsternis nicht wieder zurückgekommen.«

Er sei aus dem Fahrgeschäft nicht wieder aufgetaucht, schrieb Robert und fragte gleichzeitig: »Was haben Sie dann gemacht?«

»Ich bin um die Geisterbahn herumgegangen, um zu sehen, ob sie einen Hinterausgang hat, aber mir sind nur blaue und schwarze Müllbeutel und rote Stecker der Stromverteiler aufgefallen, sowie dumpfe Geräusche auf der anderen Seite der Metallwand.«

»Was für Geräusche?«

»Stimmen von Fledermäusen, von Zoltan, Werwolf, Grizzlybär und Dracula.« Sie redete von ihnen wie von alten Bekannten.

»Ich kenne mich da aus«, sagte sie, als könnte sie Gedanken lesen.

Robert nickte. »Ach so.« Er schrieb, sie habe eine Viertelstunde gewartet, habe dann die Umgebung des Fahrgeschäftes inspiziert, ohne Ergebnis, und habe daraufhin eine weitere halbe Stunde gewartet.

»Warum haben Sie so lange gewartet?«

»Wer liebt, wartet.« Sie schaute ihn an. Er sah als Erster weg.

»Schließlich bin ich nach Hause gegangen«, sagte sie, »weil mein Bruder Andreas auf mich wartete, und wissen Sie, Herr Kommissar, als ich an der Achterbahn vorbeikam und die Menschen senkrecht in die Tiefe stürzten und schrien, da klang das für mich wie Angst, die ich auch hatte.«

Sie sei mit einem Gefühl von Angst zu ihrem Bruder Andreas nach Hause gegangen, schrieb Robert. Wieder hätte er gern in Klammern hinzugefügt, dass sie bei dem Satz angestrengt gelacht habe.

»Tags drauf bin ich wieder hin, Herr Kommissar. Die Geisterbahn wurde abgebaut. Ich schaute zu. Es fing an zu regnen, ich blieb trotzdem unter dem Vordach des Autoskooters gegenüber stehen, zwei oder drei Stunden lang, bis mich einer der Arbeiter von der Geisterbahn fragte, was ich suche. Sein weißes T-Shirt war von Regen oder Schweiß ganz durchnässt, und ich erinnere mich, dass sein Bauchnabel unter dem durchsichtigen Stoff so groß war, dass ein Hühnerei hineingepasst hätte.«

Nur um die Finger zu bewegen, während Marga Burg sprach, drückte Robert mehrfach die Leertaste. Seitdem er nicht mehr rauchte, konnte er nicht einfach Qualm zwischen sich und eine unübersichtliche Situation schieben. Das war nicht gut, das war nicht schlecht. Marga Burg und er sahen einander wieder an.

Wieder dieser Blick.

»Wie bitte?«

»Ich habe nichts gesagt«, sagte Marga Burg.

»Wollen Sie nicht einen Kaffee?« Seine Stimme war belegt.

Sie lachte. »Das haben die Arbeiter mich auch gefragt, ob ich nicht einen Kaffee mit ihnen trinken wolle, denn sobald eine Frau in den Pausen dabei sei, seien die Gespräche gepflegter. Da musste ich auch lachen, sie waren so nett, so stark und so tröstlich, und deswegen vielleicht habe ich gefragt, ob sie noch jemanden zum Mitreisen suchten. Eigentlich nur Männer, hat einer gesagt. Aber wir haben gerade einen Job frei.«

»Was war das denn für ein Job?«

»Die kalte Hand«, sagte sie. »So ist dann alles gekommen. Ich bin tatsächlich mitgereist. Nächste Woche geht die Geisterbahn ins Winterquartier, dann höre ich auf.«

Robert lehnte sich auf seinem Stuhl zurück. Auf dem Bildschirmschoner, der sich über sein Protokoll schob, war die Mannschaft der Polizeidienststelle auf einem Elbschiff namens Pirna zu sehen, alle auf dem Hinterdeck, alle mit Nikolausmützen auf dem Kopf und einer Flasche Bier in der Hand. Er bewegte die Maus, und das Protokoll erschien wieder.

»Sie sind tatsächlich bei der Geisterbahn mitgereist?«

»Ja.«

»Und warum kommen Sie erst jetzt, Frau Burg?«

»Ja«, sagte sie, wie manche Frauen gedehnt ja sagen, wenn sie mit der Straßenkarte auf dem Schoß dem Fahrer neben sich sagen sollen, ob er links oder rechts abbiegen muss.

»Genau darum komme ich erst jetzt, weil ich am nächsten Tag mitgereist bin.«

»Hatten Sie einen Verdacht gegen die Schausteller?«

»Nicht direkt.«

»Seit wann kennen Sie Ihren Bekannten?«

»Seit Juni.«

»Leben Sie mit ihm in häuslicher Gemeinschaft?«

Sie drehte den Kopf nach rechts, wo sie die Rotbandakten der Staatsanwaltschaft vom Fußboden bis zur Tischkante nachzuzählen schien.

»Nein«, sagte sie, am Ende des Stapels angekommen.

»Können Sie mir die vermisste Person beschreiben?«

Sie schaute zu Robert zurück. Ihre Augen hatten nicht die gleiche Farbe, eins war blau, eins war braun.

»Er ist ungefähr so groß wie Sie«, sagte sie leise, »aber zehn oder fünfzehn Jahre älter, er trägt meistens weiße Anzüge, die er selber bügelt, und ist Filmausstatter.« Sie drehte den Kopf nach links, wo an der Wand ein Poster für das Kindernottelefon warb.

»Was seine inneren Werte betrifft«, sagte sie, »so habe ich

noch nie einen Mann kennengelernt, der so wenig dumm ist wie er.«

»Haben Sie ein Foto?«

»Zu Hause.«

»Können Sie die Beziehung beschreiben?«

»Nein.«

»Wie oft haben Sie sich gesehen?«

»Oft.«

»Wie haben Sie sich kennengelernt?«

»Zufällig, eine Urlaubsbekanntschaft.«

»Warum sind Sie nicht mit Ihrem Bekannten in der Geisterbahn mitgefahren?«

»Angst«, sagte sie.

»Wovor hatten Sie Angst?«

»Weiß ich nicht genau, wissen Sie immer, wovor Sie Angst haben?«

Jede Taktik ist so gut wie derjenige, der sie anwendet. Ihre war besser als seine. Statt weiterzureden klappte sie den riesigen Rhabarberblattkragen ihres Mantels an einer Ecke hoch und spielte damit in ihrem Gesicht herum. Das Material war gewalkte Wolle, und dass dieser Stoff kratzte, spürten Roberts Finger, ohne ihn berührt zu haben. Er lehnte sich wieder zurück, der Stuhl rollte nach hinten, bis er mit ausgestreckten Beinen dasaß und die Hände hob, um sie hinter dem Kopf zu verschränken. Er mochte sich in dieser Pose nicht, blieb aber trotzdem so sitzen.

Eigentlich hatte Robert gar nicht Polizist werden wollen. Aber was sonst. »Vielleicht Zahnarzt«, sagte sein Zahnarzt immer, »schauen Sie mich an.« Trotzdem hatte Robert sich mit sechzehn an der Polizeischule beworben und war wegen Untergewichts abgelehnt worden. »Du hast aber auch wirklich einen langen Hals für einen Jungen«, hatte schon seine Großmutter gesagt. Nach dem Fachabitur bewarb er sich wieder, auch um nicht zur Bundeswehr zu müssen. Er wurde angenommen und brach nach wenigen Wochen die Schule wieder ab, studierte drei Semester lang Russisch und Sport, nur um anschließend doch die Polizeiausbildung abzuschließen. »Danach werde ich Architekt!« Aber da hatte er sich schon ans Geldverdienen gewöhnt und landete ohne Probleme im mittleren Dienst. Erst Streife, aber nur kurz, dann Polizeiobermeister, und beim Hauptkommissar angekommen, kannte er bereits den Geruch von Leichen, der widerlich süß und fahl noch nach Stunden am Gaumen klebte. Er hatte längst die erste Mund-zu-Mund-Beatmung gemacht, bei einem, der ihn aus Atemwegen voll Blut angurgelte, hatte mit einer Stablampe seinen ersten Einbrecher niedergeschlagen und war über das Geräusch von Stahl auf Schläfe, leise und hohl, so überrascht gewesen, dass er sich gleich darauf abgewandt und ins Gebüsch gekotzt hatte. Er hatte seinen ersten Mörder verhört, der Mörder werden musste, damit ihm endlich einer zuhörte, hatte mit gezieltem Polizeischultritt eine Unzahl provisorischer Sperrholzplatten und verbogener Schlossblenden zerstört, um drinnen neben der verschwitzten Matratze einen brummenden Handventilator vorzufinden oder einen halbverhungerten Wellensittich, der laut Aussage von Nachbarn Hans-Peter hieß und den Toten im Schutz seiner goldenen Stäbe überlebt hatte. Robert nahm jeden seiner Toten mit nach Hause, mit in die schlechten Träume hinein und hielt sich in manchen Nächten nur mühsam diesseits des Sinns auf. Vielleicht hatte er deswegen angefangen, nicht nur morgens Cornflakes zu essen. Vielleicht hatte er deshalb so rasch geheiratet.

Marga Burg strich mit dem Fuß eine Delle im grauen Teppichboden glatt. Dabei entstanden drei weitere. Robert hatte einen Verdacht, der auf der Hand lag, sobald ein Mann über einen anderen Mann nachdachte. Dieser Mathias wollte sich absetzen und hatte aus Feigheit oder aus Rücksicht auf eine Frau, die einen anrührte und anstrengte zugleich, den Abgang über die Geisterbahn gewählt. Er löste die Hände vom Hinterkopf und ruckte mit dem Stuhl zur Schreibtischkante vor. Die Methoden der Polizei, hieß es, hatten sich in den letzten zwanzig Jahren grundlegend verändert, die Ausstattung aber war die alte geblieben. Polizei eben. Das Inventar entlockte der jüngeren Kundschaft oft ein mitleidiges Lächeln, Marga Burg nicht. Sie strich ein letztes Mal den Teppichboden glatt, warf einen Blick auf den alten Computer, das antiquierte Faxgerät, das Teetischchen mit den zwei ungespülten Kaffeetassen, die blütenlosen Zimmerpflanzen am Fenster zum Hof und schlug die Beine übereinander.

»Können Sie mir Namen nennen von Personen, die Mathias Böhm näher kennen?«

»Er hat eine Frau und eine Filmproduktionsfirma. Mit den Leuten ist er auch befreundet.« Robert sah ihren Hals mit den angespannten Muskeln.

»Sollen wir eine Pause machen?«

»Wieso, ist das hier ein Verhör?«

Wieder ertappte er sich, dass er die Hände hinter dem Kopf verschränkte. Sie sah auf seine Brust.

»Sagen Sie mal, tragen Sie unter dem Jackett eigentlich eine Waffe?«

Stunden später legte er zu Hause eine CD auf. »The wind picks up from over the bay. A delivery boy makes a wrong turn on Fifth Avenue«, sagte eine Frau aus dem Lautsprecher, der das

Nachtleben in Manhattan die Stimme rau gemacht hatte. Sie kündigte die Musiksendung von Bob Dylan an. Robert kannte die Sendung, er kannte jede Folge, brannte alle aus dem Netz auf CD. Er ging in die Küche und holte sich ein zweites Bier. »Night Time in the Big City«, sagte die Frauenstimme in seinem Rücken.

Roberts Haus lag im Zahmenhofweg, auf der anderen Seite der Bahngleise, im Vorort einer Stadt, die eigentlich zu klein war, um Vororte zu haben. In einer halben Stunde war man vom Zentrum zu Fuß im Wald und hatte alles gesehen, die zwei Kirchen, ein paar Eckkneipen, die bis auf die Straße nach abgestandener Luft rochen, den Pizza-Service des Türken, ein Kino, die Wäscherei, das Krankenhaus, eine Fußgängerzone mit eingepflasterten dünnen Bäumen, eine Sparkasse, drei Eiscafés, ein leerstehendes Eisenwerk für Tanksäulen, in dem neuerdings das Sportcenter, der Drogeriemarkt und ein China-Imbiss viel Miete zahlten. Angekommen beim Waldschwimmbad am Stadtrand mit Blick auf einen wüsten, leeren Parkplatz bei der Sauna, die seit drei Jahren vorübergehend geschlossen hatte, war man am Rand einer Welt angelangt, die sich nach nichts anfühlte. Aber wer hier lebte, dem machte das wenig aus. Der dachte: Alle leben so. Robert wohnte wenige Schritte von der Sauna entfernt. Sein Haus war ein solides kleines Ding aus den fünfziger Jahren, das mit seiner karminroten Fassade sehr eigenständig aussah. Seitdem er allein wohnte, dachte er über Jalousien nach, und abends studierte er am Küchentisch Kataloge von Wohnmärkten, zu denen er nie fuhr. Er hatte das Haus damals gekauft, weil es Ähnlichkeit mit ihr hatte, mit Isa. Ein Haus mit braunen Augen. Es lag eigentlich zu weit von seiner Arbeitsstelle in der nächstgrößeren Stadt entfernt.

Robert ging zum Kühlschrank, nahm ein letztes Bier und wechselte die Dylan-CD.

»A light drizzle starts to fall. An anxious lover waits by the phone«, sagte die Frauenstimme.

Acht Stunden später, Montag, acht Uhr früh, bekam er den Fall Marga Burg auf dem offiziellen Geschäftsweg übergeben.

2

Das Büro der Filmproduktion lag im obersten Stock einer ehemaligen Stuhlfabrik, das Treppenhaus war weiß gefliest mit einer schmalen grünen Keramikleiste auf Augenhöhe, in der sich ein Efeurelief nach oben rankte. Buchverlag, Fotoatelier, Casting Agentur, las Nico beim Treppensteigen von den Schildern ab. »Und hier wohnt offensichtlich eine normale Familie«, sagte sie, als sie auf einen Kinderwagen zeigte, der mit Fahrradschloss ans Treppengeländer gekettet war. Auf der Türschwelle knisterte eine dünne Plastiktüte. Jemand musste sie vor wenigen Sekunden dort hingelegt haben.

»Babykacke«, sagte Nico. »Machen die bei uns im Haus auch.« Robert sah sie an. Ob sie Kinder wollte? Nico war seine Kollegin und siebenundzwanzig.

Eine Treppe höher klopfte er an eine olivgrüne Flügeltür, drinnen antwortete das Lachen einer Frau. »Lukas«, rief sie, dann lachte sie wieder, »Lukas, mach mal auf.«

Die Tür öffnete sich. Ein bleicher, großer Mann Ende dreißig erschien. Nico hielt ihre Messingmarke mit der Aufschrift Kriminalpolizei hin. Sie trug das Ding an einer Kette um den Hals, obwohl es an die Hose gehörte. Sie nannte den Grund ihres Kommens, während sie in einen großen, hohen Raum mit kalkweißen Wänden traten. Auf dem Tapeziertisch gegenüber der Tür standen drei Laptops. An der Wand dahinter klebte ein einzelnes Foto. Vier lachende Menschen legten die Arme umeinander. Auf dem Bild war einer mehr, als Robert und Nico im Büro angetroffen hatten, und Robert zeigte auf den Mann im weißen Anzug. »Ist er das?«

»Mathias, meinen Sie?« Die Stimme der Frau am Tisch war

viel jünger als ihr Gesicht, und sie hatte, wenn auch schon welk, etwas, was beiden Männern fehlte: Schönheit. »Das ist er.« Sie nahm das Foto von der Wand und gab es Robert. Dann lehnte sie den Kopf gegen die Mauer. Dicht neben ihrem Haar klebte noch der Streifen Tesa, der das Bild festgehalten hatte, und rechts von ihr führte eine schmale Tür in einen Flur. Robert steckte das Foto ein.

Lukas mit dem Gesicht eines zu nachdenklichen Kindes war zu seinem Laptop zurückgegangen und klappte ihn zu. Der zweite Mann am Tisch machte es ihm nach. Er war klein und hatte eine Glatze.

»Kann nicht sein, dass Mathias verschwunden ist«, sagte er. Die Frau und er griffen gleichzeitig nach einer Packung Zigaretten. Der Mann mit der Glatze gewann.

»Mathias Böhm arbeitet mit Ihnen?«

»Er ist unser Ausstatter.«

Der Mann mit der Glatze versuchte unauffällig unter dem Tapeziertisch ein Paar Schuhe anzuziehen, die eigentlich zu spitz für seine Füße waren. Vor ihm stand ein angelöffeltes Ei, und auf seinem schwarzen T-Shirt stand in Weiß FATZER. Der bleiche Lukas ging zur Spüle. Auf dem Abwaschbrett stapelten sich schmutzige Wein- und Whiskygläser, Teebeutel, benutzte und unbenutzte, vier Espressokannen in unterschiedlicher Größe, die alle ihre Nasen auf ein angebissenes Stück Käsekuchen richteten, in dem eine Salzstange steckte. In der Spüle lagen ein vertrockneter Blumenstrauß und ein Paar Gummistiefel. Darüber hing ein Kinoplakat. Von den fünf Schauspielergesichtern erkannte Robert drei.

»Wollen Sie auch einen?«

»Tee?«, fragte Robert, »nein danke.« »Nein danke«, wiederholte Nico zu streng. Sie hatte den Ton von der Polizeischule noch nicht abgelegt. Den Ton vom Rollenspiel.

»Setz dich wieder her, Lukas«, sagte Fatzer und sah genervt aus, vielleicht wegen der Schuhe unter dem Tisch, die sich ihm noch immer verweigerten. Er grunzte.

»Jetzt«, sagte Nico, »jetzt, genau. Ich kenne Sie doch, aus dem Fernsehen! Sie haben vor einigen Jahren einen Kurzfilm über einen Schwarzfahrer gedreht und dafür einen Bambi bekommen.«

»Der Bambi war ein Oscar, der Preisträger ist mein Bruder«, sagte Fatzer, »er sieht aus wie ich, wir sind Zwillinge, aber nehmen Sie doch Platz!« Endlich hatte er die Schuhe angezogen und fuhr sich, schon zufriedener, mit einer Hand kreisförmig über die Glatze, was sofort eine neue Stimmung in den Raum brachte. Robert legte den Kopf schräg, um die oberste Seite eines Skripts zu überfliegen. Der Dialog war kurz.

– Von diesem Moment an hat sich dein Leben verändert?

– Ich nehm's an, ja. Aber es ist echt komisch, wissen Sie, das Schlimmste war für mich schon passiert, obwohl es noch kam.

– Wohin wolltest du am nächsten Tag?

– In den Himmel.

– Das ist doch eine ziemliche Strecke.

– Ich weiß …

»Wer hat das geschrieben?«, fragte Robert.

»Sie. Sie schreibt unsere Drehbücher.« Fatzer zeigte auf die Frau und zündete sich endlich seine Zigarette an.

»Ich will eigentlich aufhören zu rauchen«, sagte er. Die Drehbuchautorin stand auf und ging zur Spüle, wo der bleiche Lukas bereits seinen Teebeutel tunkte.

»Wie gesagt, sie versucht, Drehbücher zu schreiben, und oft kommt dabei nichts raus.«

»Aber es geht doch nicht darum«, sagte der bleiche Lukas von der Spüle her, »es geht nicht immer um die Lösungen.«

»Nein? Worum dann?«

»Es geht darum, dass wir zurechtkommen und trotzdem verzaubert sind«, sagte die Frau und nahm sich ebenfalls ein Teeglas.

»Jetzt fängt sie schon wieder damit an«, sagte Fatzer, »nur weil sie keine vernünftigen Handlungsstränge festzurren kann, versucht sie zu zaubern. Das geht mir auf den Sack, und Sie möchten jetzt bestimmt das Büro von Mathias sehen, oder, Herr Kommissar? Dann bitte hier lang.«

Fatzer wies auf die Tür zum Flur. Er ging voran, die anderen folgten. Robert blieb ein Stück zurück, um durch das riesige Sprossenfenster neben der Küchenzeile zu schauen, dessen altes Glas grün schimmerte, bis auf zwei Segmente, die durch neue Scheiben ersetzt worden waren. Im Fenster gegenüber war ein weißes, tailliertes Unterhemd am Bund aufgehängt. Die Ärmel baumelten nach unten. Obwohl es fehl am Platz war, fügte Robert eine Frau hinzu, die halb ausgezogen da drüben in der Wohnung herumlaufen mochte.

Alle Bürotüren gingen rechts ab vom Flur und standen offen. Bis auf die letzte. In jedem Raum gab es einen Schreibtisch mit Computer. Nur im letzten nicht. Denn der kam ganz ohne Möbel aus, sahen Robert und Nico, als sie die Tür öffneten. Nicht einmal ein Stuhl stand herum, aber die Wände waren voll mit Fotos von Filmkulissen, und unter dem Fenster stand eine Bodenvase mit langstieligen gelben Rosen aus dem Asia-Shop. Roberts Blick wanderte über die Bilder und blieb an einer Hotelfassade hängen, deren Eingangstür aus dem Freien gleich wieder ins Freie führte, ohne einen Raum dazwischen, in dem sich leben ließ. Da hatte einer aus dünnem Material und mit größter Sorgfalt eine Welt aufgebaut, die nur wenige Drehtage lang halten musste. Was war das für einer? Robert versuchte sich ein Bild von dem Mann im weißen Anzug zu machen. Kulissen zu bauen bedurfte offensichtlich einer großen Zärtlichkeit für die Oberflächen der Welt.

»Robert«, sagte Nico leise, »schau mal.«

Auf dem Linoleum, das Robert an die Doppelschlafräume der Polizeischule erinnerte, lag eine karierte Decke wie für einen Hund. Auf einem Ende der Decke lehnte das Foto einer Frau an einem leeren Senfglas. Marga Burg, und ohne eine Spur von Lächeln im Gesicht.

»Da schläft er manchmal mittags.« Fatzer sagte das »da« mit einer knappen Kopfbewegung, die nur Männern mit Glatze gelingt.

»Kennen Sie die Frau auf dem Foto?«

»Ja«, sagte Fatzer, »sie ist neulich mal hier aufgetaucht. Ich glaube, sie hatte ein Dirndl an. Vor zwei Wochen ist sie mit ihm in Urlaub gefahren. Heute wollte er zurückkommen, weil wir morgen ein Produzentengespräch haben.«

»Sie hatte kein Dirndl an«, sagte der bleiche Lukas mit einem großen, kindlichen Frieden im Gesicht, »nur eine weiße Bluse.«

»Wie, mehr nicht?« Fatzer grinste. »Kann ich mich gar nicht dran erinnern.« Er suchte Nicos Blick, aber sie schlug die Verbrüderung aus.

»Mathias Böhm hat sich in den zwei Wochen nicht bei Ihnen gemeldet?«, fragte sie.

»Nein. Er meldet sich oft nicht. Er schaltet sogar sein Handy längere Zeit aus, wenn ihm danach ist.«

»Er taucht ab?«

»Ja.«

»Auch bei privaten Problemen?«

»Ja, aber nicht wegen so einer Kleinen mit weißer Bluse.«

»Warum nicht wegen so einer Kleinen, die ist doch gar nicht mehr so klein?«

»Aber komisch ist die schon«, sagte Fatzer.

»Wenn ich Sie wäre«, sagte Nico leise, »würde ich aufpassen, was ich sage. Sie sind nämlich auch ein bisschen komisch.«

Einen Moment lang herrschte Stille. Dann sagte Robert, Mathias Böhm sei nicht einfach so verschwunden, sondern in der Geisterbahn. Die Frau in der weißen Bluse sei Zeugin.

Wieder herrschte Stille, aber nur kurz. Dann fing Fatzer als Erster an zu lachen. Seine Zähne hatten einen braunen Belag vom Tee, vom Wein, vom Nikotin. Der bleiche Lukas stimmte mit einem Kichern ein, das nicht lauter werden wollte, aber er schlug sich rhythmisch auf die Schenkel dabei, während die Frau sich immer wieder mit dem Hintern gegen die Wand fallen ließ und die Hände vor den aufgerissenen Mund hielt. Robert hatte das Gefühl, vor drei entfesselten Schulklassen gleichzeitig zu stehen, und als er in Nicos Richtung mit den Schultern zuckte, da hatte Fatzer schon mit seiner Pantomime begonnen. Er spießte, Daumen und kleinen Finger zu Teufelszinken gespreizt, irgendwelche Luftfische auf, imitierte mit dicken Backen ein Warmluftgebläse, lief heiß und heißer und kurvte schließlich den Flur hinauf und hinunter mit jähen Wendungen in den Hüften, die Mulden und abrupte Erhebungen im Flurbelag simulierten, und schlug schließlich im Vorbeirennen auf den Lichtschalter, mit dem Schrei einer Eule, sodass es plötzlich finster im Flur war und nur durch die geöffneten Türen Lichtrechtecke auf den Boden fielen, über die er im Scherensprung hinwegsetzte, als sei dort ein Wasser sehr tief. Als er vor Robert stehen blieb, die Hände rang und mit verstellter, hoher Stimme »Matti, Matti, ach mein Matti« rief, wie Frauen rufen, wenn sie den Geliebten in einer Gletscherspalte oder nach langer, langer Ehe ganz in sich selber eingesperrt vermuten, da legte Robert ihm die Hand auf die Schulter.

»Sie haben ja richtig Sinn fürs Metaphysische.«

»So weit würde ich da nicht gehen.« Fatzer war außer Atem.

»Aber Sie denken doch das Gleiche wie ich, Herr Kommissar: Unser Mathias hatte keine Lust, mit dieser Frau und ihrer weißen Bluse in Urlaub zu fahren, und hat diskret einen Abgang über die Geisterbahn gemacht. Das hat Witz und Stil, oder, Herr Kommissar?«

Etwas an dem Satz gefiel Robert nicht. Es war nicht der falsche Dienstgrad, den Fatzer benutzte, sondern es war jener Gedanke, den er selber gestern noch gedacht hatte, welcher ihm nicht mehr gefiel, weil ihm Marga Burg gefiel. Ja, wenn er ehrlich war, gefiel sie ihm sogar sehr. Sie hatte so etwas Ernstes und Verwunschenes zugleich.

3

Sie durchquerten den Hinterhof.

»Die haben es auch nicht so einfach miteinander«, sagte Nico und ging aus einer Eingebung heraus auf die Altpapiertonne zu. Eine Taube flog erschrocken auf. Robert schaute ihr hinterher und an der Fassade der Fabrik hoch. Am Fenster, in dem das Hemd hing, stand eine alte Frau. Als ihre Blicke sich trafen, zog sie den Vorhang zu, der nach wenigen Sekunden reglos hängen blieb.

»Schau mal, was wir hier haben.«

Nico hielt ein Blatt hoch, ohne sich nach Robert umzudrehen. Mit der anderen Hand suchte sie weiter im Papiermüll. Ihre schwarzen Haare reichten bis zum Hintern. »In diesen Uniformhosen waren meine Hüften einfach zu breit«, sagte sie mindestens einmal in der Woche, weil sie froh war, endlich in Zivil arbeiten zu können. Sie ging nach Feierabend zum Sport und hatte eine eigene Homepage eingerichtet, auf der sie allen, die sie anklickten, von ihrem Leben als Kommissarin berichtete. Selbst über heikle Methoden wie Suggestivtaktiken im Verhör referierte sie im Netz und über ihr sehr eigenes kriminalistisches Denken. Wenn sie nachts neben Robert im Wagen saß, das Funkgerät schwieg, aber das Display ihr Gesicht beleuchtete, stellte er sie sich als Dozentin auf Polizeilehrgängen vor. Eine Powerpoint-Präsentation in einem dunklen Vortragssaal beleuchtete dann ihr Gesicht, auf das die Kollegen gebannter schauten als auf die vorbereiteten Folien. Sie war ein schönes und vernünftiges Mädchen. Als sie noch neu füreinander gewesen waren, gingen Robert und sie ab und zu ein Bier trinken im Irish Pub beim Sportcenter. Robert musste extra mit dem Auto hinfahren, denn Nico wohnte in der nächstgrößeren Stadt, in der Nähe der Dienststelle. Er wartete am Tresen auf sie, bis sie vom Training kam, mit dicker Tasche und feuchten Haaren. Er erzählte ihr von Isa und merkte eines Abends, dass er das Ende seiner Liebe als Spielgeld benutzte, um eine Affäre anzufangen. Ihre Füße berührten sich an jenem Abend unter dem Tisch. Nico zuckte als Erste zurück, als hätten sie sich aus Versehen geküsst. »Kleiner Robert, ach, lassen wir das!« Mit dem Satz beugte sie sich näher zu ihm, und beide waren sie für mehrere Herzschläge auf den nackten Blick des anderen konzentriert, bis Nico sich lächelnd zurücklehnte. »Du verliebst dich nur in Frauen, die unglücklich und blond sind.« Sie trank ihr Bier aus und ging allein hinaus, eine hohe, sich wiegende Gestalt, die sich an der Tür zur Straße nicht zu ihm umdrehte. Ihrem Rücken hatte Robert angesehen, dass sie noch immer lächelte. Warum hatte man eine Frau? Aus Irrtum, aus Einsamkeit, aus Liebe?

»Der Müllmann kommt, sag ihm, wir brauchen nichts«, sagte Nico und hielt Robert ein Blatt bedrucktes Papier aus dem Container vor das Gesicht.

»Woher hast du denn den Spruch?«

»Marx Brothers«, sagte sie, und: »Lies mal den Mist hier.« Robert nahm das Blatt in die Hand.

– Vierzehn, ich war vierzehn, als ich meinen ersten Porno sah.

– Erinnerst du dich, worum es ging?

– Ja, ziemlich genau. Eine Frau mit Federboa um den Hals bietet sich allen Männern an, weil ihr Mann das so wünscht. Er ist viel älter als sie und schaut immer nur zu. Einmal aber macht er mit. Dann sind sie zu dritt, er, sie und der Chauffeur.

– Wie würdest du den Film heute bezeichnen, war er hetero- oder homosexuell?

– Weder noch.

– Du meinst aber nicht: bisexuell?

– Nein, sie hatten ein rosa Pferd dabei.

Nico nahm Robert das Blatt weg und warf es zurück in den Container.

»Was machen wir hier eigentlich, kleiner Robert?«, sagte sie, »täglich verschwinden Menschen. Das Verschwinden eines Erwachsenen ist keine Straftat. Er kann seinen Aufenthaltsort verändern, ohne die Angehörigen darüber zu informieren.«

In dem Moment klingelte Roberts Telefon.

»Ein Drei-Zentner-Baby sitzt vor deinem Büro und wartet auf dich«, sagte ein Kollege vom Präsidium.

»Was will es?«

»Eine Aussage machen«, sagte der Kollege und legte auf.

4

Im Präsidium angekommen, war er erst einmal zur Toilette gegangen, um sich die Hände zu waschen. Er hatte in Erinnerung an Fatzer die Zähne im Spiegel gebleckt und dabei an seinen Zahnarzt gedacht. Er hatte ein Papier aus dem Handtuchhalter genommen und sich die Nase geputzt. Auf der Treppe zur Kantine hatte er zwei Stufen auf einmal genommen, an den unempfindlichen Grünpflanzen vorbei, die nie blühten, sich aber nach den Fotos von schönen Landschaften über ihnen reckten. Ein Kollege war vor ihm durch die Kantinenglastür gerannt, die wie zu einem Westernfinale aufschwang, und hatte zwischen zwei Blumenbalustraden einen Witwer angerempelt, der jeden Tag nach dem Besuch des Waldfriedhofs auf eine Tasse Kakao herkam. Robert, der den alten Mann vom Sehen kannte, entschuldigte sich stellvertretend und stellte sich neben den Kollegen an den Kaffeeautomaten, um sich von ihm die Geschichte eines Selbstmörders erzählen zu lassen, den er eben gefunden hatte. »Vergiss nicht, die Pfandflaschen zurückzubringen«, hatte der Erhängte im Abschiedsbrief an die Frau geschrieben. Robert und der Kollege lachten und schüttelten dabei die Zuckertütchen in der Kantinenluft. Ja, das ließ man sich schon einiges kosten, dass man so zusammen lachen konnte, hatte Robert auf dem Weg zu seinem Büro gedacht, wo er in der geöffneten Tür stehen blieb, seinen Schreibtisch aus den siebziger Jahren musterte, dann den Aschenbecher für Junkies und den Seelsorger-Teddy für Kinder, bis sein Blick an dem Stapel überfälliger Rotbandakten hängen blieb, die eine dauerkranke Kollegin, die seit Wochen zu Hause Krimis las, ihm hinterlassen hatte. Erst dann hatte er den Gang hinauf- und hinuntergeschaut auf der Suche nach dem Drei-Zentner-Baby, das auf ihn warten sollte. Alle Holzbänke vor allen Türen waren leer. Aber dieser Andreas Burg hatte seinen Namen und eine Anschrift hinterlassen, die Robert bereits kannte: Am Wall 247.

Die Straße, die an der nächsten Ecke auf die Autobahn führte, hatte Kopfsteinpflaster. Rechter Hand wuchsen Schrebergärten fast bis an die Fahrbahn heran. Linker Hand standen mehrstöckige Mietshäuser. Eine Frau mit rot gefärbten Haaren schob einen Mann im Rollstuhl auf das Haus 247 zu. Der Krieg hatte, was einmal die Fassaden zierte, heruntergerissen, und der Schmutz der Straße hatte sich über die Wunden im Stein gelegt. Der Mann im Rollstuhl ließ einen Spitz an der Leine neben sich herlaufen. Als Robert sich bückte, um behilflich zu sein, schaute die Frau ihn mit dem Misstrauen an, das ihr zuverlässig das Gefühl gab, jemand mit Anrecht auf diesen Ort hier zu sein. Der Spitz kläffte. Trotzdem packte Robert den Mann bei den Rädern und trug ihn mit hinein. Der Hausflur war an den Wänden braun gestrichen und der Fußboden musste einmal schwarz-weiß gefliest gewesen sein. Ab einem bestimmten Grad von Verschmutzung wurde es einfach nicht schmutziger. Hier wohnte Marga mit ihrem Bruder Andreas Burg, nicht weit von Roberts Dienststelle entfernt.

»Burg«, sagte die Frau, »Sie meinen die Kinder? Die wohnen ganz oben. Es ist aber tagsüber nur der Junge da. Der heißt Andreas. Die Eltern sind beide schon lange tot.«

»Familie Burg« stand neben der Etagentür auf einem selbstgemachten Emailleschild mit Wölkchenrand. Die Klingel funktionierte nicht. Robert klopfte. Montagnachmittag gegen halb fünf. Robert klopfte nochmals, dann stemmte er den Unterarm probeweise gegen die Tür, die nachgab. Er hatte einen langen, dunklen Flur erwartet und stand in einer engen Diele, in der es nach Vogelsand und nasser Wolle roch. Der Boden war mit grünem Kunstrasen ausgelegt, und vor einer billigen Garderobe mit integriertem Spiegel stand ein männliches Wesen, dessen Alter im Fett verschwand.

»Andreas Burg, richtig?«

Andreas Burg widersprach nicht.

Er drehte Robert den Rücken zu, nahm einen Mantel von der Garderobe und zog ihn über, ohne dabei in den Spiegel zu schauen.

»Wollten Sie gerade gehen?«

»Nein.«

»Darf ich reinkommen?«

»Bitte sehr«, trompetete Andreas Burg mit hoher Stimme, und Robert musste auch wegen der flinken Augen an jenes Elefantenbaby denken, das sich die Betreiber der örtlichen Schwebebahn vor hundert Jahren vom Zirkus ausgeliehen hatten, damit es für die Sicherheit des neuen Verkehrsmittels warb. Verängstigt von der Nähe der vielen Menschen hatte der Elefant auf freier Strecke und hoch über dem Fluss die Seitenwand des Waggons eingetreten und war in die Tiefe gesprungen, um unverletzt, reglos, halb betäubt und unsagbar traurig im Wasser stehen zu bleiben, das ihm nicht einmal bis zu den Knien reichte. So traurig war er weiter im Zirkus aufgetreten, hatte den Kopfstand gelernt und wie man Blumensträuße überreicht, bis er im Alter an den Zoo abgegeben wurde, wo er mit überraschendem Rüsselschwung den Zuschauern die Handtaschen raubte und sie fraß.

»Sie sind mit Marga Burg verwandt?«, fragte Robert.

»Ich bin der kleine Bruder. Ich bin drei Jahre jünger, sieht man das nicht? Wir leben hier zu dritt mit dem Kater.« Andreas Burg knöpfte seinen Mantel zu, als wolle er fortgehen, ging aber in die Küche. Robert folgte. Ein schmales Fenster zum Hof, gegen das sich die frühe Dunkelheit des Novembers drückte. Ein Grund mehr, sich endlich Jalousien zu kaufen, dachte Robert. Sie halfen auch gegen das Abendweh. Man musste sie nur beim ersten Anzeichen von Dämmerung herunterlassen und eine halbe Stunde später nachsehen. Dann war die Dunkelheit einfach da.

Robert ging zum Fenster. Im spitzen Winkel zum Quergebäude lag eine stillgelegte Fahrstuhlfabrik. In den Wohnungen zum Hof hatten wohl die Arbeiter gewohnt. Kleine Balkone hingen wie leere Winternester an der Fassade, und nur wenige waren in Plastikrosa oder schmutzigem Weiß verkleidet. Auf manchen stand der Rest vom Sommer, ein Stuhl, ein Tisch, ein faltiger Sonnenschirm.

»Da unten haben wir früher gespielt, meine Schwester und ich«, sagte Andreas Burg. Er zeigte vier Stockwerke tiefer auf eine Ansammlung parallel gespannter Wäscheleinen über einem Stück festgetretener Erde. Vor der Fabrik war der Hof asphaltiert. Robert schaute genau hin, und plötzlich ging in einer längst vergangenen Zeit eine sehr junge Marga Burg über den Hof. Sie lief in einem hellen, schwingenden Rock, mit nackten Waden, dicken Strickstrümpfen, die bis zu den ausgeborgten Stöckelschuhen heruntergerutscht waren, unter den Wäscheleinen hindurch auf die Reihe dunkler, armseliger Fabrikfenster zu. Marga, eine Vorortschönheit, über die die Freundinnen lachten, weil sie mit viel Kindermut und in ihrem besten Kleid die Straße, aus der sie kam, für immer zu verlassen versuchte. So verlieben wir uns in Gespenster, dachte Robert, und Marga Burg hat diese Straße nie verlassen.

»Irgendwann haben wir nicht mehr da unten gespielt«, sagte Andreas und ließ eine Jalousie vor dem Fenster herunter.

»Warum?«

»Die anderen Kinder haben uns ausgelacht.«

Er schlug den Kragen seines Mantels hoch, schaltete eine Klemmleuchte über dem Kühlschrank an und hatte so wenig Ähnlichkeit mit seiner Schwester wie Robert oder irgendein anderer Mensch.

»Unser Vater hat drüben in der Fahrstuhlfabrik gearbeitet, unsere Mutter hat dort geputzt. Sie sind beide tot.«

»Marga und Sie leben allein hier?«

»Der Kater ist noch da.«

Andreas schaltete ein zweites Licht über der Holzanrichte neben der Spüle an.

»Wollen Sie sich nicht setzen?«

Jeder, der eine Wohnung einrichtet, einen Garten anlegt oder morgens seine Kleidung aussucht, gibt einen leisen Hinweis darauf, wie er sich die Welt wünscht. War das bei allen Menschen so? Robert sah sich in der Küche um. Nicht nur in der Ecke über der Balkontür bröckelte der Deckenputz, an den Zierleisten der Holzanrichte hatte der Kater deutlich seine Maniküre gemacht.

»Uns stört das nicht«, sagte Andreas Burg, der Roberts Blick sah, »aber den Kater, den stört jeder Besuch, der mag keine Fremden.«

»Was macht Ihre Schwester eigentlich beruflich?«

Andreas Burg kicherte, als sei ihm plötzlich etwas Komisches eingefallen.

»Sie hat mal Religionswissenschaften und sonst noch irgendwas studiert und ihre Abschlussarbeit über eine jüdische Dichterin geschrieben. Titel: ›Ich bin dein Wegrand, wer dich berührt, stürzt ab.‹ Damit hat sie natürlich keine Arbeit bekommen, aber irgendwann einen Job als Aushilfe in einem Antiquitätengeschäft. Da hat sie nach vier Wochen eine Ming-Vase fallen lassen und durfte gleich wieder gehen. Danach hat sie lange

Zeit für einen Zeitungs-Ausschnittsdienst hier gleich um die Ecke bei zwei bösen Weibern gearbeitet, die nur Frauen angestellt haben. Aber jetzt hat sich ja das Internet durchgesetzt. Marga wurde entlassen, und unser Nachbar von unten hat ihr seinen Job am Straßenverkehrsamt vermittelt, als er ein Rollstuhlfall wurde.«

Robert nahm auf einem Küchenstuhl aus Plastik Platz, auf dem ein Kissen in Herzform lag.

»Hat Marga von der Kirmes mitgebracht«, sagte Andreas und zeigte auf das Kissen zwischen Roberts Beinen. Auf dem Tisch stand ein runder Käsekuchen.

»Und wie sind Sie eigentlich Polizist geworden?«

»Schwer zu erklären«, sagte Robert.

»Aussehen tun Sie ja wie ein Jagdhund«, sagte Andreas Burg und lächelte zum ersten Mal.

»Finden Sie«, sagte Robert und lächelte überrascht zurück. Vielleicht, weil Andreas Burg so unerwartet ein Jungengrinsen aufsetzte, erzählte er eine Geschichte, die zu dem Grinsen passte. Er war fünf gewesen damals, und über dem Einfamilienhaus seiner Eltern hatte eines Tages ein Hubschrauber der Bereitschaftspolizei in der Luft gestanden. Aus dem Cockpit war über Verstärker die Stimme eines Mannes gekommen. ›Gesucht wird ein Mädchen, vier Jahre alt, dunkelhaarig, mit roter Propellerschleife und langen goldenen Ohrringen. Wer das Mädchen gesehen hat, melde sich bitte bei der örtlichen Polizeiwache.‹ Das Mädchen mit der Propellerschleife und den Ohrringen war nie wieder aufgetaucht. Deswegen hatte Robert noch vor der Einschulung beschlossen, zur Polizei zu gehen. In seinen Träumen hatte er bereits maskiert wie Batman auf den Kufen eines Helikopters gestanden und war über einen anderen Garten hinweggeflogen, in dem ein anderer kleiner Junge herumkrabbelte.

»Aha«, sagte Andreas Burg, »Ihr Sohn.«

»Ich habe keine Kinder«, sagte Robert.

»Gute Geschichte«, sagte Andreas, schnitt sich ein Viertel vom Käsekuchen ab und aß mit den Fingern.

»Haben Sie eine Frau? Nicht? Dann nehmen Sie sich doch ein Stück Kuchen. Ich backe mir jeden Tag einen.« Mit vollem Mund nahm Andreas Burg das nächste Viertel und aß mit der anderen, sauberen Hand weiter.

»Warum sind Sie in mein Büro gekommen, Herr Burg?«

Kurz hörte Margas Bruder auf zu kauen. Bestimmt sprach ihn nur selten jemand mit »Herr Burg« an.

»Zwei Gründe«, sagte er, aß zu Ende und hielt seine zwei klebrigen Zeigefinger hoch. »Erstens, ich wollte Sie kennenlernen, weil Marga so von Ihnen geredet hat.« Er knickte den einen Zeigefinger ein. »Und zweitens will ich ein Geständnis machen.« Er knickte den anderen Zeigefinger ein, wischte mit beiden Fäusten den Mund ab und ließ es still werden.

»Ich warte«, sagte Robert. Im Stockwerk drüber, wo der Dachboden sein musste, lief jemand kurze Wege auf und ab und hängte wohl Wäsche auf.

»Ich warte«, sagte Robert noch einmal.

»Ich bin schuld«, sagte Andreas Burg. Er nahm eine Ansichtskarte aus der Küchenschublade und schob sie Robert hin. Einsamer Strand, ein nördliches Meer und der Himmel an dessen Saum wie gefegt. Sylt stand da, von großer Hand quer in den Sand geschrieben.

»So ist das hier, lieber Bruder«, hatte Marga auf ihrer ersten Karte vom Meer geschrieben. »Ich liege auf meinem Handtuch. Ein Mann taucht mit bloßem Oberkörper über dem Rand seines gestreiften Paravents auf, den er für sich und die Familie aufgebaut hat. Eine Zeitlang habe ich nur seine weißen, kraftlosen, langen Füße gesehen und zwei Kinderstimmen gehört.

Endlich der erste Tote, ruft der Mann jetzt in den Himmel über dem Meer hinein, einen Himmel, der alles ist, nur nicht er selber. Dafür ist er zu sehr wie gemalt. Er schüttelt den Sand aus seinem Buch und legt sich wieder hinter seinen Windschutz. Ich lese Flaubert. Es grüßt deine Marga.«

»Ich bin schuld«, wiederholte Andreas mit Blick auf den halben Käsekuchen, der vor wenigen Minuten noch ein ganzer gewesen war.

Er hatte die Reise gewonnen, und sie war gefahren. Andreas machte ein gequältes Gesicht, als er das sagte, so wie der Papst, wenn er sich im Fernsehen zu Dingen äußert, von denen er nichts versteht. Marga hatte sich an einem Samstagnachmittag vor Ostern zu lange die Fotoreihe angesehen, mit der das Preisausschreiben eingerahmt gewesen war. Deich, Dünengras, darauf Schaf an Schaf und dann und wann ein Lamm, das sich an seine schmuddelige Mutter drückte, obwohl es eigentlich schon zu groß dafür war. Wie schön, sagte Marga, und Andreas machte sich über das Rätsel her. Er wäre nie nach Sylt geflogen. In seinem Leben war kein Platz für Reisen, nur für Angst und Fantasie. Er war sich selber immer zu schwer gewesen, um das Haus, in dem Marga und er seit der Kindheit wohnten, zu verlassen, ja er wollte nicht einmal bis in die Stadt, wenn Marga Vorräte für die Woche einkaufen ging und jemanden zum Tragen brauchte. Er hatte Angst vor dem Aldi wie andere Menschen vor dem Krieg, vor der Arbeitslosigkeit oder der Einsamkeit. Er sammelte Gasmasken aus dem Ersten und Zweiten Weltkrieg für einen dritten, weil er täglich mit Angriffen auf die leere Fahrstuhlfabrik rechnete, in der der Vater nicht mehr arbeitete und die Mutter nicht mehr putzte, und wo die Kinder nicht mehr wie früher im Hof spielten. Nur manchmal streunte er in der Stadt herum, mit seinem Behindertenfahrausweis, auf der Jagd nach Comics in den Secondhand-Läden. Andreas, mit den Jahren um einen Kern Kind herum mehr und mehr verfettet, mochte Mangas. Auf seinen Mangas gab es keine Schatten. Für ihn.

»Wie heißt der Roman, in dem ein Mann Parfüm aus Frauenleichen macht?«, hatte er Marga gefragt.

»Das Parfum.«

»Bist du sicher?«

Er trug die Antwort ein. Er mochte Rätsel. Sie hatten etwas Beruhigendes. Solange man für Rätsel eine Lösung fand, gab es für alles eine Lösung.

Als die Nachricht kam, er habe gewonnen, hatte er einen Abend lang »Fahr doch, fahr doch« zu Marga gesagt und das Gegenteil gemeint, während im Fernsehen ein Quiz lief. »Okay, ich fahre«, hatte Marga gesagt, »dir zuliebe.« So war dann alles gekommen.

»So ist dann alles gekommen«, sagte Andreas. »Wie gesagt, ich bin an allem schuld. Dort hat sie diesen Mann kennengelernt, und danach war nichts mehr wie zuvor. Seitdem hat sie einen Schatten.«

»Sie hat einen Schatten?«

»Ja, und das mag ich gar nicht.«

Andreas' Augen wurden schmal, während er das nächste Viertel vom Käsekuchen nahm. Er schob es mit der Spitze in den Mund, soweit es ging. Dann kaute er, ohne den Kuchen vom Mund abzusetzen. Es sah aus wie Nuckeln.

»Ich geh dann mal besser«, sagte Robert.

»Mach's gut«, sagte Andreas.

Für einen Augenblick zog Robert die Hoffnungslosigkeit dieses dicken Jungen an, und er ließ sich das Du gefallen. Als er die Wohnung verließ, warf er einen Blick in ein Schlafzimmer, das aus einer längst vergangenen Zeit stammen musste. Die Wand hinter den Ehebetten war dunkelbraun gestrichen, die Tagesdecke war ebenfalls braun und am Fußende stand ein riesiger Hometrainer, auf dessen breiten Pedalen Comics in Stapeln lagen. Unter den Comics drückte sich ein gelbes, gesträubtes Fell herum, das sich auf den zweiten Blick als dicker Kater entpuppte.

5

Die Luft in der Einkaufsmeile war wie eine eigene Klimazone. Nico und Robert wollten einen schnellen Kaffee trinken, um sich auszutauschen. Sie hatten sich vor dem Vaporetto di Venezia niedergelassen. Tagsüber saßen vor der Eisdiele Rentner und Ausländer, am frühen Abend auch solche, die jünger und von hier waren, aber niemanden oder den Falschen hatten, der zu Hause auf sie wartete. Wenige Schritte von Robert und Nico entfernt stand ein Rundständer, an dem eine Frau Strickjacken in Babyrosa mit Pelzbesatz hin und her drehte, auch wenn sie zu alt war dafür. Sie suchte bei einer Größe, die ihr bestimmt nicht passte. Vielleicht hatte sie eine schmalhüftige Tochter. Von irgendwoher kam Hip-Hop-Musik. Seitdem selbst Dylan in seiner Nachtsendung Hip-Hop spielte, mochte Robert den Rhythmus für schwere, somnambule Pferde und hatte sich auch an das Wort »motherfucker« gewöhnt. Am Nachbartisch saßen drei Mädchen. Sie waren kaum zwanzig, und während Nico mit der Espresso-Bestellung fort blieb, hörte Robert, wie sie die Hochzeit für die mit dem schönsten Gesicht planten.

»Sektempfang um elf, ich komme dann mit Mike eine Viertelstunde früher«, sagte die eine Freundin der Braut. »Und deine Eltern«, fragte die andere, »was mach ich mit denen, ich bin ja nicht die große Autorität, um nach der Trauung alle in den Saal zu treiben.« »Außerdem haben wir eine Lücke von 12.20 bis 13.10«, sagte die eine und fing an, auf ihrem Block eine Tabelle zu zeichnen. »Aber vorher müssen wir auch alle noch zum Friseur«, sagte die Braut und zog sich ihren kurzen Winterpullover über die Nieren. Die Bewegung erinnerte Robert an Isa, Isa, ihr schönes Profil im Bett und seine schlaflosen Nächte. Ihr

Lachen mit dem verschluckten Satz darin: »Na, heute mal wieder melancholisch?« Schon war alles wieder da, wie gestern, wie gerade noch, wie hingespuckt. Die Siedlung jenseits der Bahngleise hatte nicht abgeschnitten genug von all den Ereignissen gelegen, zu denen sie schon bald nach der Hochzeit nicht mehr gegangen waren. Sie hatten durch die dünnen Streifen Wald und Feld hindurch gespürt, was sie versäumten. Anfangs hassten sie ihr eigenes Haus nicht, aber das des Nachbarn mit all seinen willkürlichen Anbauten und den böse blickenden kleinen Fenstern an unvorhersehbaren Stellen. War es denn bei ihnen besser? Winters hatten ihre gesteppten Pantoffeln gleich hinter der Eingangstür gestanden, die auch älter wurden. Sommers wurden sie abgelöst von seinen blau-weißen Sportsandalen und ihren gelben Flip-Flops, die zusammen mit der Heckenschere von Isas Vater eingezogen waren, eine Heckenschere, die Isa bald wie eine Waffe vor ihr verdrehtes, kleines Herz hielt, wenn sie im Garten herumlief. Während sie wütend auch blühende Sträucher beschnitt, hielt sie dem Blick des Nachbarn auf ihren flachen Bauch und auch seinem Grinsen und Grüßen stand, während Robert beim Blumengießen auf die vertrocknete Frau des Nachbarn einredete und ihrem Hund zuschnalzte, der angeblich so kinderfreundlich war und es an den ungeborenen Kindern von nebenan endlich beweisen wollte.

Nico kam zurück und schob sich ihren Stuhl mit dem Fuß zurecht. Sie warf Robert zwei Tütchen Zucker hin.

»Letzte Woche«, sagte er, »ist schon wieder ein Baum vom Nachbargrundstück auf unseres gefallen.«

»Du denkst zu viel an vieles andere«, sagte Nico.

»Übrigens, diese Ex-Ehefrau von diesem Mathias Böhm.« sagte sie, »die …«

»… die nehmen wir, die Band?«, fragte die Braut am Nachbartisch, »oder nehmen wir einen, der auflegt?« Mit ihrer kleinen Hand strich sie über den Block mit der Tabelle. Am rechten Zeigefinger trug sie einen Ring, den sie nur zwei Finger weiter stecken musste, damit es ein Ehering wurde.

»... diese Ex-Ehefrau«, sagte Nico, »sieht aus, als verbrächte sie ihr ganzes Leben auf Cocktailpartys, und sie scheint von jedem dort zu erwarten, dass er sagt: Du siehst aber gut aus. Da wärst du gefragt gewesen, mein kleiner Robert. Sie langweilt sich so. Über dem Kamin hing ein Bild, das habe sie selber gemalt, hat sie gesagt, an einem Karfreitag, und damit war sie auch schon bis zum Mittagessen fertig. Über die Malerei haben sie sich auch kennengelernt, Mathias Böhm und sie, sie hat für ihn Kulissen gepinselt, und er hat sie bei so einer Gelegenheit über die Farbeimer hinweg verführt, oder sie ihn.«

»Wie nun?«

»Frag die Farbeimer. Danach Hochzeit, erster, zweiter Hochzeitstag, beim dritten wohnten sie schon nicht mehr zusammen, weil sie fand, ihm fielen die Haare aus und er habe zu viele Leberflecken auf dem Rücken.« Nico kippte ihren Espresso wie einen Schnaps.

»Hat sie was davon gesagt, ob er gefährdet ist? Selbstmord, Alkoholismus, Masochismus vielleicht, ich meine, wenn er mit so einer Frau zusammen sein kann?«

»Diese Ex-Ehefrau hat ihn seit über einem Jahr nicht gesehen«, sagte Nico, »und in dem Jahr scheint sie alles vergessen zu haben, was ihn betrifft.«

»Nochmals, wie stellst du dir denn den Ablauf der Trauung im Groben vor«, fragte die eine Freundin der Braut am Nachbartisch, und die andere schob den Block hin und her.

Gar nicht, dachte Robert in dem Moment und schaute in seine Tasse, die Braut stellt sich gar nichts vor, außer einen Tag lang eine Tülltaube zu sein. Dass nach der Hochzeit eine Ehe kommt, damit rechnet sie nicht. Die Hochzeit ist das Endziel. Wenn dann die Reste vom Fest weggeräumt, die weißen Tischdecken in der Waschküche eingeweicht, geliehenes Geschirr zurückgebracht und die Fenster zum Lüften geöffnet worden sind, wird das Licht in dem Zimmer langsam grau, und die beiden eifrigen Freundinnen werden wieder eifersüchtige Freundinnen sein.

»Müde?«, fragte Nico.

»Schon«, sagte Robert.

»Geh nach Hause«, sagte Nico. Sie stand auf, zog eine Wollmütze über beide Ohren und sah trotzdem noch gut aus. Nach Hause? Robert blieb noch eine Weile sitzen.

6

Krähen saßen in den Bäumen um den Platz aus festgetretener Erde herum, als Robert am nächsten Mittag wegen des verschwundenen Mathias Böhm zur Kirmes ging. Eigentlich ging er wegen Marga. Aus der Ferne kam das Dauergeräusch vorbeirasender Autos auf der A 1. Vor einem sehr modernen Wohnwagen blieb Robert stehen. Wartmann stand auf dem Briefkasten. Ein weiß gestrichener Jägerzaun ging Robert bis zur Leiste. »Wartmann ist der Vorsitzende der Schausteller in unserem Kreis«, hatte ein Kollege ihm gesagt. »Frag ihn, wenn du informell ermitteln willst, er ist ein vernünftiger Mann.«

Robert klopfte gegen den Briefkasten.

»Bin gleich mit die Hunde da!« Eine Frau Mitte dreißig öffnete, während ein Setter den Kopf zwischen ihren schönen, nackten Knien hindurchstreckte und Robert über die Zunge hinweg anlächelte.

»Ja bitte?« Die junge Frau hatte wohl mit jemand anderem gerechnet und band eilig die Haare am Hinterkopf hoch. Sie machte zwei Schritte auf die ausgeklappte Metalltreppe zu, an deren oberster Stufe zwei Gummistiefel mit den Schäften aneinanderlehnten. Trotz der Kälte trug sie einen kurzen, karierten Rock und tatsächlich keine Strümpfe. Robert sah noch einmal genau hin. Hinter ihr auf der Veranda standen ein Kühlschrank und ein Wäscheständer, auf dem Kindersocken unterschiedlicher Farbe vertrockneten. Er zeigte seine Dienstmarke.

»Kommen Sie rein, wir leben hier mit zwei Kindern, zwei Hunden, zwei Schlangen und einer Schwiegermutter. Da ist auch noch Platz für Sie. Susi Wartmann mein Name. Und Ihrer noch mal?«

Robert bückte sich, als er in den Wohnwagen eintrat, obwohl die Tür hoch genug war. Sie zeigte auf ein schwarzes Ledersofa und nahm zwei Seidenkissen beiseite. Er setzte sich und stieß mit den Knien an einen Marmortisch, auf dem ein geöffneter Laptop stand. Der Bildschirmschoner zeigte zwei blonde Mädchen, die im oberen Stockbett zusammen lagen, während im unteren sich Stofftiere drängelten. Keine Armlänge vom Laptop entfernt stand das Terrarium für die Schlangen.

»Gemütlich, oder?«, fragte Susi Wartmann und fing an zu spülen. Ihre Blicke trafen sich im schrägen Spiegel über der Anrichte. Sie sei lieber hier im Wagen als zu Hause in Herne II, sagte sie, obwohl sie keine von der Kirmes sei. Den Bahnhofsplatz in Herne II kannte Robert. Der war ein Vorplatz vom Mond, mit seinen unzähligen Bushaltestellen zwischen Leere und Leere und dem quadratischen Betonklotz von Kaufhof am Horizont, den die siebziger Jahre dort hingewürfelt und dann vergessen hatten.

»Wie sind Sie denn hier bei der Kirmes gelandet?«

Sie habe an einem Samstagabend vor fünfzehn Jahren zu lange am Autoskooter gestanden und so den Wartmann junior kennengelernt, sagte sie, der damals noch von Wagen zu Wagen gesprungen sei, um die Chips zu kassieren und den Mädchen ins Steuer zu greifen. Sie war damals sechzehn. Wartmann war einundzwanzig und hatte bereits sechs Monate Beugehaft hinter sich, weil er ein uneheliches Kind nicht anerkennen wollte. Als sie, die Susi, dann schwanger wurde vom langen Stehen am Autoskooter, war es Wartmann junior plötzlich ernst. Obwohl sie eine Private gewesen sei.

»Das heißt?«, fragte Robert.

»Keine von den Fahrenden, keine, die dazugehört.«

Kennen Sie Marga Burg, wollte Robert fragen, wartete aber noch. Susi Wartmann drehte sich um und sah an ihm vorbei aus dem Fenster, wo die Wagen der Schausteller dicht an dicht wie eine Burg standen, als gebe es irgendwo auf den Anhöhen der Wälder rund um das Ruhrgebiet Feinde mit Pfeil und Bogen. Robert sah auf Susi Wartmanns nackte Füße in den getigerten Flauschhausschuhen. Ihre Fesseln waren sehr schmal. Sie sah seinen Blick, lehnte sich gegen die Spüle und zog einen Fuß aus dem Schuh, die Zehennägel waren blutrot lackiert. Langsam ließ sie den linken Fuß am rechten Schienbein hochwandern, und Robert schaute weg.

»Ist Ihnen nicht kalt?«

»Nein«, sagte sie.

Den Winter jetzt, sagte sie, werde sie in Herne verbringen, in einem Reihenendhäuschen mit Grill auf der Terrasse und Sauna und Klavier im Keller, sie hätten alle irgendwo eine Großmutter, eine funktionierende Heizung, einen großen Fernseher im Wohnzimmer und einen kleinen am Bett, hätten dort, wo die Großmutter warte, auch die immer gleichen Metalldosen für die immer gleichen Weihnachtsplätzchen, Nudelvorräte im Keller und eine umfangreiche DVD-Sammlung, meistens Horrorfilme. Der Winter sei für Schausteller ein einziger langer Sonntag, und wenn dann der Schnee draußen so verwehe, komme er einem wie Staub vor.

»Können Sie sich vorstellen, dass hier auf dem Platz ein Mensch in der Geisterbahn verschwindet?«, fragte Robert.

»Wer erzählt denn so was?«

»Marga Burg.«

Sie nahm das Band vom Hinterkopf und schüttelte das Haar auf.

»Die? Dann stimmt es nicht.«

»Wieso?«

»Die lügt.«

»Wieso?«

»Die passt nicht hierher.«

»Wieso?«

»Hier«, sagte sie, »hat man eine ganz hohe Moral und Anstand, Männer stehen auf, wenn sie einer Frau Feuer geben, auch wenn sie von Frauen an sich längst enttäuscht sind, wie unser Kollege von der Pilzbude da drüben.«

Sie wies mit dem Kopf in die Richtung, in der die Pilzbude stehen musste. Dem sei gerade die Frau weggelaufen, sagte sie, mit so einem vom Ordnungsamt. Der Kollege habe die Kinder, drei Jungens und zwei Mädchen, alle noch klein, bei sich behalten und stehe nun alle Tage allein am Stand, von vierzehn bis vierundzwanzig Uhr, nachdem er den auch noch ganz allein aufgebaut habe. Die Kinder versuchten zu helfen, Schaustellerkinder eben. Schaustellerkinder lernten früh, Verantwortung zu tragen. Bis in die Puppen zu schlafen, das gebe es hier nicht.

»Hat Frau Burg morgens so lange geschlafen?« Robert lächelte Susi Wartmann an.

»Weiß ich doch nicht.« Sie schob das Kinn vor und schaute wieder an ihm vorbei aus dem Fenster.

»Aber da hinten kommt Schlegel, der Chef von der Geisterbahn.« Sie zeigte auf einen ziemlich alten, weißen Mercedes, der mit viel Gas auf dem Platz wendete.

»Den können Sie fragen.« Sie öffnete die Wohnwagentür.

Als ihre Hunde Schlegels Wagen erreicht hatten, sprangen sie bellend an der Fahrertür auf und ab. Susi Wartmann hatte sich die Gummistiefel übergezogen und rannte hinterher. Die Stiefel waren ihr zu groß, sah Robert, während er folgte. Bei Schlegels Wagen angekommen, hob sie die Leine. »Aus, Raskolnikov, aus, du bist doch schon groß!« Raskolnikov setzte sich und schlug mit dem Schwanz auf den Boden. Der andere Hund blieb stehen, es war ein ganz kleiner.

»Der Kleine ist Fräuleinchen, eine chinesische Shar-Pei«, sagte sie, während sie sich zu Robert umdrehte.

»Und wohin willst du so schnell, Susi-Mädchen?« Schlegel stieg aus, ging den längeren Weg um das Auto herum und stellte einen Fuß auf die Anhängerkupplung. Er musste Anfang sechzig sein und trug einen Flickenpullover. Rote, grüne, gelbe und blaue Wollquadrate stülpten sich wie süßer Speck nach außen.

»Der Herr hier ist von der Polizei«, sagte Susi Wartmann, »tut mir leid, ich weiß, du hast schon genug Schwierigkeiten.«

»Und du hattest schon immer viel Fantasie, Susi, meine Schöne, damit hättest du auch meine vierte Frau werden können«, sagte Schlegel. »Jetzt haste nur den vom Autoskooter gekriegt.« Er legte eine Hand auf die Hüfte der Frau, und Robert sah eine goldene Rolex am goldenen Band, die ungefähr so alt wie Schlegel selber sein musste. Susi Wartmann musterte seinen Pullover.

»Sag mal, gibt es den auch am Stück?«

Schlegel lachte und nahm die Hand von ihrer Hüfte.

»Das ist alles Armut, meine Liebe, alles Armut.«

»Sie sind also in Schwierigkeiten, Herr Schlegel«, sagte Robert.

»Ihr beiden kennt euch?« Schlegel zündete sich eine Zigarette an und hatte noch immer den Fuß auf der Anhängerkupplung. Fehlte nur noch der Cowboyhut. Plötzlich sah der Kirmesplatz für Robert wie eine Pferdekoppel in Arizona aus, und er erinnerte sich, wie gern er als Kind auf der Kirmes herumgestreunt war, wenn alles schon stand, aber noch nicht den Betrieb aufgenommen hatte. Unter dem hellen Mittagslicht hatte zwischen den noch schlafenden Buden der Zauber von Amerika gelegen.

»Er hier fragt übrigens nach Marga Burg.« Susi Wartmann leinte den kleineren Hund an.

»Was wollen Sie denn von Marga, hat sie was angestellt?« Schlegel machte einen Schritt auf Robert zu und schlug ihm vertraulich auf den Arm. Er sah ihn direkt an, aber seine Augen blieben ausdruckslos wie schwarze Knöpfe, in denen es Robert nicht wirklich gab. »Warum ich in Schwierigkeiten sein sollte, weiß ich nicht, aber ich schlage vor, wir drehen mal eine Runde.«

Ein tückischer Wind blies ihnen ins Gesicht, und eine Krähe stakste im Abfall zwischen zwei Imbissbuden herum. Würdig und wie nebenbei wendete der Vogel ein fettiges, fleckiges Papier nach dem anderen, während Robert und Schlegel nebeneinander über die geschlossene Kirmes gingen.

»Die Geisterbahn«, Schlegel zeigte auf sein Fahrgeschäft, »kostet siebenundsechzig Cent pro Meter und Tag und ist zweihundert Meter lang. Aufgeschlagen werden zur Standgebühr noch fünfundzwanzig Prozent für das städtische Feuerwerk. Ich zahle immer gleich und immer bar.«

»Eijeijeijeijei«, kam es sehr laut aus der Geisterbahn. »Das ist unser Kettengeist, den lässt mein Mitarbeiter mittags immer probeschreien«, sagte Schlegel, »und da ist auch unser Mannschaftswagen.« Er zeigte auf zwei fahrende Container, nur wenige Schritte von der Geisterbahn entfernt. »Da kocht unsere Polin extra für die Männer, die schlafen im Dreierwagen mit eigener Dusche, jeder Angestellte hat fünf Quadratmeter. Sie sehen, bei uns ist alles in Ordnung.« In dem Moment drehte im Mannschaftswagen jemand das Radio lauter. »Ich bin wie du«, sang Marianne Rosenberg, und Schlegel sagte: »Ich auch.«

»Marga Burg«, fragte Robert vorsichtig, »die ...«

»Richtig«, sagte Schlegel, »und jetzt mal zu uns.«

»Hat sie gesagt, warum sie bei Ihnen arbeiten will?«

»Ich frage die Leute nicht, und alles ist möglich, Langeweile,

Liebeskummer, Geld verdienen.« Er zeigte auf einen alten VW-Bus. »Da hat sie gewohnt, den hat mein Sohn sich mal ausgebaut, mit Bett und Küchenecke, so eine Art fahrende Laube, wissen Sie, man hat ja unterwegs keinen Schrebergarten. Den Bus haben wir ihr für die zwei Wochen hier geliehen. Sie war ja nur Ersatz.«

»Für wen?«

»Stand doch in der Zeitung«, sagte Schlegel.

Robert zuckte mit den Schultern.

»Ach so«, sagte Schlegel, »Sie sind gar nicht von der Sitte?«

»Nein, von der Mordkommission.«

»Und wer ist ermordet worden?«

»Schwierige Frage«, sagte Robert, »bisher keiner.«

»Sind Sie auch sicher, dass Sie von der Polizei sind?« Schlegel ging plötzlich schneller, redete nicht mehr und steuerte auf einen altmodischen Wohnwagen zu. Jemand briet dort Wurst, Robert konnte es riechen.

»Das ist meine Jutta«, sagte Schlegel und zeigte auf die Tür, die einen Spalt offen stand. »Meine Jutta hat durchgesetzt, dass wir Marga Burg für die letzten zwei Wochen eingestellt haben, an dem Montag, an dem wir den Komparsen aus dem Kosovo rausschmeißen mussten. Der hatte bis dahin die Kalte Hand gegeben, aber dann ist er aus der Rolle gefallen und hat hingefasst, wo er nicht sollte. Als wir die erste Beschwerde wegen sexueller Belästigung bekamen, stand der Fall bereits in der Zeitung. Das ist ganz schlecht fürs Geschäft, und an dem Morgen stand unsere Marga da im Regen, und wir haben sie gleich genommen. Sie passte, sie hatte diesen Gespensterblick. So eine kommt überall zurecht. Die können Sie auch vorschicken und sagen, zeig mal den Leuten diese zwei frierenden Hühner und das magere Äffchen dazu, das die Hühner in einer Karre herumkutschieren. Die führt Ihnen das vor, und die Leute schauen hin. Wegen ihr, nicht wegen der Tiere, sag ich Ihnen. Sie ist die Nummer. Sie ist eine richtige Nummer.«

»So eine Art rosa Pferd?«

»Wenn Sie wollen«, sagte Schlegel, »ist sie auch ein rosa Pferd.«

Er öffnete die Wohnwagentür weit. Decken und Wände waren aus dunklem Holz. Der Wohnraum sah aus wie ein riesiges Schrankwandfach im Biedermeierstil. Schlegels Frau Jutta zündete gerade eine Kerze an, und ein Duft von Vanille legte sich über den Bratwurstgeruch. Ihre lila Bluse passte zu den schweren Stores in den niedrigen Fensternischen. Schlegel sah seine Frau zärtlich an. Sein linker Mundwinkel zitterte wie von einem Faden gezogen zu einem halben Lächeln nach oben, und kurz war er der junge, charmante, besondere Schlegel, den diese Frau einmal geheiratet hatte.

»Ein Mann? Vermisst? In unserer Geisterbahn?«, fragte sie, als Schlegel erklärte, warum die Polizei da sei. Auch Robert kam alles plötzlich wie erfunden vor.

Schlegel verschwand und hatte eine Minute später seinen Flickenpullover gegen ein makellos glattes, schwarzes Hemd ausgetauscht. Darin ging er zur Arbeit und ließ Robert mit seiner Frau allein.

7

Hinter einem Vitrinenfenster posierte eine Porzellantänzerin, die auch bei Roberts Tante in Hörde getanzt hatte. Nackt und weiß streckte sie die kostbaren langen Arme einer abwesenden Sonne entgegen. »Räumen Sie das alles aus, wenn Sie weiterfahren?«, fragte Robert und zeigte auf das Porzellan in der Schrankwand.

»Ja. Nur Schnittblumen schmeißen wir weg. Sie bringen Unglück am neuen Ort.« Schlegels Frau wirkte abgelenkt, war weder bei Robert noch bei sich. »Und wie sah der Mann aus, der verschwunden sein soll?«

Bevor er das Foto mit dem Filmteam und Böhm auf den Tisch legte, knickte Robert die drei anderen Personen ab. Frau Schlegel warf einen kurzen Blick auf das Bild, bot ihm den Platz auf dem geblümten Sofa an und holte eine Tasse mit Rosenmuster und zwei kleine Fertigkuchen aus der Küche. »Komödiantenfamilien sind anständige Familien«, sagte sie, »Kirsche oder Pflaume?« Sie schnitt ein Stück Kirschkuchen ab, schüttelte die Dose mit Sprühsahne, dekorierte Roberts Teller und nahm selber nichts. Sie lächelte und sah aus wie eine, die gern lebt und gern in der äußeren Welt immer weiterzieht, während sie innerlich auf dem Teppich bleibt. Auf dem Weg von Hagen nach Wuppertal oder von Unna nach Siegen im LKW dachte sie bestimmt nicht an den Schrecken der Scheidung oder an das Verlassenwerden. Dafür reichte die Zeit nicht aus, und nichts hatte am Ende so viel Gewicht, dass es nicht auch woanders hin hätte bewegt werden können.

»Haben Sie den Mann schon einmal gesehen?« Robert tippte mit der unbenutzten Kuchengabel auf das Foto. Eigentlich war er wegen seiner Ermittlung und nicht zum Kaffeetrinken hergekommen. Sie schlug in ihrem geblümten Sessel die Beine übereinander.

Vom Wohnzimmer führte ein Gang, schmal wie in einem Nachtzug, an mehreren Türen vorbei und schließlich auf die letzte zu, in deren Rahmen ein himmelblaues Waschbecken hing.

»Trägt Ihr Vermisster immer so einen weißen Anzug?«, fragte Frau Schlegel. Ihre Blicke trafen sich. Etwas nistete sich in Robert ein, bevor es einen Namen hatte. Als er nachfragen wollte, quietschte außen die Metalltreppe. Jemand klopfte ans Sichtfenster der Tür, hatte einen Schnauzbart und ein undefinierbares Alter.

»Das ist Django.« Frau Schlegel machte eine Handbewegung, mit der man Fliegen fängt, in Richtung des Mannes. Django öffnete die Tür, blieb aber mit dicken Schuhen im Rahmen stehen.

»Der Herr ist von der Polizei«, sagte Frau Schlegel. Django öffnete den Mund, zögerte, und ohne die Lippen unter dem Schnauz zu bewegen, sagte er: »Ich komme dann später noch mal wieder.«

»Hat er Angst?«, fragte Robert, als Django gegangen war.

»Der?«, sagte sie. »Django ist seit zweiundvierzig Jahren bei der Geisterbahn. Der hat nie Angst.«

»Wovor sollte man auch Angst haben, wenn man eine Geisterbahn betreibt?« Robert zog mit der Gabel Linien durch die Sprühsahne.

»Ach, Angst«, sagte Frau Schlegel, »mein Mann hat Angst vor dem Finanzamt, unsere Enkelin Lorena, die das Geschäft erben wird, hat Angst davor, dass all das hier einmal zu Ende gehen könnte, und ich habe Angst vor jedem Feuerwerk, auf jedem neuen Platz. Die Lichter der Kirmes gehen aus, und dann beginnt die Bombardierung. Ich habe keine Angst vor dem Altwerden, sondern vor dem Sterben. Altwerden kann man überleben. Sterben nicht.«

»Und Marga, wovor hatte die Angst?«

Frau Schlegel pickte mit dem angefeuchteten Finger Krümel von der Tischdecke.

»Das war so.« Sie schwieg.

»Ja?«

»Ich lüge nicht gern«, sagte sie.

»Erzählen Sie.«

An dem Wochenende, bevor Marga kam, habe sie an der Kasse gesessen, und eine Frau Ende dreißig sei aus dem Wagen gesprungen, sobald Django die Bügel gelöst habe, sagte Frau Schlegel. Die Frau sei schreiend an der Kasse vorbei und davongerannt. Sie habe die Frau nur von hinten gesehen. Ein Mann sei ihr gefolgt, äußerst gelassen. Er habe einen Mantel über dem Arm und einen für die Jahreszeit unpassenden weißen Anzug getragen. Deshalb sei er ihr aufgefallen. Er habe sich noch einmal umgedreht und so seltsam in sich hineingelächelt. Seinetwegen habe sie die schreiende Frau weniger beachtet. Aber dann sei die über ein Kind gestürzt, das mit seiner Zuckerwatte im Weg stand. Sie sei gefallen, die Frau, habe im Sturz zu schreien aufgehört und sei nur sehr langsam wieder auf die Beine gekommen. Sie habe wie betäubt dagestanden, während der Mann im weißen Anzug mit dem Gesicht nah an ihrem Haar auf sie eingeredet, mit einem Taschentuch die Zuckerwatte von ihrer Jacke gerieben und schließlich ihre Stirn geküsst habe.

»Ich habe die Frau die ganze Zeit nur von hinten gesehen, aber etwas an Margas Haltung kam mir bekannt vor, als sie sich an dem Montag bei uns bewarb.« Frau Schlegel zögerte. »Wissen Sie, so wie einem kurz vor Weihnachten jeder Engel bekannt vorkommt, einfach vom Typ her.«

»Und diese Szene mit der schreienden Frau, die vielleicht Marga war, die war an welchem Wochentag genau?«

»Weiß ich nicht mehr, vielleicht war es Samstag, es war sehr voll. Aber Marga kommt um sechs. Dann können Sie sie fragen.«

»Was?«

»Wovor sie Angst hat, vielleicht«, sagte Frau Schlegel.

Die Mittagssonne schien direkt in den Wohnwagen und blendete. Frau Schlegel stand auf, stützte sich an der Rückenlehne des Sofas ab, beugte sich dicht neben Robert zu den Stores und zog sie mit einem Ruck vor die Fenster. Danach waren das Licht gedämpfter und ihr Gesicht jünger. Sie legte eine Hand auf seine.

»Hat Ihnen schon einmal jemand gesagt, dass Sie wie Clooney aussehen?«

»Eijeijeijeijei«, schrie Schlegels Kettengeist aus der Ferne.

»Niemand? Wirklich nicht? Auch Ihre Frau nicht?«

Isa hatte nie gefunden, dass er wie Clooney aussehe, sondern eher wie ein männliches Model, das in Polizeifachzeitschriften für Versicherungen warb. »Wenn ich Ausdauer versichern könnte!«, sagte das Model mit stechendem Blick in die Kamera und machte Liegestütze dabei. Entspannte Liegestütze, das war deutlich zu sehen. Der Vergleich hatte Robert beleidigt, aber es stimmte. So sah er aus und so war er. »Du bist nicht nur ausdauernd, du bist noch schlimmer«, sagte Isa und steigerte sich meistens an Sonntagen in jenes verletzende Vorspiel hinein, das kurzfristig zur Liebe am Nachmittag und auf Dauer zum Abschied geführt hatte. »Du bist auch noch melancholisch und zwanghaft, da braucht man länger für die Dinge, da wenden sich die Dinge einfach gegen einen.« »Und du machst zu viel Yoga«, sagte Robert, »du kannst nicht alt werden und liebst nur deinen Vater und dich. Außerdem dichtest du dir die Wirklichkeit zurecht, bis sie so hysterisch ist wie du, Hauptsache, sie ist nicht langweilig. Gib zu, du hast dir den falschen Mann ausgesucht und es zu spät bemerkt.«

Wie immer schlug Isa daraufhin die Tür zum Schlafzimmer zu, die schon Risse hatte vom vielen Schlagen. Sie wusste, es war eigentlich vorbei, es dauerte nur noch. Er hatte Isa bis zuletzt begehrt, meistens war sie aber in den gewissen Momenten nicht anwesend gewesen, oder sie schlief. Dann war sie eines Abends nach Hause gekommen und hatte gesagt, sie wolle ausziehen. Er sagte: »Schon klar, hatte ich mir schon gedacht.« Er kochte weiter ein Zürcher Geschnetzeltes, das sie sich gewünscht hatte. »Schon klar«, wiederholte er und öffnete den Becher mit saurer Sahne. Gar nichts war ihm klar gewesen. War sie ihr kameradschaftliches Zusammenleben leid und hatte etwas Aufregenderes gefunden als die eheliche Zweier-WG im Zahmenhofweg? Hatte er da was nicht mitgekriegt? Hatte sie nicht immer häufiger zerstreut gelächelt und ihn damit der seelischen Täuschung überlassen, im freundlichen Fortgehen komme sie ihm näher? Richtig. Er hatte was nicht mitgekriegt und einfach weitergelebt, war seiner Wege gegangen, als sei nichts geschehen. Alle lebten so. Alle stolperten, blendeten aus und lebten stolpernd weiter. Sie hatten keine Kinder. Das machte die Trennung nicht leichter. Nein, wirklich nicht, auch wenn alle den bekannten Allgemeinplatz predigten: Solange man keine Kinder hat, ist das nicht so schlimm. Wer sagte denn, dass ein Paar ohne Kind weniger wert war? Robert hatte also in der Küche am Herd gestanden und gekocht. »Ich ziehe aus«, hatte Isa wieder gesagt, und er hatte geglaubt, den Hieb schon nicht mehr zu spüren, als sie sich mit dem »aus« zum Küchenfenster drehte, um es zu öffnen, weil Essensgeruch sie immer störte. Er hatte den Satz im Geschnetzelten untergerührt und sie gebeten, den Tisch zu decken. »Für uns«, hatte er gesagt. Das war letztes Jahr gewesen.

Frau Schlegel schloss den Wohnwagen nicht ab, zog eine Strickjacke eng um den Leib und begleitete Robert unter einem Schirm, den sie über sich und über ihn hielt, durch den trüben Mittag zur Geisterbahn, wo ihr Mann die Lippenbewegungen der Geister kontrollierte und im blauen Arbeitslicht seine Frau und deren Begleiter musterte, als sie ungefragt sein Reich aus Sperrholz und Pappe betraten, das bei diesem Licht nichts Schreckliches hatte. Er hob einen Schraubenschlüssel auf und beugte sich über eine räudige Mädchenleiche im Sarg hinter dem Eingang. Seine Frau trat dicht hinter ihn und schlug ihm die Schuppen vom Hemd.

»Hat schließlich mit Kunst zu tun, wenn wir hier spielen«, sagte Schlegel mürrisch und schraubte weiter an dem Mädchen im Sarg herum, »und Kunst kommt von klappen.« Robert verabschiedete sich eilig.

8

Es hatte am Nachmittag stärker zu nieseln begonnen, und auf dem Parkplatz des Polizeipräsidiums stand eine Gruppe Putzfrauen herum und steckte die Schirme zusammen, als er aus dem Wagen stieg. Es war kurz nach vier. Während er zwei Stufen auf einmal nehmend die Treppen zu seinem Büro hinaufstieg, kam Schritt um Schritt der Traum von letzter Nacht zurück. In dem Traum war er in eine S-Bahn gestiegen, die ihm bekannt vorkam, obwohl er nie mit ihr gefahren war. Auf dem Bahnsteig stand jemand in Uniform in einer Pfütze und hob den Arm, der sehr lang war wegen der Kelle, die er in die Luft streckte. Dann fuhr die S-Bahn los, fuhr ohne Halt durch alle Bahnhöfe, bis es keinen Halt mehr gab und er allein im leeren Wagen in ein flaches, graues, konturloses Land hineinraste, ein Land ähnlich den Zeiten im Leben, die man blind hinter sich bringen will. Dann hielt die Bahn an einer unbekannten Station. Als er ausstieg, fühlte sich das Wetter wie Osten an, wie sehr weit im Osten. Es herrschte eine Kälte, die nicht von hier war. Es war eine dortige Kälte. Er sprach einen Mann an, der eine andere Uniform trug und nicht in einer Pfütze stand. Der antwortete auf Dänisch oder Russisch, es war nicht zu unterscheiden gewesen, und Robert war aufgewacht.

Im Büro setzte er sich an seinen Schreibtisch, um mit dem Staatsanwalt in einer anderen Sache zu telefonieren. Über seine Akten wie über sich selbst gebeugt verbarg er alles, was er fühlte. Eine der Putzfrauen kam in sein Büro und leerte den Papierkorb. Er bot ihr ein Stück Schokolade an und überlegte in dem Moment, ob er Nico nicht bitten sollte, ihn am Abend noch einmal zur Kirmes zu begleiten. Nur um sich vor sich selber zu schützen. Er ließ es. Gegen sieben verließ er die Dienststelle wieder.

Sie reichte ihm die Waffe, war dünn wie eine Zigarette und hatte ihr schütteres Haar straff zu einem Pferdeschwanz gebunden.

»Fünf Schuss eins fuffzig«, sagte sie und lud das Gewehr. Sie trug einen blauen Nylonkittel über Pullover und Hose. Ihr Gesicht, das bestimmt einmal schön gewesen war, musste früh jemand zum Schweigen gebracht haben. Robert zielte auf die Rosen. Bei der fünften schoss er absichtlich daneben.

»Sie sind aber ein ganz Höflicher«, sagte die Frau und zündete sich eine Zigarette an. »Die letzte hätten Sie doch auch noch umlegen können.«

Als sie ihm alle fünf gab, fehlten ihrem Lächeln vorn zwei Zähne.

»Sieht sonst komisch aus, wenn Sie nur mit vieren zu Ihrer Frau kommen«, sagte sie.

Jemand in Roberts Rücken lachte, und als er sich umdrehte, standen zwei Kollegen in Uniform hinter ihm.

»Man muss ja in Übung bleiben«, sagte der eine. Der andere sagte nichts, denn er beschmierte sich gerade mit einem Fischbrötchen. Von weitem hörte Robert eine weiche, dunkle Frauenstimme, die er bereits kannte. Sie saß seit Stunden an der Kasse. »Eine schöne Fahrt, eine schaurige Fahrt, treten Sie ein ins Abenteuer, ein Abenteuer auf zwei Etagen!«, sagte Frau Schlegel ins Mikrofon.

»Schönen Abend noch«, sagte Robert und schlug dem Fischbrötchen-Kollegen auf die Schulter, sodass der sich noch mehr beschmierte und zu husten anfing.

Frau Schlegel in ihrer Kasse hatte einen dunkelroten Lippenstift aufgetragen, trug einen braunen Pullover mit Lurex und schenkte Clooney ein Lächeln. Er schenkte ihr dafür die fünf Rosen.

»Wenn das mein Mann sieht.«

Sie sagte es keck, sie sagte es schüchtern. Aus dem Innern der Geisterbahn schrie das Gespenst in Ketten. Frau Schlegel wies mit dem Kopf auf den Eingang ihres Fahrgeschäfts. Eine Haarsträhne fiel ihr dabei in die Stirn. Sie strich sie sehr langsam zurück. Der Mann mit Schnauz und dickem Bauch, der Django hieß und vor nichts Angst hatte, schob einen Wagen auf Robert zu. Ein zweiter Mann in Arbeitskleidung fragte: »Sind Sie allein?«, und Robert nickte. Auf einem Barhocker bei der Einfahrt saß eine junge Frau mit dabei, wohl wegen des einen oder anderen Mannes. Robert stieg ein.

»Verriegeln Sie immer?«

»Ja«, sagte Django, »damit man während der Fahrt nicht rauskommt, Sie mit Ihren achtzig Kilo nicht, ich auch nicht, niemand.« Django schaute bei dem Satz auf den Videomonitor, der das Innere der Geisterbahn übertrug. Er kaute an seinem Schnauz herum. Über dem Eingang hing King Kong und hatte einen vollen Aschenbecher zwischen den Pranken.

»Nicht verriegeln, bitte«, sagte Robert und stieg ein. Django nickte. »Aber nur, weil Sie es sind«, und er schob ihn auf die Filzportieren zu. Robert drehte sich noch einmal um und sah das Kinderkarussell, auf dem die ewigen Schwäne einer verlorenen Kindheit ihre Runden zogen. Wer die Melancholie nicht kennt, versteht nur die Hälfte, dachte er. In dem Moment streckte Frau Schlegel, noch immer die Hand im Haar, ihren Kopf aus dem Kassenfenster.

»Seien Sie nett zu ihr, da drinnen. Es ist Marga ihr letzter Abend heute.«

Die Mädchenfigur, an der Schlegel am Mittag herumgeschraubt hatte, lag jetzt im Scheinwerferlicht in ihrem aufgeklappten Sarg und schlug mit einer schmuddeligen Lilie nach zwei Ratten und einer Reihe anderer Plastikuntiere, die noch immer bemitleidenswert nach dem aussahen, woraus sie gemacht waren. Kurz darauf strich ein Spinnengewebe im Dunkeln durch Roberts Gesicht und war ihm nur aus hygienischen Gründen unangenehm. Bären hoben die hohlen Tatzen, Skelette klapperten mit den Scharnieren, doch plötzlich blieb es für eine längere Zeit dunkel, während der Wagen steil bergab rollte in eine gleichbleibende Schwärze hinein, die sich ihm auf das Gesicht legte. Der Wagen beschleunigte, und obwohl Robert wusste, dass die Strecke nur kurz sein konnte, fühlte sie sich an wie ewig. Wäre er noch Kind, er hätte jetzt Angst gehabt, denn der Tod irrte sich manchmal in der Tür. Als der Wagen im Tempo nachließ und fast zum Stehen kam, packte eine kalte Hand in seinen Nacken.

»Hallo«, sagte er, um sich an seiner eigenen Stimme festzuhalten, und schob den Bügel zurück. »Hallo Marga.« Er stieg aus und sah in einem dumpfen, dunkelgrauen Licht seinem leeren Wagen hinterher, wie er Schlegels Schienen entlangrumpelte. Lächerlich und doch unheimlich sah das aus, und während Robert sich gegen das Gefühl wehren musste, seine Seele habe sich von seinem Körper getrennt und fahre allein und ohne ihn fort, traf ihn der Strahl einer Taschenlampe ins Gesicht.

»Hier darf man nicht aussteigen!«

Das war ja wie in Amerika. Robert steckte wieder die Hände in die Jacketttasche, wie man es in schlimmen Momenten tut. In Amerika, da kam die Polizei auch hinter einem her. Aufheulende Sirene und gleißend weißes Licht, das durch Heckscheibe und Hinterkopf bis hinter die Augen schießt. Und dann wurde man angeschrien oder gleich erschossen.

»Hallo, Herr Hauptkommissar, ich habe Sie nicht gleich erkannt«, sagte Marga Burg fast zärtlich. Dann richtete sie den Lichtkegel der Lampe auf ihr Gesicht und wenige Herzschläge später noch einmal auf seins, wie um sie im Herzen der Finsternis einander vorzustellen. Sie hatte dabei die Augenbrauen zusammengezogen, und er hätte sie gern gefragt, seit wann sie sich eigentlich diesen Lidstrich malte, der sich mit dem Schwung einer japanischen Schwalbe von der Nasenwurzel bis weit über den Wimpernrand zur Schläfe zog. Der Strahl der Taschenlampe erlosch. Robert tappte vorwärts, und sein Fuß stieß gegen etwas.

»Psssst, das sind meine Reserven.«

Robert stand vor einem Kasten mit Colaflaschen, von denen zwei noch nicht geleert waren. Marga zog ihn beiseite, um einen nächsten Wagen vorbeifahren zu lassen.

»Was machen Sie hier?« Sie lächelte, er konnte es hören. Es war ein kaum wahrnehmbares, sanftes Ausatmen wie bei Kindern im Schlaf. Nicht das geringste Lebenszeichen eines anderen Menschen deutete an, dass sie zwischen den schwatzenden Dämonen nicht allein waren auf der Welt. Marga berührte ihn. Diese Hand war warm. Etwas stimmte nicht mit ihr. Warum fand er sie trotzdem in Ordnung? Auf jeden Fall fand er sie schön. Aus Versehen berührte sie im Dunkeln mit dem Gesicht sein Gesicht, und schon hatte sie ihm das Herz verdreht. Wie leicht war es, sich in einem anderen Menschen zu verfangen. Was machte er eigentlich hier?

»Was machen Sie hier?«

»Suchen.« Robert räusperte sich.

»Sie suchen nach Mathias Böhm?«

»Nach erwachsenen Abgängigen oder Vermissten suchen wir erst einmal nicht«, sagte Robert. Der offizielle Ton machte ihn sicherer. »Oder wir suchen, wie in diesem Fall, nur informell. Oder es liegt der Verdacht einer willensausschließenden Lage vor.«

»Was heißt willensausschließende Lage?«

»Krankheit, Trunkenheit, Suizid«, zählte er auf.

»Das können Sie vergessen, so ist er nicht.«

»Wie ist er denn?«

»Bevor er an dem Sonntag in die Geisterbahn stieg, hat er mir ein Kompliment gemacht.«

»Was hat er gesagt?«

»Ich liebe dich«, sagte sie leise. Es lag an ihrem Ton, dass Robert sich für einen Moment gemeint fühlte. »Eijeijeijeijei«, schrie der Kettengeist ganz in der Nähe, und Robert gab ihm recht. In der Ausbildung hatte er gelernt, dass der größte Feind der Wahrheit nicht die Lüge ist, sondern der Irrtum. Auch diese Liebeserklärung war ein Irrtum.

»Sie glauben mir nicht?«

»Was?«

»Das mit der Liebe«, sagte Marga und zog ihn in ihre Nische, wo der Kühlakku für ihre kalte Hand auf einem Blumenhocker aus Holz lag. »Sie glauben mir nicht.«

Robert und sie standen in der Geisterbahn beieinander, umgeben von dem süßlichen Wind eines Warmluftgebläses. Irgendwo zerriss der hohe Schrei einer Frau, der sich selber nicht ernst nahm, die stupide Geräuschkulisse von Schlegels einundzwanzig Geistern.

Ob sie am Samstag vor zwei Wochen schreiend über den Kirmesplatz gelaufen sei, hätte er sie jetzt fragen müssen. Sie hatte gesagt, am Sonntag sei Mathias Böhm in der Geisterbahn verschwunden. Waren sie zweimal da gewesen?

»Sie haben doch Angst vor Geisterbahnen, sagten Sie, als wir uns das erste Mal sahen. Haben Sie jetzt keine Angst mehr?«, fragte er stattdessen.

»Nein.«

»Warum nicht?«

»Darum nicht.«

Marga beugte sich um eine Nasenlänge vor und küsste blind erst sein linkes Auge, dann die Stirn, dann flüchtig den Mund. Das war das Intimste, was er seit Monaten erlebt hatte, obwohl ein Blumenhocker mit Kühlakku zwischen ihnen stand.

Auf den Stufen beim Kassenhäuschen saßen ein Junge und ein Mädchen und hatten zwei Hunde dabei, die Robert kannte.

»Warum kommen Sie denn zu Fuß zurück? Haben Sie Angst gehabt?«, fragte das Mädchen und stand auf. »Wenn Kinder Angst haben oder weinen, kriegen sie ihr Geld zurück. Aber Sie sind ja schon alt.«

»Und, hast du dir schon mal überlegt zu weinen, für Geld?«

»Für Geld?« Das Mädchen griff nach der Hand des Jungen, der sich neben sie gestellt hatte und mit Blick auf Robert den Beschützer spielte.

»Geld ist geil«, sagte der Junge.

»Angst ist geil«, sagte das Mädchen und riss sich von der Hand des Jungen wieder los.

»Heißt du vielleicht Wartmann, und der da ist Raskolnikov?« Robert zeigte auf den größeren Hund. Das Mädchen schaute ihn bewundernd an.

»Das ist wirklich Raskolnikov, Sie können ja wahrsagen. Ich bin übrigens die Emily, der kleine Hund heißt Fräuleinchen, und das hier ist mein Cousin …«

»… Schnauze, Emily«, sagte der Cousin, »wehe, du sagst dem, wie ich heiße. Der ist doch Bulle.« Er boxte die Cousine auf den Oberarm, und während sie sich stritten, legte der kleinere Hund den Kopf auf Roberts Schuh, drehte die Augen zu ihm hoch, dann weiter, zum Himmel, zum Licht.

9

Als Robert kurz vor Mitternacht in seine Wohnung zurückkam, legte er eine seiner Dylan-CDs auf, bevor er die Schuhe auszog. »The air is thick with a chemical tang. A woman takes a shower before going home to her husband.« Schöne Sache, in so einer Radiostation nachts eine Sendung zu produzieren und dann im Morgengrauen allein über leere Flure zu gehen, am Automaten neben dem neonerleuchteten Eingang einen Kaffee zu ziehen, dem Nachtpförtner zuzunicken und sich mit ihm, dem Äther und dem All gleichzeitig verbunden zu fühlen, wohin man eben noch seine Sendung geschickt hatte, während in billigen Wohnblocks bereits die ersten Lichter von Küche und Bad angingen und ein früher Bus die einen zur Arbeit und die anderen nach Hause fuhr.

Ohne Licht zu machen, hängte Robert seinen Anzug an die Garderobe im Flur, auch Hose und Hemd, und nahm die Trainingshose und den Pullover aus Schottland von der Hutablage. Seitdem Isa weg war, hängte er alles, was ihm lieb und gerade in Gebrauch war, an die Flurgarderobe, egal, ob es dort hingehörte, egal, wie viel Platz das Zeug wegnahm, egal, wer überraschend hätte kommen können. Es kam eh keiner. Als er ins Wohnzimmer ging, klingelte ein Telefon und aus dem Lautsprecher sagte Dylan: »Hello, this is your host Bob Dylan« und kündigte seine Sendung zum Thema Telefon an. Robert hob eine Staubmaus vom Parkett auf. In dem Moment klingelte sein eigener Apparat im Flur.

»Nico hier«, sagte Nico genervt. »Ich war mit der Exfrau von Böhm bei seiner Wohnung, und weißt du, wen wir vor der Haustür getroffen haben?«

»Ihn?«, fragte Robert.

»Böhm? Sehr witzig«, sagte Nico. »Wir haben deine Frau dort getroffen. Isa wohnt in der Straße.«

»Schöne Gegend«, sagte Robert, um irgendwas zu sagen, »da stehen Akazien überall.« Er fühlte sich unwohl bei dem Satz, und fast wurde ihm übel, wegen eines Gefühls unter dem Zwerchfell, das versuchte, keins zu sein. Er legte sich auf sein Sofa, und Dylan gab die Telefonnummer vom Pennsylvania Hotel durch. 6–5000. In dem Hotel hatte Glenn Miller oft gespielt, und Dylan spielte den Song von Miller, der nach der Telefonnummer des Hotels benannt war.

»Six five thousand«, summte Robert mit.

»Geht's noch?«, fragte Nico, »mach doch da die Musik mal leiser.«

Ihr Bericht war genau wie immer: Braune Ledergarnitur, Design, aber schon älter, ein Flokati neueren Datums, ein Flachbildschirm, schwedisches Fabrikat, eine Menge CDs von Maria Callas, ein französisches Bett, auf das die Exfrau laut Nico mit einem undefinierbaren Blick gestarrt habe, rote Vorhänge im Schlafzimmer und nur weiße Handtücher im Bad. »Alles meine«, hatte die Exfrau von Mathias Böhm mit einer großartigen Geste auf den Stapel Frottee gesagt. Einen Kleiderschrank gab es nicht, aber einen Metallständer auf Rollen im Flur für Anzüge und Hemden. Ein unausgepacktes Wäschepaket habe ebenfalls herumgelegen. »Wie wir es aus seinem Büro schon kennen«, sagte Nico. Die Küche sei als Büroküche eingerichtet, wie jetzt bei Singles und Arztpraxen so üblich. Eine Art Aktenschrank eben, mit integriertem Kühlschrank, Herd, Putzfach, Mülleimer und Gewürzecke.

»Kenn ich nicht«, sagte Robert. »Was ist mit Bildern?«

»Bilder?«

»Von Frauen, von New York oder Berlin vielleicht?«

»Doch, schon, ein paar Bilder gibt es. Sie stehen unten an den Fußleisten, als sei er eben erst eingezogen.«

»Was ist mit dem Arbeitszimmer?«

»Gibt keins, weil der Wohnraum so riesig ist, so ein Loft, weißt du?«

»Ich weiß, was ein Loft ist. Das gab es auch schon zu meiner Zeit«, sagte Robert. Er ging mit dem Satz in die Küche und setzte sich auf einen der beiden Küchenstühle, die ebenfalls für ein Loft und nicht für ein kleines rotes Häuschen im Vorort einer Kleinstadt gestaltet waren. Isa hatte sie ausgesucht.

»Sonst was Auffälliges?«

»Er hat ein Boot.«

»Was heißt das?«

»Er besitzt eine Jacht. Er ist ein Mann, der die Frauen versteht.«

»Versteh ich nicht.«

»Es gibt sie manchmal, diese Männer an einer Bar«, sagte Nico, »so ab Mitte vierzig, die einen interessiert mustern. Wenn ich sie direkt ansehe, sprechen sie mich auch direkt an. Sie sagen aber nicht das Übliche, dass ich wunderbare Haare habe zum Beispiel. Sie kommen auch nicht mit dieser blöden Frage, warum eine so schöne Frau wie ich allein unterwegs ist, sodass ich antworten muss: Weil es nur so Idioten wie Sie gibt. Nein, dieser Typ Mann ab Mitte vierzig schaut nur freundlich und interessiert, und ich kann genauso zurückschauen. ›Wenn Sie hier etwas zu trinken haben möchten, dann dürfen Sie nicht so schüchtern sein‹, sagt er dann, ›was darf ich Ihnen bestellen?‹ Und während wir noch auf meinen Manhattan warten …«

»Wir sind schon beim Wir?« fragte Robert.

»… erzählt er …«, sagte Nico.

»… von seinem Boot.« Robert räusperte sich.

Von der CD sagte Bob Dylan in dem Moment, das Telefon

sei von Alexander Graham Bell erfunden worden, dessen Eltern taub waren. Danach spielte er »Talk to me Baby«, einen Rock-'n'-Roll-Song für Lastwagenfahrer.

»Übrigens«, sagte Nico, »Mathias Böhm hat ein riesengroßes Aquarium in seinem Schlafzimmer. Die siebenundzwanzig Fische darin sind alle tot.«

»Hast du sie gezählt?«

»Ja.«

»Warum?«

»Ich zähle immer irgendetwas nach, wenn ich nicht weiterweiß, kleiner Robert. Glaubst du nicht, wir verrennen uns da in was?«

Eine Stunde später. Robert löschte das Licht in seinem Wohnzimmer und schaltete dann erst die Anlage aus. Der Glenn-Miller-Song ging ihm nicht aus dem Kopf. 6–5000. Pennsylvania Hotel. Er trat ans Fenster und schaute auf den menschenleeren Zahmenhofweg. Vor dem Haus gegenüber stand ein Stuhl im Dunkeln und blockierte eine Parkbucht. An der Rückenlehne klebte ein Zettel, den er nicht lesen konnte. Er ging dicht an die dunkle Scheibe heran, und weil es ihm nicht gelang zu lesen, was auf dem Zettel stand, überfiel ihn das Bedürfnis, all dies aufzuschreiben. Nicht für die Polizei, nicht als Protokoll. Er wollte festhalten, wie Marga in ihrem Mantel aus kratziger Wolle wohnte und den Rhabarberkragen immer rechtzeitig hochschlug, wie sie sich auf unauffällige Weise leistete, jemand zu sein, den es heute gar nicht mehr gab. Sie gefiel ihm. Dass sie hübsch war, war ihm erst mal egal, Hauptsache, sie blieb aller Welt gegenüber bei dieser umwerfenden Verlegenheit. Er lehnte die Stirn gegen die Scheibe. Sie sei noch nie in ihrem Leben Geisterbahn gefahren, also könne sie unmöglich die Frau gewesen sein, die da an jenem Samstag über die Kirmes gerannt sei, hörte er sie sagen und wusste sofort, dass sie im gleichen Ton aussagen würde, sie könne unmöglich diese Frau gewesen sein, die soeben einen Polizisten an der dunkelsten Stelle seines Lebens geküsst habe. Er mochte sie, er mochte sie nicht, er mochte sie, dann wieder nicht. Er drückte die Stirn fester gegen das Fensterglas. Ja, er hatte Lust, endlich einmal wieder in ein Gesicht zu blicken und dabei zu denken: Jetzt werde ich glücklich sein.

Am Morgen war die Druckstelle der Stirn noch immer als milchiger Fleck an der Scheibe, aber der Stuhl auf dem Parkplatz gegenüber war fort. Stattdessen parkte dort ein Umzugswagen aus Wuppertal, und zwei Männer trugen einen Küchenschrank ins Haus, der blau gestrichen war. Eine junge Frau stand auf dem Bordstein dabei. Sie trug eine Brille und legte behaglich die Hände auf den Rücken wie ein alter Mann, während sie an den Möbelpackern vorbei die Straße hinunterschaute. Bäume ohne Laub rahmten die Entfernung ein.

II. Kälteidiotie

»The wind picks up from over the bay.
A delivery boy makes a wrong turn on Fifth Avenue«

10

Die Vortragsreise war lange schon vereinbart gewesen und kam jetzt im richtigen Moment. »Diese Nackten und Toten auf freiem Feld sind dein Fachgebiet, kleiner Robert. Sie werden dir helfen, von dieser Mottenkugel Marga Burg loszukommen«, sagte Nico. »Die Frau ist eine Sackgasse, und Mathias Böhm wird sich nur mäßig freuen, wenn er merkt, dass wir ihm hinterherspionieren, nur weil er in dieser Sackgasse rechtzeitig den Rückwärtsgang eingelegt hat.«

Sah man darüber hinweg, dass Nico eine andere Frau vorführen wollte, hatte sie recht. Es gab keine Leiche. Es gab nur tote Fische, beerdigt in einem Blumentopf auf dem Balkon von der Exfrau des Verschwundenen. Siebenundzwanzig Fische, hatte sie mit Filzstift auf einen flachen Stein geschrieben und ihn auf die festgedrückte Erde gelegt, während Nico dahinter gestanden und sich an die Stirn getippt hatte. »Künstlergattin«, hatte sie präzise an Robert weitergemeldet. Richtig. Doch Marga Burg als Mottenkugel zu bezeichnen, nur weil sie, Nico, zehn Jahre jünger war, kam ihm falsch vor. Oder böse. Schon klar, so etwas konnte passieren, vor allem wenn viel zu tun war, und es war viel zu tun. »Also«, hatte Nico ungeduldig gesagt und beide Fäuste auf den Stapel Rotbandakten gestützt, »womit waren wir befasst, bevor uns für ein verlängertes Wochenende Frau Burg dazwischenkam?« Sie hatte wütend die Hefter auf dem

Schreibtisch umgeschichtet, in denen acht zähe, ungelöste Fälle warteten. Darunter die dringliche Nummer eins, Tod durch Herzversagen einer Sechzigjährigen im Fahrstuhl. Der Fahrstuhl sollte manipuliert gewesen sein. Ehemann und Kinder der Toten mussten dringend befragt werden, während diesen Mathias Böhm niemand vermisste. Außer Marga Burg. Fatzer kam mit seinem Film gut ohne ihn zurecht, und die Exfrau nannte sein Verschwinden eine Laune. Mathias Böhm war nach Aussage aller weder gefährlich noch gefährdet, die Angelegenheit Burg noch immer keine richtige Akte und weit davon entfernt, dem Staatsanwalt bekannt zu sein. Ja, Roberts Reise sollte genau im richtigen Moment beginnen. Eine gnädige Fügung wollte ihn vor sich selber schützen. Das Thema seiner Vortragsreihe lautete »Kälteidiotie«.

Die erste Tagungsstätte lag in der Eifel, fünfzig Kilometer vom nächstgrößeren Ort entfernt. Zum Nachtessen gab es roten Tee und Schnittchen mit Gurkengarnitur, was zum Haus passte. Eine Jugendherberge für Erwachsene mit dem Geruch nach evangelischer Kirche, wenn man den Kleiderschrank öffnete. Im Anschluss an das Abendessen ließ Robert sich mit den Kollegen vor einer weißen Wand fotografieren, von einer der weißen Frauen des Küchenpersonals. Sie kicherte, während sie die Fotos machte. Ihr Gesicht war ein blanker Apfel, und sie roch nach Kernseife, als sie ihm den Fotoapparat zurückgab.

Danach hielt er seinen Vortrag.

In Russland oder anderen osteuropäischen Ländern war die Todesursache Kälteidiotie nichts Besonderes, aber nur in wenigen Wintern waren in Deutschland Menschen auf diese Art umgekommen. Ob immer freiwillig, blieb zu klären. Robert schaute auf. Zwanzig Kollegen, die eben noch Schnittchen gegessen hatten, schauten aufmerksam zurück.

»Fallbeispiel«, sagte er. »Das Opfer war siebenundzwanzig Jahre alt. Der junge Mann lag nackt auf dem Bauch und schräg zu den Ackerfurchen eines freien Feldes. Die Füße geschlossen, die Hände dicht am Körper und mit den Innenseiten nach oben gedreht, eine Stellung, die ein Yogalehrer als Entspannungshaltung bezeichnen würde.«

Robert schwieg. Der betet, hätte Isa über den Toten gesagt. Führe mich vom Licht ins Dunkle, vom Unwissen zur Weisheit, von der Sterblichkeit in die Ewigkeit. Vielleicht lag es an den Ackerfurchen, die Richtung Horizont näher zueinander liefen und sich im Unendlichen berühren mochten, vielleicht lag es am Licht eines sonnigen Spätnachmittags, das die Szene so in Honig tauchte, vielleicht aber lag es auch nur an Robert, dass er jenes Aktenfoto wie ein Aktfoto ansehen musste.

Früh ging er zu Bett und schlief bei offenem Fenster, ließ die Regenluft herein und zog die braune Wolldecke von den Füßen bis zum Kinn hinauf. Die Eifel gehörte in seine Kindheit, war das dunkle Land diesseits einer Bahnschranke. An der Bahnschranke hatte der Bauernhof seiner Urgroßeltern gestanden, und jenseits der Schranke lag Belgien, wo der Himmel dunkler war als über dem vertrauten Bauernhof und schwere Pferde Baumstämme von Wald zu Wald zogen. Als er einschlief, fiel ihm auch der Name des Ortes ein. Kalterherberg. Dahin war er später nie mehr gefahren. In der sommerlichen Langeweile damals machte das Leben nicht den Anschein, als würde es einmal groß ausfallen. Trotzdem war Kalterherberg so etwas wie ein Zuhause gewesen, wenn er Hühner gestreichelt hatte und auf der Kuh geritten war, seine schwarzen Gummistiefel im Misthaufen verlor, sonntags mit fetten Kuchen abgefüttert wurde und sich jeden Morgen den Hintern mit Zeitungspapier abwischte. Er war glücklich gewesen, der Sommer damals hatte sich noch über ihn gelegt und war in ihn eingedrungen.

Der Sommer, der folgte, war schon ein anderer gewesen. Großmutter und er schliefen auf dem Dachboden unter Bauernplumeaus, so hoch, dass man unter einem Gebirge begraben lag. Wumm, hatte er beim Anblick des Bettengebirges immer gedacht. Wumm, da erschlägt mich die Welt. Das Gebirge roch nach Lavendel, und jenen Geruch hatte Robert wieder in der Nase, als er an der dunkelsten Stelle der Nacht in seiner Polizeijugendherberge aufwachte. Jemand auf dem Gang sagte ganz deutlich: »Was man bis fünfundzwanzig nicht geschafft hat, das schafft man nie.« Robert stand auf. Die Decke rutschte zu Boden, und leise öffnete er die Zimmertür. Der Gang war leer. Das geöffnete Fenster hinter ihm schlug im Luftzug zu. Am Morgen blieb er bis zur letzten Sekunde im Bett, betrachtete lange den gelben Stoffschirm der Nachttischlampe und genoss diesen geschützten Moment des Tages. Nicht zum ersten Mal kam ihm da die Vorstellung, das Schönste an der Welt sei, dass man in ihr verschwinden könne. Wumm, einfach verschwunden in irgendeiner großen Stadt, ohne Namen am Klingelschild, allein, ohne Frau, ohne Beruf, aber mit einem großen Hund lebend, mit dem er nachts auf der Straße im Regen herumlaufen und dabei einen Apfel essen konnte. Mit einem Freund, der gerade den Führerschein hatte, war Robert vor vielen Jahren, als Berlin noch eine geteilte Stadt gewesen war, im Licht zweier schwächlicher VW-Bus-Scheinwerfer von der Transitautobahn auf eine verbotene Nebenstrecke geraten, mit Absicht. Sie wollten sich die Häuser von nahem ansehen, die vereinzelt oder in kleinen Flecken standen und geheimnisvoller aussahen als ähnliche Orte im Westen. Ein Bauer holte Heu herein und beachtete sie und ihr Kennzeichen nicht. Kinder versuchten mit einem Rad über die harten Furchen eines freien Feldes zu fahren, während im Dorf vor ihnen die ersten Lichter angingen. Ein Stück weit lief ein schmuddeliger Hund, der vielleicht einmal weiß gewesen war, vor ihnen her und machte die Landschaft tiefer. Die Landschaft? Die Erwartung? Leise Musik war aus dem Radio gekommen, und Robert und sein Freund hatten sich in die Frage hineingeschwiegen, wie es wohl wäre, dort drüben beim Dorf in der Dämmerung zu verschwinden. Es war, als erinnere jene Landschaft an einen selber oder an das, was man nicht werden würde, oder daran, dass es Erinnerung überhaupt gab und dass jeder Mensch nicht mehr und nicht weniger war als genau das. Kurze Zeit später hatte der tüchtige Teil von Roberts Leben begonnen, in dem es für unheimliche Wünsche oder schwarze Hecken, die vorwärtslockten, keinen Platz mehr gab.

Wumm, einfach verschwinden! Es war fast ein frommes Gefühl, das noch unter der Dusche in Bad Münstereifel anhielt und erst im Frühstücksraum zwischen all den Wachtmeistern, die auf ihre hartgekochten Eier eindroschen, wieder vergessen war. Zum Bahnhof ging Robert früher als die anderen und allein. Es war Sonntag. Auf Gleis 1 traf er einen Besoffenen, der den Fahrplan trotz seines angeschlagenen Zustands auswendig wusste und auch den Flughafen kannte, zu dem Robert wollte. Das verband sie. Als der Zug einfuhr, verabschiedete er sich von Robert mit einer Verbeugung, wie Elefanten sie machten.

11

Im Selfservice des Flughafens saß Robert lange, sah aber nicht in die Vortragsmappe hinein, sondern aufs Flugfeld hinaus. November. Die Sonne sparte immer deutlicher ihre Wärme für die andere Seite der Welt auf.

Die Kollegen aus Dresden hatten ebenfalls um den Vortrag zum Thema Kälteidiotie gebeten. Andere Städte im Osten Deutschlands hatten sich angeschlossen. Seine Notizen wollte Robert bei einer Tasse Kaffee noch einmal anschauen, während er auf den Abflug wartete.

»Was haben Angst und Kälte miteinander zu tun«, hatte ein sehr junger Kollege gestern gefragt.

»Sie meinen diese Symptome wie Frieren, Zähneklappern, kalte Hände und Füße, und schließlich sind auch die Lippen so blass wie das Gesicht«, hatte Robert gesagt.

Ein Mann setzte sich an den Nachbartisch und blätterte in einem Magazin. »Die eigene Ehefrau als Wichsvorlage – darf man das?« stand auf der Titelseite. Er war einer dieser Männer, wie sie am Flughafen zu wachsen schienen. Glattgeduschte Eidechsen, die sich farblich kaum voneinander unterschieden und sich so lautlos wie lauernd vorwärtsbewegten. Robert griff in seine Tasche und zählte Kleingeld für den nächsten Kaffee ab, als über Lautsprecher ein Flug nach Fuerteventura ausgerufen wurde.

»Ausgang 52. Guten Flug und auf Wiedersehen in Düsseldorf.« Die Stimme der Frau kannte Robert. Allerdings hatte er nicht an diesem Flughafen mit ihr gerechnet.

Alles, was sie bisher gemacht hatte, sah man ihr an, nur die Ehe mit Robert nicht. Sie war einmal Kunstturnerin gewesen, hatte eine Ballettausbildung angefangen und sich deswegen die Brüste kleiner operieren lassen, um danach sechs Pfund leichter zu sein. Nach einem halben Jahr musste sie wegen eines Gleitwirbels die Ausbildung wieder aufgeben. »Wie Max Schmeling das Boxen«, hatte sie immer gesagt. Bei einer Verkehrskontrolle hatte sie einen Polizisten kennengelernt, der vorgab, Lessing zu kennen. In den letzten Monaten ihres Zusammenlebens hatte Isa Bresznik, verheiratete Mandt, immer »bei Mandt« gesagt, wenn jemand im Zahmenhofweg anrief. Isa Mandt, noch nicht geschieden, jetzt offenbar Angestellte einer Fluggesellschaft im Bereich Bodenpersonal und sicher so blond und schön und sachlich bei der Abfertigung wie früher im Bett.

»Fuerteventura, Ausgang 52.« Robert näherte sich dem Gate.

»Guten Flug und auf Wiedersehen in Düsseldorf«, wiederholte sich die Ansage.

Wer nach Fuerteventura flog, kam immer zurück.

»Dresden«, sagte Isa und stemmte sich mit durchgedrückten Ellenbogen gegen den Abfertigungsschalter, »was willst du denn da? Da fliegt doch niemand hin. Flieg doch nach Rom. Rom, weißt du noch?«

Was hatte Isa auf der Hochzeitsreise nach Rom gesagt? Robert erinnerte sich. Mittags an einer Kreuzung in Trastevere hatten sie gesessen. Aber Rom hätte an dieser Stelle auch ein Dorf sein können. Fehlte nur noch die Tankstelle. Isa hatte auf ihn, Robert, gezeigt und gesagt: »Das ist die Zeit der Eidechsen.« Sie hatte dabei die gespreizten Finger in der Sonne ausgestreckt, wie jetzt auf dem Desk. Neben ihr saß ein sehr junges Mädchen am Computer. Isa war in einem Alter, in dem sie noch fast jeden Blick einfing, ein Spiel, das ihr versicherte, nicht unnütz auf der Welt zu sein. Wann würde das vorbei sein? Robert sah die Kleine beim Registriergerät an, und Isa sah seinen Blick. Sie lächelte. Das hieß: Ich kenn dich gut. Robert war der Mann, der mit siebzehn Bob Dylan aus der Hintertür einer Konzerthalle hatte kommen sehen. Dylan hatte auf Englisch genuschelt: »Willst du hier rein?« Er hatte die Tür offen gehalten. Robert Zimmermann hatte Robert Mandt die Tür offen gehalten und so zu seinem Konzert eingeladen! Nein, hatte Robert in hölzernem Schulenglisch gesagt, ich habe schon eine Karte und gehe hier nur so auf und ab. Langsam war er weitergeschlendert und hatte sich schon damals nicht durch irgendeinen Anfall von Glück umwerfen lassen. Glück bemerkte Robert immer erst in der Zeit nach dem Glück, als Mangel. Er war zu langsam für die großen Gefühle. Genau im Hier und Jetzt zu sein, das war für Robert Mandt immer eine Geschwindigkeitsüberschreitung gewesen.

»Hast du dich verliebt?«, fragte Isa plötzlich, beugte sich vor und fuhr mit zwei spitzen Fingernägeln an seiner Wange entlang, sodass er sich stumm und wehrlos und wie ein verprügelter Hund fühlte. »Keine Antwort?« Als habe sie mit diesem Mann nichts zu tun, lehnte sie sich wieder weit auf ihrem Stuhl zurück.

»Dresden also?«

Er hielt seine Vortragsmappe als Schild vor sein Gesicht.

»Ja, Dresden.«

Sie las die Schrift. »Kälteidiotie.« Sie lachte. »Das machst du immer noch?« Zwei Geschäftsleute mit rosiger Kopfhaut unter dem täglich gewaschenen Haar stellten sich neben Robert und schauten an ihm vorbei auf das Mädchen neben Isa.

»Hast du dich verliebt?«, fragte Isa wieder.

»Nein.«

»Gibt es sonst noch was Neues?«

»Im Haus gegenüber«, sagte er, »wo parterre so lange die Wohnung leer stand, da ist wieder jemand eingezogen.«

12

Das Flugzeug nach Dresden war fast leer. Eigentlich wäre der Platz zwischen ihnen frei geblieben, aber er hatte sich gleich neben Robert gesetzt. »Schlesinger mein Name«, sagte er. Als das Flugzeug startete, bekreuzigte er sich und griff mit einem leisen »Entschuldigung, meine Mutter war katholisch« nach Roberts Hand, bis die Maschine nicht mehr stieg. Seine Frau habe ihn Anfang 1991 verlassen, erzählte er, als sie den Regen hinter sich hatten und, angekommen im Sonnenschein über der weißen Wolkendecke, ihre Rückenlehnen verstellen durften.

Sie waren zwanzig Jahre verheiratet gewesen, in der DDR. Mit der Wiedervereinigung begann die Trennung. Alle blonden Frauen liefen in jener Zeit ihren Männern davon, und er hatte im Jahr darauf sein Haus verkaufen müssen. Es war noch das Haus seiner Eltern gewesen. Er habe ihr sogar eine Bar in den Keller gebaut, weil sie sich das so gewünscht hatte, sagte er, Kuttels Bar, erstmals amtlich erwähnt 1982. Kuttel war damals sein Spitzname gewesen. Steil war es die Treppe hinuntergegangen, und an der Wand hingen lauter heiße Bräute auf Postern.

»Alle der Gattin ähnlich«, sagte Schlesinger, hob mit beiden Händen ein unsichtbares Gewicht vom Bauch zur Brust und wog es so traurig wie gehässig in zwei riesigen Händen. »So viel Holz vor der Hütte«, sagte er, »und sie schlief immer mit BH, morgens sah man die roten Abdrücke.«

Der Kohlenkeller war schon fast eine fertige Sauna gewesen, da ging sie. Sie hatte in den Westen gewollt seit dem ersten gemeinsamen Urlaub in Bulgarien. Westler kamen ins Hotel am Meer, Ostler in die Ställe dahinter. Als sie ging, blieb im Kinderbett ohne Kind ein übergroßer Stoffhase liegen. Aber alles, was in den Augen des Westens nicht albern war, hatte sie zum Abschied mitgenommen, während er weiter die Blumen goss und hier und da noch ein wenig malerte, damit es hübscher war, wenn ein Käufer kam.

Die Stewardess schob ihren Wagen mit Getränken und Snacks vorbei, und Schlesinger nahm von allem zwei. »Die Gattin, vormals Kosmetikerin in der DDR«, sagte er, »ist heute Verkäuferin bei Karstadt in Bremen, und ich habe eine Putzfrau aus dem Osten, für sechs Euro die Stunde. Dafür kann man eigentlich niemanden kommen lassen, vor allem nicht, wenn sie mit dem dritten Kind schwanger ist. Ich habe bei der Agentur gefragt, ob sie mir nicht eine ältere schicken könnten, die nicht mehr schwanger wird.« Schlesinger lächelte versonnen und aß Chips.

»Eine, die vielleicht ganz bleibt und mit mir Boot fährt oder nach Dubai.« Er knüllte seine Chipstüte zusammen. »Aber man ist ja nicht bei der Polizei, um seine Erinnerungen und Träume zu betrachten.«

»Ach«, sagte Robert, »Sie auch?« Sie schüttelten sich die Hände, und der zweite Stewart aus dem Cockpit sagte an, dass sieben Kilometer unter ihnen Fulda liege und er weiterhin einen guten Flug wünsche.

»Wo sind Sie untergebracht?«

»Johannstadt, Pension Nebenan heißt die Pension.«

»Es gibt alles, was es gibt«, sagte Schlesinger, »die ist gleich bei mir gegenüber.«

»Es gibt alles, was es gibt, bei der Polizei«, murmelte Robert, »sogar irrtümlich sezierte Hunde.« Er wusste selber nicht, was er damit meinte.

Im Taxi vom Dresdner Flughafen in die Innenstadt klingelte Roberts Handy. Es war Nico. Marga Burg sei im Präsidium aufgetaucht und habe nach Robert gefragt. »Verstört wie immer«, sagte Nico und legte auf. Schlesinger saß mit breiten Schenkeln auf dem Rücksitz des Taxis.

»Alles klar?« Er wies dem Fahrer einen Parkplatz vor Roberts Pension an, die unauffällig und ohne Leuchtschrift in einer Häuserzeile lag.

»Alles klar, Kollege, und wenn was ist, ich wohne gleich da drüben.« Schlesinger zeigte auf einen Hauseingang. Die zehn Stockwerke darüber verstellten den Blick auf den Horizont. Die Straße war sehr breit und sehr leer trotz der vielen hohen Plattenbauten, die Robert von Postkarten aus Moskau kannte. Hinter den Glaseingängen der Häuser standen Fuhrparks von Kinderwagen, aber niemand war zu sehen. Ob das nur an der Kälte lag? Er musste an die Ankunftshalle des Dresdner Flughafens denken, an die vier leeren Gepäckbänder und das fünfte, auf dem verloren ein Dutzend geschäftstüchtiger Koffer aus Düsseldorf vorbeigezogen war, als seien sie auf einer Reise zum Mond.

13

Roberts Zimmer war sehr schlank, sehr düster und nicht teuer. Es hatte zwei Betten, die standen auseinander und waren mit gemustertem Frottee bezogen. Dazwischen lag als Brücke ein abgetretener, unechter Perser. Robert lieh sich am Nachmittag bei der Wirtin ein Fahrrad, zog die Handschuhe an und fuhr zur Elbe. Neun Grad plus. Als er an der Elbe stand und ein flacher Kahn seine Kohle Richtung Tschechien schob, fand er, diese Elbe, wie sie sich vom Ufer bis zu den Fußspitzen der Angler anmutig alles nahm, wonach ihr gerade war, sei ein schönerer Fluss als der Rhein. Der war in seinem betonierten Bett hässlich und ohne Magie wie eine Autobahn, wenn auch eine flüssige. In der Novembersonne spazierten durch die Elbauen junge Frauen mit bleicher Haut. Manche fuhren sehr schnell Rad, manche stießen mit zusammengezogenen, kindlichen Zitronengesichtern einen Kinderwagen vor sich her. Die auf den Rädern sahen fröhlicher aus. Robert kaufte am Kiosk eine Postkarte vom Fluss für Isa. Während er die Adresse schrieb, ihm aber kein Text einfiel, dachte er an Mathias Böhm. Der wohnte in der gleichen Straße wie Isa. Ein Zufall, der ihm nicht gefiel. Ein Gefühl von Eifersucht beschlich Robert, das er sich nicht erklären wollte.

Wieder ging er früh schlafen, in seinem Dresdner Pensionszimmer. Als er nach kurzer Zeit wieder aufwachte, blinkten auf dem Radiowecker vier rote Striche. Das Fenster stand offen. Zwei Mädchen im Hinterhof riefen auf Sächsisch: Abdul, lass schon mal die Hosen runter. Kurz darauf gab es irgendwo ein Feuerwerk, nahe der Elbe, für das er sich noch einmal anzog. Als er auf die Straße trat, war es bereits vorbei. Die Menschen liefen auseinander, still Arm in Arm oder in lärmenden Gruppen, und der Mond war sehr rund und sah aus, als böte er Robert seine Freundschaft an. Dann war die Straße wieder leer und erschreckend breit, und er war allein.

Warum er zur Polizei gegangen war? Ursprünglich hatte er Russisch und Sport studiert. Die Vorstellungen, einmal maskiert auf den Kufen eines Hubschraubers zu stehen, um verschwundene Mädchen zu suchen, und sich die Ausbildung dafür vom Staat bezahlen zu lassen, waren am Ende nur äußere Gründe gewesen. Die Ursache lag tiefer und hatte mit dem Gefühl für das Leben zu tun. Ein Gefühl, das es so auch in den nächtlichen Radiosendungen von Bob Dylan gab. »The wind picks up from over the bay. A delivery boy makes a wrong turn on Fifth Avenue.« Robert ging auf sein Zimmer zurück und holte die Postkarte an Isa hervor. Jetzt wusste er seinen Text: »An der Elbe gibt es viele Angler. Angelsachsen eben. Gruß Robert.«

Am Montagmorgen machte er sich auf die Suche nach einer Briefmarke. Seine Wirtin schlug ihm, ohne den Staubsauger abzustellen, den Quelle-Laden um die Ecke vor, der auch Post annahm. Der Weg dorthin führte über eine unebene, immer wieder geflickte Straße zwischen einem alten Friedhof und den städtischen Müllbetrieben hindurch. Bis auf eine Frau in engen, weißen Hosen, die mit geschwollenen Augen ihr Hündchen Gassi führte, kam ihm niemand entgegen, obwohl er nicht das Gefühl hatte, allein zu sein. Immer wieder drehte er sich um. Bei Quelle gab die Kundin vor ihm stockfleckige Gardinen ab und holte sich zwanzig Arztromane gegen Leihgebühr. Ein junger Mann hatte einen Brief nach Wales dabei, und das Mädchen hinter der Theke schrieb »Schweiz« unter das Wort Wales, bevor der junge Mann widersprechen konnte. Robert kaufte seine Marke, warf die Karte aber lieber selber ein. Ein Bus hielt neben dem Briefkasten. Robert stieg ein und fuhr durchs Zentrum, ohne auszusteigen. Es war ein Sightseeing-Bus. Hop on, hop off, lud der Schriftzug ein. Frauenkirche, Semperoper, Zwinger – hatte er alles im Fernsehen schon besser gesehen. Als er an einer Station ausstieg, wo Plattenbauten das Stadtbild beherrschten, sprang sie hinter ihm aus dem Bus. Einen Moment standen sie voreinander, als hätten sie sich auf dem Mond getroffen. Er war überrascht, wunderte sich aber kaum.

»Hallo«, sagte sie.

»Hallo, Frau Burg«, sagte er und musste sich verlegen räuspern. Sein Blick streifte über den Kragen ihres Mantels, am Ohr vorbei, über den Haaransatz hinweg und hielt sich an einem Schild mit der schwungvollen Schrift einer vergangenen Zeit fest. »Figaro, Genossenschaftskollektiv seit 1956.«

»Sie kennen doch die Susi vom Autoskooter«, sagte Marga Burg. Robert nickte.

»Ihre Mutter ist vor Kummer ein halbes Jahr nach dem Vater gestorben. Am Tag vorher waren noch alle Kinder bei ihr. ›Schneit's draußen?‹, hat die Mutter gefragt. ›Nein‹, haben die Kinder gesagt. ›Aber wenn ihr gleich rauskommt, dann fängt es an zu schneien‹, hat die Mutter gesagt. So war es auch. Es hat ganz deutlich geschneit unter den Straßenlaternen, als sie aus dem Krankenhaus kamen. Die Kinder haben einander angeschaut und geweint. Am nächsten Tag war die Mutter tot.«

»Warum erzählen Sie mir das, das führt doch zu nichts?«

Sie riss die Augen auf. Diesmal schien ihm dieser Tick mehr zu sein als ein Trick. Vielleicht hatte sie als Kind etwas gesehen? Wir alle haben als Kinder etwas gesehen, und manchen sind die Augen davon zu weit offen geblieben, dachte er. Andere haben davon einen dicken Körper bekommen, wieder andere einen wirren Kopf.

»Was reisen Sie mir hinterher? Im Präsidium sind Sie auch

gewesen, Sie sind gesehen worden«, sagte er gehässiger, als er wollte.

»Ein Ausdruck Ihres Reiseplans lag auf Ihrem Schreibtisch. Ich habe den Nachtzug nach Dresden genommen, habe Ihre Pension gefunden und bin Ihnen gefolgt.«

»Warum?«

»Nur Sie können mir jetzt helfen. Ihnen liegt doch was an mir, oder?«

Sollte das ein Witz sein? Er schaute sie an. Sie verzog keine Miene.

»Oder?«, wiederholte sie und lächelte plötzlich doch. Marga, das Mädchen vom Fabrikhof bei der Autobahnauffahrt, Marga im hellen, schwingenden Rock und auf hohen Schuhen, die zu groß waren, Marga, die Augen ein wenig verheult, die Beine nackt, aber mit blauen Flecken, wenn sie an den spottenden Freundinnen vorbeiging. So war sein Bild von ihr. Er schaute genauer hin. Das war kein Lächeln. Es war Scham.

»Ich soll Ihnen helfen?«, fragte er.

»Andreas ist verschwunden«, sagte sie.

14

»Fallbeispiel«, sagte Robert eine Stunde später. Er zeigte das gleiche Foto wie in der Eifel. Marga Burg hatte er gebeten, in einem Café zu warten. Ja, sie wartete. Wenn das mal keine Liebeserklärung war.

»Das Opfer«, sagte Robert, »war siebenundzwanzig Jahre alt und letztmalig am Tag zuvor gesehen worden. Routinemäßig führten wir alle Untersuchungen durch. Offensichtlich hatte der junge Mann akute Beziehungsprobleme, Schwierigkeiten am Arbeitsplatz und verhielt sich auffällig depressiv. Selbstmord konnte nicht ausgeschlossen werden, als er dreißig Kilometer von seinem Wohnort entfernt gefunden wurde. Spürhunde hatten den Leichnam entdeckt.«

Bevor er es herumgehen ließ, schaute Robert das Foto wieder länger an als nötig. Diese Ackerfurchen unter dem nackten Leib, die Richtung Horizont ins Unendliche davonliefen, kannte er so gut, als hätte er sie selber über das Papier gezogen. Auch das schmeichelnde Licht eines Spätnachmittags auf einer so unschönen Szene kam ihm vor, als hätte er dieses Licht selber eingerichtet. Das Foto in der Hand, beschrieb er den Kollegen, was er sah. Beschreiben half. Beschreiben machte, was man sah, sichtbar.

»Der Mann war völlig nackt«, sagte er. In der zweiten Reihe hob Schlesinger, der wegen Robert gekommen war, den Kopf und hörte aufmerksam zu. Wenn man beschrieb, hatte Robert oft bemerkt, wirkte man am besten. Besser als wenn man fühlte und einen Ausdruck dafür suchte. Denn im Beschreiben vergaß man sich selbst. Schlesinger zwinkerte ihm zu. Die anderen Teilnehmer des Seminars sahen unter dem Tageslicht, das von oben durch die Glasdecke des Atriums auf die Gesichter fiel, so erschöpft und verbraucht aus, als sei man in Dresden im November nicht am Anfang, sondern bereits am Ende des Winters angekommen. Schlesinger in der zweiten Reihe links außen zog seine Strickweste aus und zwinkerte wieder. Vielleicht war es ein Tick, den Robert im Flugzug von der Seite nicht bemerkt hatte.

»Bereits bei leichter Hypothermie bis zu 33 Grad Körpertemperatur«, sagte Robert und schaute den Kollegen neben Schlesinger an, »können Verwirrungszustände auftreten, bei mittlerer Hypothermie bis 30 Grad setzen Verwirrung, Desorientierung und Apathie ein. Lebensbedrohlich wird die Unterkühlung bei weniger als 30 Grad. Es kommt zu Reflexverlusten, eine eigene Rettung ist nicht mehr möglich. An diesem Punkt setzt die Kälteidiotie ein. Sie gründet sich auf ein paradoxes Wärmegefühl, das den Betroffenen dazu verleitet, sich seiner Kleidung zu entledigen.«

Schlesinger zog sich die Strickjacke wieder an. Robert lächelte ihm zu, dachte aber an Marga Burg. Wie das wohl wäre, mit ihr aufzuwachen?

»Nebenbei, Paradoxien sind zwei Wahrheiten, die gleichzeitig gelten«, sagte Robert noch immer lächelnd.

»Versteh ich nicht«, sagte Schlesinger laut, und zwei seiner Kollegen in der letzten Reihe lachten, wie Schafe husten.

Robert ließ das Lächeln auf seinem Gesicht stehen. So war er, seitdem er zehn Jahre alt war und sich zu Weihnachten sein erstes wichtiges Kleidungsstück, seine erste wichtige Musik und seine ersten wichtigen Bücher gewünscht hatte. Damals hatte er Professor werden wollen. Am 24. Dezember 1978 bekam er eine grüne Krawatte, die ihm bis zu den Knien baumelte, eine Platte mit Kirchenmusik, ein abgelaufenes Berliner Telefonbuch und das französische Nachschlagewerk »Le Petit Robert«

geschenkt, mit dem keiner in der Familie etwas anfangen konnte. Nur für Robert stand ab jetzt alles, was er wissen musste, im Petit Robert. Die Familie wohnte im selber gebauten Flachbungalow am Rand der Stadt. Es gab einen Vater, der nichts erlaubte und Robert nicht beschützte. Es gab eine Mutter mit einem Aschenbecher in Muschelform und einzelnen geringelten Nylonstrümpfen unter dem Bett, in dem sie meistens lag. Es gab keine Geschwister, und als Robert elf wurde, war der Vater bereits bei einem Motorradunfall gestorben. Robert erbte seine Bob-Dylan-Platten, aber keine Bücher, denn Bücher gab es in der Familie nur fünf blaue und drei rote, und die nur zu Dekorationszwecken in der Schrankwand. Von da an war Bob Dylan ein Ersatz für das, was mit dem unbekannten Raum von Büchern und Vätern zu tun haben musste. Als Robert ins Internat kam, konnte er bereits die Küstenlinie Englands mit allen Einbuchtungen an die Tafel zeichnen, obwohl er nicht wusste, warum es gerade England sein musste. Er konnte die Aufstellung der Deutschen Mannschaft von Bern '54 aufsagen. Jetzt, wo er der kleine Robert geworden war und Vorträge hielt, wusste er nur noch die Hälfte der Namen. Damals hatte er auch Noten lesen und die Formel von Einstein aufsagen können. »E-gleich-M-mal-C-Quadrat!« Eine Formel, die ihm versicherte, dass die Dinge nicht paradox, sondern relativ waren. Weihnachten feierte er seit dem Tod des Vaters allein mit der Mutter im Flachbungalow, und er erzählte, wenn sie die zwei fetten Karpfen aßen, nichts von seinem Plan, einmal an der großen Tankstelle bei der Autobahnausfahrt zu arbeiten, um sich auf die lebenslange Arbeit für eine große Familie vorzubereiten. All das erzählte er nicht, niemandem. Stattdessen setzte er sein Lächeln auf. Es hatte sich als Taktik bewährt, dieses Lächeln, mit dem er sich entzog, aber gleichzeitig den Anschein von Anteilnahme aufrechterhielt.

Robert räumte seine Unterlagen zur Kälteidiotie zusammen, schaltete die Leselampe an seinem Pult aus, bedankte sich erst dann bei den Dresdner Kollegen für die Aufmerksamkeit, zog seinen Mantel an und verabschiedete sich mit Handschlag von Schlesinger, der ihn bei der Schulter festhielt, um sich für den gleichen Abend noch mit ihm zu verabreden, in einem Lokal, in dem man essen und auch tanzen konnte. Robert sagte zu, trotz Marga.

Ein schmaler Weg führte vom Feierabendverkehr weg und zwischen niedrigen Häusern hinunter zur Elbe. Ein Zehner ruderte in der Dämmerung nah dem gegenüberliegenden Ufer. Der Steuermann schlug eine kleine Handtrommel und zählte mit herrischer Stimme bis zehn. Die anderen Ruderer zerteilten mit ihren Paddeln das graue Wasser. Bei elf hörte der Steuermann zu zählen auf, beschimpfte aber seine Mannschaft weiter im Rhythmus der Schläge. Dann fing er wieder an zu zählen. Robert stellte den Mantelkragen hoch und ging eine steile Treppe hinauf, die vom Ufer zurück zur Straße führte. Unter der Zunge hatte er den Geschmack von Kupfer, als hätte jemand einen Pfennig dorthin gelegt. Er betrat das Café Toscana, wo Marga Burg auf ihn wartete.

15

Ja, Andreas und Marga Burg lebten seit dem Tod der Eltern allein in der Wohnung zum Fabrikhof. Erst war der Vater gestorben und hatte beim Sterben nur ein kleines Geräusch vom braunen Ledersofa aus gemacht, so ein Geräusch, das versuchte, keines zu sein. Marga und die Mutter saßen in der Küche. Als sie aufstanden und ins Nebenzimmer gingen, war es zu spät. Kurz darauf starb Rambo, das Kaninchen Nummer eins. Sie kauften Hazel, Kaninchen Nummer zwei, für die Mutter, die jetzt statt des Vaters auf dem braunen Ledersofa lag. Hazel war schwarz-weiß und ein zärtliches Tier, das wie Rambo frei in der Wohnung herumlief, aber bei Hazel war die Mutter für die Liebe schon zu schwach. Marga schlief auf einer Decke vor dem braunen Ledersofa. Eines Nachts sagte sie: »Ich kann nicht mehr, Mama, ich kann nicht mehr.« »Ich weiß«, sagte die Mutter, »ich weiß. Geh ins Bett, aber setz mich vorher noch einmal auf.« Marga setzte die Mutter auf, und es war wie ein Zweig, der brach, als die Mutter im Sitzen starb. Jetzt gab es einen zweiten Fleck auf dem braunen Ledersofa, der zu dem ersten vom Vater kam. Andreas und Marga legten einen Flokati darüber und setzten sich zum Fernsehen darauf. Beim Umräumen der Wohnung fanden sie im Schlafzimmerschrank hundert Präservative, für die nicht mehr genug Zeit gewesen war. Die Mutter war vierzig, der Vater achtunddreißig gewesen. »Was machen wir damit, Andreas?« »Wir schmeißen sie weg«, hatte Andreas gesagt, der nie etwas wegschmiss. »Weg damit«, sagte er, »ich treffe die Entscheidungen für dich, Marga.« Da war er sechzehn und Marga neunzehn. Die Hühner im Fabrikhof blieben, auch als die Fabrik im Jahr darauf schloss. Marga mochte

Hühner. Einmal träumte sie, sie sei über Nacht verschwunden und die Hühner auf dem Hof hätten zweihundert Jahre lang nichts gefressen, bis sie wiederkam. Sie hatten gewartet. Marga und Andreas renovierten die elterliche Wohnung ein wenig und gaben die beiden Kinderzimmer unter dem Dach auf. Es war das Ende der Burgfamilie. Beide Geschwister waren nicht wirklich tauglich, nicht wirklich tüchtig, aber lebten unauffällig weiter. Niemand sagte ihnen jetzt, was gefährlich, was nötig, was harmlos war. Auch die eigene innere Stimme nicht. Die Eltern hatten blind auf die beiden aufgepasst und ihre Welt klein gehalten.

»Alles nicht so einfach, und dann ging auch noch die Waschmaschine kaputt«, sagte Marga zu Robert, der ihr seit einer halben Stunde im Café Toscana gegenübersaß. »Ich mach das, ich treffe die Entscheidungen für dich, Marga«, hat Andreas da wieder gesagt, »wir gehen ab jetzt in den Waschsalon.« »Aber eigentlich ist er zu dick dafür, um fünf nasse Unterhosen in den vierten Stock zu tragen«, sagte Marga.

Das Café lag am Kopf der Brücke, die die Dresdner ihr Blaues Wunder nennen. Der Kuchen sei besser als in Wien oder Salzburg, hatte Schlesinger versprochen, bevor er schwerfällig zur Straßenbahn gelaufen war.

Robert und Marga saßen auf einer gepolsterten Bank nebeneinander, im Rücken eine Zimmerpalme, die ihren Wedel immer wieder zärtlich auf Margas Kopf legte. Dass sie nebeneinander und nicht einander gegenübersaßen, kam Robert zu vertraut vor.

»Ich hätte gern einen doppelten Espresso«, sagte die Frau am Nachbartisch.

»Doppelte Menge oder doppelt stark?«, fragte die Kellnerin, die sehr blass war.

»Was ist denn da der Unterschied?« Die Frau, die bestellt hatte, schaute sich verlegen um. Die Kellnerin schwieg.

»Na, dann nehme ich mal die doppelte Menge«. Die Frau schob sich eilig den Rest ihres Kuchens in den Mund. »Ich esse dann heute auch nichts mehr«, sagte sie leise.

Marga strich die Tischdecke glatt und kam so mit den Fingerspitzen Robert näher. Die Nägel waren sehr kurz und ohne Lack. Zum ersten Mal fiel ihm auf, wie groß ihre Hände waren.

»Andreas ist verschwunden, deswegen bin ich hergekommen. Wen soll ich fragen, außer Ihnen«, sagte sie. »Ich weiß, niemand mag Andreas. Niemand vermisst ihn, wenn er verschwindet, außer mir, und alle sagen, dass er mir nur im Weg steht. Aber das stimmt nicht. Nicht er steht mir im Weg, sondern mein Gefühl für ihn.«

»Der Punkt ist der«, sagte Robert und wurde umständlich, denn er sah zwischen Marga und sich plötzlich den Umriss eines bösen Mantels, wie ihn Andreas trug, auf einem schmalen Waldweg stehen, sah zwei Kinder, die sich näherten, hochschauten und entdeckten, dass aus dem Revers des Mantels kein Gesicht, sondern eine Tüte Bonbons mit verbotenen Wünschen darin wuchs, die alle klebten.

»Die Suche nach einem Vermissten«, sagte Robert, »ist personenabhängig. Wenn ein Kind vermisst wird, ist die Suche intensiver. Wir nehmen uns sofort Wälder, Parks, Dachböden, Keller und leer stehende Häuser vor.«

»Fangen Sie bei den leer stehenden Häusern an, Andreas ist ein Kind.«

»Marga, er ist fünfunddreißig! Er ist vielleicht bei einem Freund.«

»Er hat keinen Freund.«

»Vielleicht macht er sich rar, vielleicht will er sich für Ihren Kirmesausflug rächen?«

Sie fing an, in ihrer Handtasche herumzukramen.

»So ist er nicht, suchen Sie nicht nach Ausreden. Fangen Sie bei diesen verdammten leer stehenden Häusern an.«

»Ich versteh Sie nicht«, sagte Robert.

»Oder durchsuchen Sie wenigstens sein Zimmer«, sagte sie.

»Nach ihm?« Robert grinste. »Das können Sie doch selber. Er ist ja nicht zu übersehen.«

Marga riss über dem geöffneten Handtaschenmaul die Augen auf, und der letzte Satz tat ihm leid.

»Hat er Gepäck mitgenommen?«

»Weiß ich nicht«, sagte sie, »bei der Unordnung in seinem Zimmer kann man das nicht sagen. Ich suche auch nicht herum, wer weiß, was ich da alles finde.«

Stille vielleicht, dachte Robert. Vielleicht ist in dem Zimmer schon jene Stille eingezogen, die sich über die Dinge legt, wenn einer verschwunden ist und nie mehr zurückkommt.

»Wenn er noch einige Tage fort bleibt«, sagte Robert, »beginnen wir mit informellen Ermittlungen, versprochen.«

»Glaub ich Ihnen nicht. Haben Sie bei Mathias auch nicht ernsthaft gemacht. Sonst säßen Sie nicht hier.«

»Es gibt keinen einzigen Verdacht, der Vermisste könnte zu Tode gekommen sein.«

»Dass kein Toter gefunden wurde, schließt den Tod nicht aus«, sagte Marga und wandte den Blick zum Fenster. »Warum ist so einer wie Sie eigentlich Polizist geworden?«

Das Blaue Wunder hatte mittlerweile an Farbe verloren, während sich eine Dunkelheit über die Brücke hermachte, die fast stürmisch aussah. Auf der Fahrbahn über der Elbe staute sich der Verkehr in einer langen Lichterkette. Rot fuhr stadtauswärts, Weiß einwärts.

»Haben Sie Kinder?« Marga schaute noch immer aus dem Fenster, und Robert sah sich die Kellnerin an. Sie wischte mit einem Zitronenspray die Glasfläche eines runden Tischchens ab. Sie trug eine weiße, knielange Kittelschürze mit schwarzen Biesen. So eine bleiche Kittelschürze würde auch zur bleichen Marga passen, dachte Robert. Warum versuchte er nicht, sie loszuwerden?

Marga klemmte die Haare hinter die Ohren und holte mit einem Griff ihr Portemonnaie aus der Handtasche. Sie klappte es auf.

»Andreas war ein wirklich hübsches Kind, sehen Sie?«

Robert sah einen blonden, schmalen Jungen, der vielleicht fünf Jahre alt war und in die Kamera lächelte, als blende ihn der Tag, während er sich in weißen Kniestrümpfen vor irgendeinem Tiergatter im Zoo herumdrückte. »Einmal«, sagte Marga, »als Andreas gerade sprechen konnte, war er sehr, sehr schlagfertig. Weil er so hübsch war, schrien ältere Damen bei seinem Anblick immer entzückt auf. Ach, mein süßer Liebling! Und eines Tages hat er entgegnet: Ich bin kein Liebling, ich bin der Andreas.«

Marga legte ein Foto ihrer Mutter und dann eins ihres Vaters über das Bild von Andreas, so wie man beim Spiel Karten ausgibt. Der Vater stand in Schwarz-Weiß an seiner Drehbank in der Fahrstuhlfabrik und lächelte in sich hinein, ein junger, gut aussehender Mann, der sicher Rock'n'Roll hatte tanzen können. Robert drehte das Foto um, auf der Suche nach einer Jahreszahl, und brauchte einige Sekunden, bis ihm eine Zahlenreihe auffiel, die verloren und mit Bleistift geschrieben am Rand stand.

»Die Lottozahlen«, sagte Marga, »die Kombination spielen Andreas und ich jeden Freitag, seit die Eltern tot sind. Es ist die gleiche Zahlenfolge, die auch unsere Eltern schon gespielt haben.«

»Haben Sie noch einen Wunsch?«, fragte die Kellnerin mit

der bleichen Kittelschürze und blieb stehen, obwohl keiner etwas sagte.

»Haben Sie noch einen Wunsch?«

»Eine Suppe, bitte«, rief Marga lauter als nötig.

»Wir haben eine Asiasuppe im Tagesangebot.«

»Gern!« Marga freute sich, und Robert hörte den Kommentar einer abwesenden Isa. »Schau an, Süßsaures essen, wie alle, die mit der Vergangenheit nicht abschließen können.«

»Haben Sie Familie?«, fragte Marga.

»Nein.«

»Familie, das kam für mich übrigens nie in Frage«, sagte Marga. »Ich habe mir schon als Kind die Oberschenkel am Ehebett meiner Eltern blau gestoßen, und damit war klar, heiraten ist nichts für mich.«

»Auch bei Mathias Böhm war das so, auch da war nichts mit heiraten?«

»Doch, einmal kurz, auf Sylt.« Sie wurde rot.

Andreas hatte sie zum Flughafen gebracht, »weißt-du-noch-früher«, hatte er gesagt, der Andreas, der sich noch immer auf den Boden setzte, wenn er seine Turnschuhe zuband. Sie war hart geblieben und nicht mit der S-Bahn und ihm wieder zurück nach Hause gefahren.

Ihr Zimmer auf Sylt lag parterre und mit Blick auf den Hinterhof eines Konsumladens. Auf der Fensterbank hatten zwei Porzellanosterhasen ihren Abgang verpasst. Vor dem Fenster standen Bierkästen mit Leergut, ein Käfig für Ananas und mehrere Stahlwagen, mit denen zwei Verkäuferinnen morgens um sechs die neue Lieferung hin und her schoben. Die ganze Zeit saß auf einem der Bierkästen ein dicker Junge dabei, der vielleicht acht war und dem Rattern der Wagen zuhörte. Marga, vom Lärm regelmäßig geweckt, beschloss, um die Zeit joggen zu gehen, durch Dünengras, das hoch und spitz in die salzige Morgenluft hinein stand. Sie lief am Deich um das halbe Binnenbecken herum und wieder zurück. Am ersten Morgen lag ein großer, toter Vogel halb im Wasser, halb auf dem Land. Mit jeder Bewegung des Wassers veränderte sich seine Position. Das sah anmutig aus, fand sie, und als sie auf dem Rückweg wieder an ihm vorbeilief, trug er seinen Kopf wie eine Kapuze auf dem Rücken. Mittags gab es Fisch im Stehen an einem Imbiss, nachmittags rief sie Andreas aus einer Telefonzelle neben dem Konsumladen an. Abends ging sie tanzen. Das hatte sie noch nie getan.

Aber Mathias Böhm hatte sie nicht beim Tanzen kennengelernt, nicht in einem dieser rustikalen Lokale Westerlands, wo die Männer nach Brisk bis zu ihr herüber rochen. Im Gegenlicht war Marga zweimal geduzt und mehrmals zum Tanzen aufgefordert worden. Danke, hatte sie gesagt, ich tanze nur mit meinem Mann. Den Satz hatte sie als Kind von ihrer Mutter gehört. Marga ging allein in ihre Pension zurück.

Auf der einsamen Straße beim Wattenmeer zählte sie die Ferienhäuser. Regina, Kirsten, Idyll, alle belegt. Vor den Türen standen Turnschuhe in jeder Größe und gehörten sicher dahin, wo auch die Autokennzeichen herkamen. Bochum, Siegen, Dortmund, Mettmann, Wuppertal. Alle aus ihrer Gegend. Sie war also nicht allein. Es war in der zweiten Woche auf Sylt, als sie Mathias Böhm kennenlernte. Der Deich zu dieser frühen Stunde war einsam, vom Meerwind wie gefegt, und Vögel flogen senkrecht aus dem Heidekraut hoch, als sie an dem Mann vorüberlief. Er grüßte. Dass sie rot wurde, sah er nicht, weil ihr Gesicht vom Laufen ohnehin rot war. Über einem entfernten Campingplatz wehte die Deutschlandfahne. Nachdem der Mann sie gegrüßt hatte, lief sie zügiger, sportlicher, die Ellenbogen höher angewinkelt als nötig. Mit seinen Augen in ihrem Rücken kam sie sich jung vor. Es roch nach Fisch vom Wattenmeer her. Auf dem Rückweg aber war der Mann fort. Er hatte ihr gefallen. Am Nachmittag lernte sie auf der Terrasse eines Cafés eine Handvoll Rentner kennen, die sie vor den Strapazen der Rückreise warnten. Da stand er plötzlich wieder vor ihr. Darf ich mich setzen? Mathias Böhm war weder alt noch jung, und sie schlug wohl in dem Moment die Beine übereinander. Bitte! Den Rock hatte sie bei C&A für die Insel gekauft, ein flatteriges, bügelfreies Teil mit roten und gelben Streifen, für das sie eigentlich zu alt war. Mit solchen Röcken gehen Mädchen auf Partys, um ihren Hüftspeck zu zeigen, hatte Andreas gesagt.

»Schöner Rock«, sagte Mathias Böhm. »Schön hier«, nahm sie seinen Ton auf und zeigte über das Ende der Caféterrasse hinaus auf eine vom Wind zerzauste Wiese, auf der ein Hund einem Stock hinterherjagte. Der Wind bog die Spitzen der kniehohen, harten Gräser zum Land. Er kam vom Wattenmeer her und hatte keinen richtigen Namen. Dazwischen nickten einige Heckenrosen mit roten Köpfen, und der Himmel darüber war aus blauem Glas. All das war so schön, dass Marga plötzlich in die schöne Landschaft hinein sich eine schöne Liebe wünschte. »Ich wohne hier«, sagte Mathias Böhm und zeigte auf ein einstöckiges Haus mit den klaren Zügen eines Industriebaus aus Klinker, das nicht in die reetgedeckte Friesenidylle der Insel passte. Das Haus stand wenige Schritte vom Café entfernt. »Ich wohne im ersten Stock. Da!« Ein bodentiefes Fenster stand offen. Sie konnte einen hellen Schreibtisch, einen amerikanischen Küchentresen, rot gestrichene Wände und sogar zwei große gelbe Tassen im Regal stehen sehen, aus denen Menschen, die sicher ganz anders waren als sie, spät am Morgen Milchkaffee tranken. Eine Nacht später nahm Mathias Böhm Marga mit in sein Appartement. Endlich war sie in der Nähe der gelben Tassen. Aber sie tranken Wein, und sie hörte ihn sagen, dass er eine Schwäche habe für Frauen, die der erste Frost schon angenagt habe. Sie ging um drei Uhr in der Frühe.

Als sie am Morgen aus ihrem Pensionszimmer in den Hof des Konsumladens schaute, saß auf einer der Bierkisten der dicke Junge wie ein Spion von Andreas. Du warst ja heute Nacht nicht zu Hause! Er winkte. Sie winkte zurück. Am nächsten Abend blieb sie über Nacht und hatte bei allem, was dann geschah, ein Gefühl, aber keine Erregung gespürt. Sie war ungeübt, schon klar. Ein wenig blaues Licht von der Nachtbeleuchtung des Cafés fiel ins Zimmer, und als sie ans Fenster ging, sah sie den Tisch, an dem sie zwei Nachmittage zuvor bei den Rentnern gesessen hatten, mit angeketteten Stühlen auf der Terrasse. In der Küche hatte ein einziger angebissener Apfel gelegen, und über dem Schreibtisch hing ein Bild vom Meer. Sie war näher herangegangen und heftig gegen die Tischkante gestoßen. Skizzen und Fotos waren heruntergefallen. Sie hatte sich gebückt, um sie aufzuheben. Mathias Böhm war da wohl hinter sie getreten und hatte sie kurz von oben gemustert. Sie hatte zu ihm hochgeschaut, dann hatte er ihr geholfen. Sie hatte gekichert, und ihre Hände hatten beim Aufräumen zueinander gefunden. Sein Gesicht war plötzlich nah an ihrem gewesen. »Was machen Sie da?« Marga kicherte noch immer. Er hatte gesagt, er versuche herauszukriegen, wie man wissen könne, was man sehe. Sie hatte ihn nicht verstanden, aber die Augen geschlossen. Endlich auch sie! Als sie die Augen wieder geöffnet hatte, war da wieder das Bild vom Meer gewesen, aber jetzt hing es über ihr, und sie sah es verkehrt herum. Sie lag auf dem Schreibtisch und betrachtete beglückt ihren nackten Fuß, der aufgeregter war als sie. Sie war nur laut. Sie wollte nur nichts falsch machen. Mathias Böhm war mit der Hand über ihr Gesicht gefahren. »Psst, psst, meine Süße, ich glaub dir ja.« Sie hatte geweint. »Na, das kann ja nur besser werden«, hatte er am Morgen danach zu ihr gesagt, als sie aus den gelben Tassen Milchkaffee tranken. Dass sie beide in dem Moment lachen mussten, hatte sie aneinander gebunden.

Es gab etwas, wenn Marga erzählte, das ihn berührte, wie Musik oder eine Stimme einen berührt. Nicht dass er Ähnliches erlebt hätte, aber er erinnerte sich an sich selbst, während Marga sprach. Er erinnerte sich an die Musik, die er, als er jung war, gehört und zu der er sich unerfüllt in ein Mädchen oder auch in das Leben, das einmal kommen würde, verliebt hatte. Er erinnerte sich an seine Schulzeit, den Berg von ungespültem Geschirr, der nach der sechsten Stunde zu Hause auf ihn wartete, an seine müde Mutter, die sich mit Zigaretten vom Frühstück zum Mittagsschlaf und vom Kaffeetrinken zum Fernsehabend hangelte und rauchend aus dem Küchenfester des Flachbungalows starrte, um die Schwarzdrosseln auf der Wiese oder die Latten am Zaun des Nachbarbungalows zu zählen, wenn sie sich nicht gerade von Stuhl zu Stuhl die Fußnägel lackierte. Marga erinnerte Robert an Robert, nicht weil sie den gleichen Text zu ihrem jeweiligen Leben hätten aufsagen können. Es war ihre vielversprechende Traurigkeit, die ihn ansteckte.

»Warum sind die Menschen eigentlich so einsam?«, fragte sie plötzlich und sah Robert dabei nicht an.

»Passiert, wenn man älter wird«, sagte er.

Marga schob auf der Tischdecke vom Café Toscana eine kleine Blumenvase, einen Bierdeckelhalter und ihr leeres Glas zueinander. »Mathias, Andreas und ich«, sagte sie zu den drei Gegenständen. »Da stehen wir. Wir sind an einer guten Stelle unseres Weges angelangt.« Marga hob eine Faust und hielt wenige Zentimeter über dem Trio inne. Dann öffnete und schloss sie die Finger in dem Rhythmus, in dem ein Herz schlägt. »Die

Sonne trifft schon fast auf die Erde«, sagte sie, »es wird Abend, und wir drei sind stehen geblieben und schauen bis dahin, wo die Stadt aufhört. Es ist Sommer, ein warmer, luftiger Abend, und über uns wölbt sich ein Himmel, der sicher nach Pfirsich schmecken würde, wenn wir an ihm lecken könnten, wir, Andreas, Mathias und ich.« Marga ließ die Faust sinken und strich mit beiden Händen über ihre Oberschenkel. »Mathias trägt ein Hemd mit offenem Kragen, mein Kleid ist gelb mit großen schwarzen Blumen und einem einzigen dunklen Träger über der rechten Schulter. Andreas hat sein hellblaues Sonntagshemd und dunkelgraue, kurze Hosen an, Söckchen und schwere, schwarze Nachkriegsschuhe. Andreas ist zwölf, aber alterslos, ich bin dreiundzwanzig, und meine eingedrehten Haare wippen beim Gehen zwischen Schulter und Kinn. Wir stehen vor dem Sonnenuntergang, als solle der ein Foto von uns machen, und für einen Moment verspricht das Leben, so weiterzugehen. Sommernachmittage, Samstagabende, der Geruch nach Regen und Holz von irgendwoher, wenn wir die Fenster öffnen, Verlobungen, Eheschließungen. Nichts ändert sich, höchstens eine Straße wird neu asphaltiert. Niemand geht weg, selten kommt jemand Neues hinzu, aber auch der verwandelt unser Leben nicht in ein anderes. Wir bleiben hier, am Rand der Stadt, am Rand des Lebens, die Erde dreht sich langsamer, und niemand stirbt.«

Sie schauten einander an. Marga legte sanft ihren Zeigefinger auf seinen. Es fühlte sich an wie ein Kuss. Seit der ersten Begegnung hatte er Eindrücke von ihr, die er nicht miteinander vereinbaren konnte. Er schaute sie mit einem beschädigten Stereoskop an. Ein Auge war das des Polizisten, das andere war das des Mannes, der auf eine Frau aufmerksam geworden war und der sich das, was sie ihm nicht erzählte, einfach ausdachte. Das durfte einem Polizisten nicht passieren. In dem Moment berührten sich auch ihre Füße unter dem Tisch. Sie hatte die Haare hochgesteckt und irgendwo war unsichtbar an einer Strähne, die nicht blond und nicht grau war, eine Schleife angebracht, wie bei allen Mädchen aus dem Osten. Wie bei allen Mädchen, die eigentlich nach Odessa oder Riga oder Perm gehörten, ohne von dort zu sein. Je blasser das Gesicht, desto größer die Schleife, so war das bei diesen Wesen. Je auswegloser die Situation, desto größer ihre träge Anhänglichkeit. Noch immer berührten sich Margas und Roberts Füße unter dem Tisch. Keiner von beiden hatte zurückgezuckt.

»Ich bringe Sie jetzt zum Bahnhof«, sagte er.

»Nein.«

»Warum nicht?«

»Darum nicht. Ich bleibe über Nacht, ich habe mir ein Zimmer genommen.«

Es war kurz nach sechs, und der Fluss Elbe, den Robert für sich längst Weichsel genannt hatte, weil ihm alles hier so weit östlich vorkam, sah jenseits der Panoramascheibe des Cafés aus wie lackiert. Auf der Brücke aus Stahl, die mit der Dämmerung ihr Blau verloren hatte, liefen die Menschen in einem gelben, weichen Laternenlicht. Robert und Marga waren die letzten Gäste im Café gewesen. Das Mädchen mit der Biesenschürze schloss hinter ihnen die Tür ab. Ein Bus mit der Nummer 82 fuhr ihnen vor der Nase weg, und sie sagten »unser Bus«, obwohl sie kein gemeinsames Ziel hatten. Darüber lachten sie verlegen, und sie lachten noch immer, als aus der Straßenbahn, die dem Bus folgte, Schlesinger stieg. Bei seinem Anblick fiel Robert die Verabredung zum Essen ein.

16

Schlesinger hatte sich schnell damit abgefunden, dass Robert nicht allein gekommen war, und nur einmal, als Marga kurz den Tisch verließ, hatte er gefragt, in welchem Antiquitätenladen Robert die denn aufgetrieben habe?

»Ach, eine Zeugin also? Aber Sie sehen doch auch, was ich sehe, Kollege Mandt. Die hat einen Schatten, und nicht nur unter den Augen.«

Marga kam von der Toilette zurück.

»Mit der stimmt was nicht – aber trotzdem ist sie ganz in Ordnung«, hatte Schlesinger rasch noch sagen können, während er Marga entgegenlächelte.

»Finde ich auch«, sagte Robert.

»Was finden Sie auch?«, fragte Marga und setzte sich. Er sah ihr in die Augen und hatte das Gefühl, sie wisse, worüber Schlesinger und er gesprochen hatten. Mitten unter Menschen schien sie plötzlich in einem gänzlich leeren, unbehausten Zimmer isoliert zu sein, einem Zimmer wie ein begehbarer Schrank, ohne Fenster, ohne Steckdosen, kalt. Ihr Blick zog ihn mit in diesen zwecklosen, leblosen, seelenlosen Raum hinein. Nichts Wirkliches geschah, und trotzdem fühlte Robert sich vergewaltigt. Der Blick hatte auch einen Namen, war wie eine Person fassbar. Hätte man ihn gefragt, wer diese Person sei, er hätte ›Mathias Böhm‹ gesagt.

»Hallo, ich bin auch noch da«, sagte Schlesinger, unruhig geworden von dem langen Blick zwischen Marga und Robert.

»Was finden Sie auch?«, fragte Marga wieder.

»Dass es hier nett ist«, sagte Robert. Zum Glück drehte in dem Moment jemand die Musik lauter, und auf der kleinen

Tanzfläche des Lokals fingen zwei Paare an sich zu drehen. Schlesinger forderte Marga auf.

»Darf ich?«, fragte er Robert und zog bereits die Strickjacke aus.

»So weit sind wir noch nicht«, hatte Robert benommen gesagt.

Als Marga und Schlesinger nach der dritten Musik zurückgekommen waren, schwitzte er. Sie nicht.

»Ich schwitze nie«, hatte sie entschuldigend gesagt.

Der achtstöckige Plattenbau, in dem Schlesinger wohnte, lag drei Minuten von der Elbe und keine hundert Schritte von Roberts Pension entfernt. Auch hier war die Straße kopfsteingepflastert und immer wieder mit Teer geflickt. Das Taxi schaukelte mit den drei Fahrgästen den unruhigen Weg entlang. Schlesinger saß vorn, seine Strickjacke wie ein schlafendes Tier auf dem Schoß. »Da ist mein Fidschi.« Er zeigte auf einen Obst- und Gemüseladen. »An und für sich sind die Fidschis eine sehr freundliche und fleißige Volksgruppe.«

Robert und Marga schauten aus dem Fenster. Ein asiatisch aussehender Mann lud Ware vor einem Laden aus, obwohl es fast Mitternacht war. In der Luft hing ein milchiges Grau, als würde es bald schneien.

»Und da ist mein Lieblingsrestaurant.« Schlesinger drückte seinen Zeigefinger gegen die Scheibe. Die Buchstaben »KALINKA / Russische Spezialitäten« standen hohl und ohne Licht über der neuen Inschrift, die auf die raue Wand gepinselt war. »Best Kebab in Town.«

»Ich habe noch nie Kebab gegessen«, sagte Marga leise.

Margas Mund war nah an Roberts Hals. Er roch den Rotwein, den sie getrunken hatte. Der Geruch erinnerte ihn an den ersten Kuss, den er mit fünfzehn von einem Mädchen aus Glasgow in einem Zelt am Meer bekommen hatte. Linda hatte vorher auch Rotwein getrunken. Was stand an den Bahnübergängen auf Landstraßen, die keine Schranken hatten? Ein Zug kann einen anderen verdecken. Robert ersetzte das Wort Zug durch das Wort Frau. Mit Linda im Kopf bekam er Lust, in dem wenigen Licht, das von der Straße hereinfiel, Marga zu küssen. Er würde eine schöne Erinnerung küssen, nicht Marga. Er änderte die Sitzposition auf dem Rücksitz, bis seine Schulter ihre berührte. Sie schien es nicht einmal bemerkt zu haben. Aber Schlesinger. Ein Stoß ging durch seinen Körper, und er drehte sich auf dem Beifahrersitz um.

»Kommt doch noch mit rauf!«, sagte er. »Ich habe morgen frei.«

Das Taxi hielt. »Das da drüben haben auch die Fidschis angelegt«, sagte Schlesinger und zeigte auf einen Garten aus Blumenschrift und Steinkunst. Er lag auf einem schmalen Streifen Brachland direkt an der Bushaltestelle. Trotz des Novembers blühte es unter den Peitschenlampen weiß und rot und gelb gegen Dunkelheit und Kälte an. Sie stiegen aus.

»Selten so einen schönen Garten gesehen«, sagte Robert halblaut, legte den Arm um Margas Schulter und zog sie zu sich heran. Sie hielt still und schien nicht zu wissen, was sie wollte. Was er wollte, wusste er selber nicht. Deshalb hielt er sie noch fester. Er hatte seit Monaten seinen Arm frei, unter dessen Achsel eine Frau von ihrer Größe passte, und sie schien seit einer Ewigkeit so einen Arm zu brauchen.

Sie nahmen den kürzeren Weg ins Haus, über den Hintereingang, wo keine Klingelschilder angebracht waren. Robert und Schlesinger gingen voran und wichen zwischen Grünanlage und Gehweg mehreren Erdhügeln aus, die entlang einer freigelegten Abwasserleitung angehäuft lagen.

Marga trödelte hinterher, aber mit erhobenem Kopf. Ein Hinweisschild neben dem Aufzug zeigte in den Keller. »Kosmetikstudio« war von Hand auf den Pfeil gemalt. Darunter standen die Geschäftszeiten und noch weiter unten ein Zusatz, ebenfalls von Hand geschrieben: »Nach telefonischer Vereinbarung verwöhne ich Sie auch außerhalb der Geschäftszeiten.«

»Die weiß nicht, was sie tut«, sagte Marga.

Sie nahmen den Aufzug, und wie so oft herrschte in der Kabine ein erbarmungsloses Licht, sodass sie alle drei einander nicht ansahen.

Im achten Stock angekommen, zog Schlesinger vor der Tür die Schuhe aus. Dann lief er auf Socken in eine fensterlose Küche und holte Wodka, Chips und Erdnüsse. Er zündete zwei Kerzen auf dem niedrigen Tisch an. Da sie alle drei nicht wussten, was sie nun reden sollten, tranken sie zu viel, und als die Flasche bis auf Zwei-Finger-Breite geleert war, sagte Schlesinger, er müsse jetzt mal ins Bett, aber sein Besuch könne ruhig noch bleiben. Daran sei er gewöhnt, und es sei ja auch erst kurz nach eins.

Kaum war Schlesinger fort, zog Marga vorsichtig ihre Jacke aus und fing an zu erzählen. Robert hörte nur noch halb zu. Er sah, wie weiß die Haut ihrer bloßen Arme war, sah genauer hin und hatte plötzlich Punkte vor den Augen. Vielleicht vom Alkohol? Sie hatte weniger getrunken als er.

»Als ich das erste Mal mit einem Jungen geschlafen habe«, sagte Marga, und Robert nahm den Blick überrascht von ihren Armen weg in ihr Gesicht. Die Punkte plusterten sich zu Schneeflocken auf und schwebten schwerelos über Margas Stirn, Wangen und Hals, während sie weitersprach.

»Ich war damals einundzwanzig und er siebzehn. Ich wüsste auch noch eine schönere Geschichte, aber sie fällt mir im Moment nicht ein.«

»Dann nehmen wir die«, sagte Robert schwach. Die Flockenpunkte schmolzen nicht, sie lagen weiß auf weiß wie Schnee auf Schnee auf Marga, und diese Frau wurde zu einer Landschaft, in der er vergeblich die Fußspuren, den Schatten oder den Hut irgendeines Vorgängers suchte.

In dieser Landschaft verschwand er.

Es war der Nachbarsjunge gewesen, mit dem sie schon gespielt hatte, als sie gerade sprechen und er nicht einmal laufen konnte. Fünfzehn Jahre später unternahm er einen bewaffneten Raubüberfall auf eine Lottostelle. Zur Tarnung hatten er und seine zwei Kumpels sich die Haare blau gefärbt. Es gab einen Schwerverletzten. Die Waffe, die Roman bei dem Überfall benutzt hatte, fand die Polizei nie.

»Aber er kann die Kugel ja nicht von Hand in den Bauch des anderen gebohrt haben«, sagte Marga zu Robert.

Am Abend des gleichen Tages holte die Polizei Roman ab. Er zählte gerade mit seinen beiden Kumpels die großen Scheine im hell erleuchteten Verkaufsraum einer leer stehenden Bäckerei, wo sie mit dem erbeuteten Geld einen Laden für Punk-Zubehör aufmachen wollten. Zwei Jahre später, Ende August, tauchte Roman aus dem Gefängnis wieder auf. Es war der achtzehnte Geburtstag von Andreas, den er mit Schwester, Cousin und Cousine im Hinterhof der stillgelegten Fahrstuhlfabrik feierte. Sie saßen in einer Mauerecke, dort wo das August-Sonnenlicht noch bis zuletzt hinreichte, als ein langer Schatten auf sie fiel. Andreas stand wortlos auf und stieß dabei seine Cola um. Er ging um den Schatten des Nachbarjungen herum und verschwand im Kellereingang. Roman hob die Coladose auf, trank einen Schluck und sagte, wohin will denn jetzt das Andre-Aas schon wieder und blinzelte hinter Andreas her in die Sonne hinein. Den letzten Schluck Cola spuckte er auf den spärlichen

Rasen, genau zwischen zwei braune Hühner, die gackernd davonrannten. Ich darf doch, sagte er, kam näher und nahm sich eine Flasche Bier aus der Kühltasche, mit der Margas Eltern auf Hochzeitsreise gewesen waren. Roman öffnete die Flasche mit den Zähnen, stieß mit dem Cousin an, zog eine Pistole aus dem Bund seiner Hose und berührte damit Margas Haaransatz. »Eine Makarov«, sagte der Cousin, »wo hast du die denn her?« »Von unseren russischen Freunden«, antwortete Roman, »und übrigens, hier spielt die Musik«, sagte er zu Marga, weil sie trotz der Waffe nur den Cousin ansah, in den sie heimlich verliebt war. Sie schaute zu Roman hoch. Die Entfernung war groß. Als sie noch kleine Kinder waren, hatte sie ihn oft angefasst, aber so, wie man Puppen anfasst, die einem nicht gehören. Einmal hatte sie ihm die Windeln gewechselt, da war er drei und sie sieben gewesen, und seine Mutter hatte zugeschaut. Jetzt protzte auf Romans linkem Unterarm grob wie eine Schulbankschmiererei ein selbstgemachtes Tattoo. Herz, Anker und ein T. »Glaube, Liebe, Hoffnung«, sagte Marga, »nur der Balken vom Kreuz ist zu weit hochgerutscht, jetzt sieht das Kreuz leider aus wie ein T.« »Ist auch eins, du Dödel«, sagte Roman. »Steht für Tanja, weißt du doch.« Tanja war das Mädchen, mit dem er gegangen war, bis die Polizei kam. »Tanja Michalski«, sagte Marga langsam, »die heißt jetzt Tanja Laufenberg und hat ein Kind.« Romans Adamsapfel hob und senkte sich. »Und, wie war's sonst so, ohne mich?« Marga stand auf und stellte sich dicht vor ihn. Seine Knie berührten ihren Rock, und das erregte sogar das Interesse des Cousins. Roman roch, wie Männer riechen, die am liebsten unter einem Auto oder auf einer Frau liegen. Nach Schweiß, Nikotin und alten Reifen, und als sie kurz darauf in seinem Bett unter dem Poster von James Dean lagen, schloss sie die Augen und erinnerte sich, wie er mit drei oder vier Jahren und noch in Windeln auf seinen lächerlich kurzen O-Beinen auf diese teuren Autos zugewatschelt war, die selten genug in ihre Straße kamen. Er hatte versucht, auf alle Kühlerhauben zu schlagen und dabei sein Urteil zu verkünden: »Eine dute Wahl, Mann!« Er konnte noch kein »g« sagen, dafür aber hartnäckig an Fahrertüren rappeln, hinter denen Männer saßen, wie Roman selber gern einer gewesen wäre und um deren Aufmerksamkeit er kämpfte. »Deil, deil, deiles Auto!« Die meisten Männer stiegen aus, um sich von Roman in ein Fachgespräch verwickeln zu lassen. Der eine sabberte, der andere rauchte. »Ach Roman«, hatte Marga viele Jahre später gesagt, als sie im Bett miteinander fertig waren und James Dean noch immer auf einen Horizont schaute, der jenseits von Eden lag. »Ach Roman.« Einmal hatte sie versucht, ihm die Sache mit dem »g« beizubringen. Später hatte sie mit ihm geschlafen. Das mit dem »g« hatte besser geklappt.

Robert starrte an die weiße Decke von Schlesingers Wohnzimmer. Wie Marga so erzählte, hörte es sich sicher besser an, als sie es erlebt hatte, besser als man es selber hätte erleben können. Merkwürdig, dachte er und wandte den Blick von der Zimmerdecke auf ein braunes Sofakissen. Es könnte sein, dass ich mich an so etwas gewöhnen und eines Tages ihr Erzählen sogar vermissen würde. Sie macht, dass ich unablässig meine eigene Geschichte wieder erlebe, egal, welche Geschichte sie gerade erzählt. Es war still im Zimmer. Plötzlich sagte sie:

»Das ist Mathias auch passiert.«

»Was? Haben Sie ihm auch das ›g‹ beigebracht?«

»Für das Alphabet kam ich zu spät, aber er hat sich in meine Geschichten verliebt, wie jetzt Sie.«

Sie legte sich auf den Rücken und hob die Arme. Er sah ihr Herz in der glatten Achselhöhle schlagen und fing an, sie zu streicheln, um sich selber zu beruhigen. Wer hatte ihr die Bluse ausgezogen? Doch nicht er? Und den karierten Rock? Überrascht fuhr er mit zwei Fingern an dem Bund einer weißen, ziemlich keuschen Baumwollunterhose entlang, die Leisten und Bauchnabel verdeckte. Er war Beamter. Ihre Haut war kalt.

Als er sechzehn war, hatte er mit seiner Buchführung begonnen. Ein innerer Kalender teilte die Phasen seines Lebens nach Frauen auf, mit denen er geschlafen hatte. In den letzten dreiundzwanzig Jahren war er auf genau dreiundzwanzig Frauen gekommen, was nicht hieß, dass es in jedem Jahr genau eine gewesen war. Manchmal waren es auch zwei in einer Woche, und dann wieder lange Zeit keine, wenn er sich rechtzeitig ermahnte und bei Gelegenheiten wie dieser hier sich sagte, das Verlangen entstehe aus dem Nichts. Das Einfachste sei, ihm keine Beachtung zu schenken. So unberechenbar, wie es gekommen sei, werde es auch wieder verschwinden.

Sie verfehlten einander, und sie sagte nichts, keinen Namen, als er sich schließlich doch in sie hineinbewegte, in diese unbekannte und überraschende Wärme. Sie waren ganz still miteinander, als wüssten sie, dass Dunkelheit auch Flüssigkeit ist und dass ein einziges, gesprochenes Wort ins benachbarte Schlafzimmer von Schlesinger, ins nächste Haus, in die nächste Stadt und in ihre sauber voneinander getrennten Leben hätte dringen können.

Mit den Frauen war es mal mehr oder weniger gut, zu oft war es sportliche Betätigung für den Körper. Selten wurde es eine Sache der Seelen. Aber so wie mit Marga war es noch nie gewesen. Zwischen ihm und ihr lag ein Labyrinth nicht verzeichneter Wege. Sie hatte nicht geweint, was er erwartet hätte. Sie hatte nicht im letzten Moment gesagt: »Ich will nicht! Ich mag dich, aber ich mag dich lieber, wenn du nicht auf mir liegst!« Sie hatte stillgehalten, eine Vereinbarung, die sie aber nicht mit ihm, sondern mit jemand anderem getroffen haben musste. Schämte sie sich und hielt deswegen still? Er hatte im Kopf die Stimme des Steuermanns auf der Elbe gehört, während er mit ihr schlief. Der hatte immer bis zehn gezählt, was die Handgriffe erleichterte. Denn jetzt, so mit nichts darüber, sah Robert nicht nur Margas blasse, nackte Haut, sondern auch den Reißverschluss. Natürlich war da kein Reißverschluss, den er vom Brustbein bis zur Scham hätte aufziehen können. Aber das Gefühl, das er beim Anblick ihres unwirklich weißen Körpers hatte, hatte den Reißverschluss wie eine lange Narbe auf ihre Haut gemalt. Sie schämte sich, er schämte sich auch und war nicht einmal imstande, sich etwas anderes vorzustellen wie sonst, wenn die Szene ohne allzu große Peinlichkeiten für beide zu Ende gespielt werden musste. Nur ein Traum, den er einmal hatte, mischte sich ein. Kein erotischer Traum, mehr ein kurzer, trauriger Text, der sich leicht wiederholen ließ. »Hast du mit ihr geschlafen?« »Nein.« »Hast du mit ihr geschlafen.« »Nein.« »Hast du?« »Doch, aber nur kurz.«

Zu seiner eigenen Überraschung schlief er kurz darauf ein.

Als er nach wenigen Minuten wieder aufwachte, war die Welt um ihn herum verändert. Die braunen Sofakissen Schlesingers, Margas weiße Bluse auf dem Boden, die Chips auf dem Beistelltisch und der CD-Turm am Kopfende des Sofas, der leuchtete, ohne Musik gemacht zu haben, schienen Robert zu belauern. Und wo kam diese Wasserflasche aus Glas plötzlich her, die eben noch nicht griffbereit neben dem Sofa gestanden hatte? Die Veränderungen waren minimal, wahrscheinlich nicht einmal wirklich, aber die Dinge schienen sich durch unsichtbare Linien mit Marga verbündet und ihre Position um furchteinflößende Haaresbreite verschoben zu haben. Oder war jemand Unheimliches heimlich da gewesen und hatte für Robert eine Kulisse der Angst arrangiert, die ohne Bedeutung war, aber von großer Wirkung? Jemand wie Mathias Böhm? Möglich. War Mathias Böhm eine Angst? Ja. Hatte Robert einen Verdacht? Ja, gestand er sich ein.

Marga setzte sich auf und drückte den Rücken sehr aufrecht gegen die tapezierte Wand. Sie schien demütig auf nichts anderes zu hoffen als auf eine möglichst gründliche Auslöschung ihres Erinnerungsvermögens, was die vergangenen zwanzig Minuten betraf. Sie trug wieder Bluse und Rock. Wann hatte sie das alles eigentlich wieder angezogen? Sie hörten, wie Schlesinger durch die Diele und aufs Klo ging, um danach wieder in seinem Bett zu verschwinden, ohne zu ihnen hereingeschaut zu haben. Das Licht im Zimmer war seltsam stumm. Auf dem Tisch stand noch immer die Flasche Wodka, die bis auf einen letzten Zentimeter über dem Boden leer war. Ich brauche einen Schluck, sagte Marga, griff aber nach der Wasserflasche. Als er sie trinken sah, hatte er wieder den Geschmack von Metall im Mund, den Geschmack eines Pfennigs unter der Zunge. Nein, er hatte nichts falsch gemacht. Er fühlte sich nicht schuldig. Er fühlte nichts.

»Wo kommt die Wasserflasche her?«, fragte er, obwohl es ihm eigentlich egal war.

»Hab ich geholt.«

»Wann?«, fragte er. »Warum?«

»Nur so«, sagte sie, legte sich auf die Seite, mit Knien und Gesicht zur Wand und atmete ruhig. Es war, als sei sie ohne Abschied gegangen. Robert legte sich hinter sie und schob die Hüfte an ihren Hintern, seine Knie winkelte er in ihren Kniekehlen an.

»Passt schon«, sagte sie, und das freute ihn. Als er die Augen schloss, tauchte das Bild der Mannschaft seiner Polizeidienststelle auf. Was wollten die denn jetzt hier? Sie saßen auf einem Elbschiff namens Pirna, alle auf dem Hinterdeck, alle mit Nikolausmützen auf dem Kopf und einer Flasche Bier in der Hand. Er zählte die Flaschen. Er zählte bis zehn, dann fragte er tonlos in ihren ersten Schlaf hinein: »Warum kommen Sie erst jetzt, Frau Burg?«

Viel später hörte er die Müllabfuhr und noch später, gegen halb sieben, das Trampeln von Kinderfüßen in der Wohnung über ihnen. Als er das dritte Mal aufwachte, fiel helles Tageslicht durch die gelben Vorhänge am Fußende des Sofas, und Schlesinger stand mit zwei großen Tassen Kaffee in der Tür.

»Wie romantisch«, sagte er, »also ich habe das schon mal erlebt, dass ein Kollege eine Zeugin geheiratet hat. Allerdings sind sie längst wieder geschieden.«

Sie verließen gemeinsam Schlesingers Wohnung. Es war zehn Uhr in der Früh. Als ihnen ein Mann mit Bierflasche in der Hand die Tür zur Straße offen hielt, bedankten sie sich, als gehörten sie zusammen. Sie gingen zur Bushaltestelle bei dem Garten, den Robert in der Nacht so bewundert hatte. Zwei Frauen in langen Seidenkleidern, Windjacken und Turnschuhen transportierten mit einer Schubkarre große Steine, um sie an einem künstlichen Teich auszuladen.

»Wo wollen Sie eigentlich hin?«

»Und Sie?«

»Nach Leipzig«, sagte er.

»Ich habe mein Gepäck im Schließfach am Bahnhof Neustadt«, sagte sie.

»Ich meins in der Pension.«

Aus dem Russenmarkt neben der Bushaltestelle kamen Russen mit bleichen Gesichtern und redeten auch so, Russisch, eine andere Sprache gab es nicht, die so unbeirrbar gelassen ihre Laute machte. Die Russen blieben so nah neben ihnen stehen, als seien Marga und Robert nicht da. Marga schob eine Hand in seine. Ihr Handrücken war kalt, das Innere heiß. Der Bus kam, und erst im letzten Moment ließ Robert los und sah ihre Zähne, als sie lächelte. Alle weiß, alle da und alle ebenfalls wohnhaft Am Wall 247. Sie wollten strahlend eine Vermisstenanzeige aufgeben, und Robert war bereit, jeden einzelnen von ihnen darüber aufzuklären, dass die Strafprozessordnung nur zwei Arten von Aussagepersonen kannte: Zeugen und Beschuldigte.

Marga stieg ein und blieb neben einem leeren Platz stehen. Beide winkten sie nicht. Er ging, bevor der Bus losfuhr. Im Hauseingang neben dem Gemüseladen lehnten zwei Jungen in dünnen Jacken und froren. Pubertät, dachte Robert. Pubertät: wegen Umbau geschlossen. Der eine spielte am Handy, der andere klopfte mit bloßer Faust den Putz von der Wand. Es bröckelte. Der Bus fuhr an, Robert drehte sich um und sah, wie Marga zum Abschied doch noch die Hand hob. Er war sich nicht sicher, ob er sie jetzt los war. Er war sich nicht sicher, ob er es überhaupt wollte.

17

»Sie ist dir also hinterhergereist«, sagte Nico an Roberts Ohr, während er mit gepacktem Koffer an der Rezeption seiner Pension stand.

»Passt die Mottenkugel jetzt auf deine Wollpullover auf?«

»Ich trage keine Wollpullover.«

Die Hose in der Taille gerafft und schnack! hochgezogen und darüber ein sperriges, für Männer entworfenes Uniformhemd, das sich über der Brust spannte, aber keinen erotischen Reiz hatte, so hatte er Nico das erste Mal gesehen. Einige Tage später hatte er aus dem Nachbarbüro gehört, wie die neue Kollegin Schreiner mit der Staatsanwältin sprach, und gemerkt, was er von ihr lernen konnte. Nico war gebeten worden, einen Fall vom KK 12 zu übernehmen, weil alle Kolleginnen bei der Sitte schwanger waren. Robert hatte durch die Verbindungstür geschaut und gesehen, wie die Telefonschnur während des Gesprächs in Nicos Lieblingsnudeln hing. Das Essen, soeben aus der Kantine geholt, wurde kalt, während die Staatsanwältin sich ausführlich nach jenem Sittendelikt an einer Vierzehnjährigen erkundigte, für das es keine konkreten Beweise gab. Dass das Mädchen lächelte, wenn es aussagte, hatte die Staatsanwältin beruhigt, hingegen Nico sicher sein lassen: »Das war kein Lächeln, das war Scham.« Den Satz hatte Robert sich gemerkt, denn für ihn war darin die ganze Nico gewesen.

»Ich brauche eine richtige Rechnung für das Zimmer«, sagte er zur Wirtin, während er den Geldbeutel neben einem verfrühten Adventsgesteck ablegte.

»Einzel- oder Doppelzimmer?«, fragte Nico in seinem Ohr.

Hätte er es nicht besser gewusst, er hätte denken können, diese Frau am anderen Ende der Leitung sei eifersüchtig. Er hätte denken können, sie sage zwischen ihren Sätzen deutlich: Nimm mich, nimm mich. Oder sie mache sich Sorgen um ihn. Es stimmte, es gab Frauen, die ihn vor sich selber schützen konnten, aber die suchte er sich selten aus. Und es gab die anderen, die ihre Augen aufrissen, nichts sagten, keinen Rat gaben und keine Strategien entwerfen konnten, weder für sich noch für den anderen. Nico gehörte zu Ersteren, wie sie da treu in ihrem Büro saß, zusammen mit den drei halbtrockenen Topfblumen im Rücken, die eine Putzfrau immer wieder der Reihe nach auf der Fensterbank aufstellte: hässlich, hässlicher, am hässlichsten.

Nico gab am Telefon Bericht. Fatzer mache sich jetzt doch Sorgen wegen Mathias Böhm, sagte sie. Er habe ebenfalls einen Schlüssel zu der Wohnung, sei am Wochenende dort und soeben bei ihr gewesen. Sehr ruhig, sehr besorgt und sehr gut gewaschen für seine Verhältnisse.

»Wenn ich dem sage, dass du mit unserer wichtigsten Zeugin verreist bist …«

»Warte mal damit«, sagte Robert.

»Aber in die Wohnung von Mathias Böhm gehe ich trotzdem noch mal, vielleicht war er inzwischen da.«

»Warte«, sagte Robert.

»Vielleicht hat er Wäsche gewechselt, den Computer mitgenommen und ist wieder ab in den Untergrund, um ungestört von irgendwelchen traurigen Frauen zu arbeiten.«

»Warte, bis ich wieder da bin«, sagte Robert und drückte Nico weg.

»Womit warten?«, fragte die Wirtin.

»Mit der Inspektion.«

»Inspektion?«

»Vom Auto«, sagte Robert.

»Sind Sie schon lange verheiratet?«, fragte die Wirtin.

Wie hatte es angefangen, dass es aufhörte? Vielleicht damit, dass Isa eines Sonntagmorgens in einer Sonnenbahn auf dem Wohnzimmerboden lag statt mit ihm im Bett? Yogamatte, hellblau, darauf seine Frau in der Stellung des toten Mannes, Arme und Beine von sich gespreizt, Augen geschlossen und dicke Socken an den Füßen. »Was machst du da?« Robert hatte in der weihevollen Stille Isas feste, rot gefärbte Pferdehaare angeschaut, die zum Fächer ausgebreitet um ihren Kopf lagen. »Ich bin ein Stück Butter, das in der Sonne schmilzt.« »Aha«, hatte er gesagt, »und was hast du heute Nacht geträumt?«

»Warum?«

»Du hast geschrien.«

Den Traum erzählte sie beim Frühstück. Sie habe irgendwo auf einer nächtlichen Straße gestanden. Die Fenster der Häuser alle dunkel, sagte sie, trotzdem habe ein wahnsinniger Verkehr geherrscht, sie mittendrin, ein nacktes Kind in einer Wolldecke im Arm. Unter den Füßen der Asphalt regennass. So einen Asphalt habe sie schon einmal im Kino gesehen, sagte sie. Dem Kind in ihrem Arm fällt immer wieder der Kopf nach hinten, und gleichzeitig rutscht die Decke, die es warmhalten soll. Was soll sie zuerst festhalten, den Kopf, die Wolldecke? Sie hat nur zwei Hände und beide sind traumhaft ungeschickt, als wären sie keine. Sie versucht ein Auto anzuhalten. Erst fahren die Wagen schneller und vorbei, sobald sie auf ihrer Höhe sind. Alle sind leer. Dann hält einer, drin sitzt ein Behinderter, ein Wesen aus Wolle und Stoff. Er winkt einladend, aber sie steigt nicht ein. Wieder rasen Autos vorbei, wieder alle leer. Das Kind in ihrem Arm wird heiß und heißer, dann ist es plötzlich ganz kalt, sagte Isa.

»Aha«, hatte Robert gesagt und nebenbei sein Handy aufgeladen. Es war das letzte Mal gewesen, dass sie ihm einen Traum erzählt hatte.

»Und, glücklich?«

»Wie bitte?«, fragte Robert.

»Verheiratet«, wiederholte die Wirtin.

Er nickte und ging.

18

Vom Taxifahrer ließ er sich eine Quittung ausstellen und schob sie zur Pensionsrechnung in das Fach seiner Geldbörse, wo einmal das Foto von Isa gewesen war.

»Gute Reise«, sagte der Taxifahrer, »und bleiben Sie gesund.«

Robert ging in den Bahnhof. Eine Bäuerin aus dem Spreewald stand mit ihren Gurkengläsern und Schattenmorellen an der Tür, die vor und zurück schwang. Er holte sich am Kiosk eine Zeitschrift, auf der die aktuelle Kanzlerin mit mädchenhaftem Lächeln abgebildet war, zögerte kurz beim Kaffeestand und ging dann doch weiter. Als er seinen Koffer auf das Gepäckband stellte, das zu Gleis drei hinauffahren sollte, stellte jemand einen zweiten gleich hinter seinen. Ein Pfeffer-und-Salz-Köfferchen. Damit war man in den fünfziger Jahren gereist. Das Gepäckband regte sich nicht.

»Dann eben nicht«, sagte halblaut ihre Stimme hinter ihm. Er drehte sich um. Ihr Gesicht war voll heller Lichtsprenkel, die die Novembersonne durch das Bahnhofsdach aus Glas und Stahl auf ihre Haut warf.

Ihr Haar, das sie hinter die Ohren geklemmt hatte, das Aufblitzen der Ohrringe, die sie bisher nicht getragen hatte, der Schatten des Lichts im Ausschnitt der Bluse, wie würde er das aufschreiben, wenn er müsste?

Marga setzte ein Lächeln auf, ganz dicht vor seinem Gesicht. So aus der Nähe betrachtet war zu vieles zwischen ihnen.

Trotzdem saßen sie wenige Minuten später im Zug nach Leipzig einander gegenüber. Sie las ein Buch aus der Leihbibliothek, von einem Schriftsteller, der ihrer Meinung nach längst den Nobelpreis verdient hätte. Robert schrieb. Es roch nach Banane, und er schaute auf. Ein Rentnerpaar öffnete die zweite Proviantdose. Immer wenn alte Leute im Zug saßen, roch es nach Banane. Alte Leute reisten noch richtig. Sie aßen geräuschvoll die Brote von daheim, auch wenn sie eine halbe Stunde nach dem Frühstück noch keinen richtigen Hunger hatten. Sie aßen, weil sonst die Welt zu weit und böse war. Robert schrieb weiter.

»Andreas übrigens«, sagte Marga leise in seine Gedanken hinein.

»Jetzt nicht«, sagte er, »keine Zeit für Andreas jetzt.« Er schrieb weiter.

»... dass warmblütige Lebewesen die Fähigkeit besitzen, ihre Körpertemperatur selbstständig auf den Sollwert zu regulieren«, beendete er den Satz. Liegt eine Unterkühlung vor, zittert die Muskulatur von allein, um Wärme zu produzieren. Die Teilnahme der Kaumuskulatur führt dabei zum Zähneklappern. Erfrieren und Angst sehen einander somit verblüffend ähnlich. Angst kann ihrerseits zu einem Einfrieren seelischer Prozesse führen, wenn dem, der Angst hat, nicht einfällt, wie er einen bedrohlichen Lebensmoment bewältigen kann. Angst bringt alle möglichen körperlichen Zustände mit sich, führt zu Müdigkeit, niedrigem Blutdruck, zu Lippen, bleich wie die Gesichtshaut, Frieren und vor allem: Verlangsamung.

Er streckte seine Füße aus und stieß gegen Margas.

»Sorry.«

»Mh«, sagte sie und bewegte ihre Unterschenkel nur zögernd in eine andere Position. Er streifte mit einem Blick den Saum ihres engen karierten Rocks.

Kann schon sein, schrieb er weiter, dass die Langsamkeit auch ein Mittel gegen die Angst werden kann, indem man sich im entscheidenden Moment einfach nur langsamer als erforderlich bewegt, um nicht mehr mitzukommen, weil man nicht mehr mitkommen will. Kann schon sein, dass die notorisch Langsamen mit dem Fuß auf der Bremse vorsorglich die Gegenwart versäumen, um die Zukunft zu vermeiden. Kann sein, dass die gesteuerte Langsamkeit ein Schutz ist gegen die Tüchtigkeit der anderen.

»Andreas übrigens«, versuchte Marga es nochmals, wurde aber von der Ansage des Zugbegleiters unterbrochen, der mit einer Litanei aller Umsteigemöglichkeiten den nächsten Bahnhof ankündigte. Die beiden Rentner standen längst im Gang an der Tür und schauten bei jedem Schlingern des Zuges nervös auf ihre Armbanduhren. »Langsamkeit«, notierte Robert, »hat nicht notwendig etwas mit Alter zu tun.«

Er sah aus dem Fenster. Würde er noch einmal beginnen im Leben, er würde sich für ein Studium der Psychologie entscheiden und seine Abschlussarbeit über das Thema Angst schreiben. Auch die Frau seines Lebens würde er sich passend zu seinem Angsttyp aussuchen. Ungefähr so: Konservativer Angsthase, der sich vor dem Ungewissen fürchtet, sucht flexible, wendige Angsthäsin, die sich vor nichts so sehr fürchtet wie vor der Langeweile.

So könnte eine exakte Bestimmung des Angsttypus eine Antwort geben auf die ewige Frage, was das wohl sein mochte zwischen Männern und Frauen.

Eine halbe Stunde später stiegen Marga und er in Leipzig aus. Am Bahnhof warf sie eine Postkarte ein.

»An die Kollegin im Büro«, sagte sie.

»Und was steht drauf?«

»Was auf Postkarten immer steht: Dresden ist sehr schön. Mir geht es gut!«, sagte sie.

19

Der Blick aus dem Hotelfenster stieß nach einem knappen Meter auf die feuchte Brandmauer des Nachbarhauses. Das Telefon lag unter einer Staubschicht, und die weiße Bettwäsche war hellgrau geflickt. Marga hatte das Einzelzimmer nebenan. Sein Vortrag fand um fünf Uhr statt.

Marga kaufte zuvor auf dem Markt ein Holzofenbrot und sagte, das wolle sie heute Abend auf ihrem Zimmer essen. Er hatte nie darüber nachgedacht, dass sich die Suche nach zwei verlorenen Männern sowie die Investition in einen dritten, der nach den beiden anderen forschen sollte, vom Gehalt des Straßenverkehrsamtes kaum bezahlen ließ.

Zum Veranstaltungsort lief Robert zu Fuß und allein. Danach ging er mit den Kollegen ein Bier trinken, und sie erzählten vom Skelett eines Mannes, den sie auf dem Sperrgebiet der Russen ausgegraben hatten, nach fünfzehn oder zwanzig Jahren, genau war das nicht mehr zu sagen. Die Rekonstruktion seines Gesichts, eine flache, schiefe Visage aus dem Osten, hatte keinen von ihnen animiert, mit Nachdruck nach Mordmotiv und Täter zu forschen. »Meine Schweine erkenne ich übrigens immer schon am Gang«, sagte einer der Kollegen. »Da weiß ich sofort, um wen ich mich ernsthaft kümmern muss und um wen nicht.«

»Ich geh dann mal«, sagte Robert. Er trat hinaus in eine für November zu warme Nacht. Handschuhe und Schal hielt er in der Hand, während er unter einem wattigen Himmel durch leere Straßen lief. Er musste sich ein anderes Spezialgebiet suchen als Kälteidiotie. Das Wetter änderte sich, die Zeiten änderten sich auch. Er schaute auf die Uhr. Es war kurz vor zehn.

Er war seit mehr als dreißig Stunden mit der Zeugin Marga Burg zusammen. Bei Vernehmungen gab es keine gesetzlich vorgeschriebene zeitliche Begrenzung.

Nach Mitternacht hörte er Schritte auf dem Gang. Es klopfte leise an seine Tür. Robert stellte sich schlafend. Als er gegen Morgen noch einmal aufstand und den Vorhang beiseite schob, um nach der Brandmauer zu schauen, weil er von deren roten, trockenen Steinen geträumt hatte, ging in einem kleinen Fenster ganz oben in der toten Wand gegenüber ein Licht an. Ein Licht am Ende des Flurs, dachte er, ohne zu wissen, warum. Es war noch nicht sechs. Eine Reinigungsmaschine der Stadt fuhr durch die Stille des Morgens, und von dem Schaben und Kratzen in den Gossen musste auch Marga wach geworden sein. Sie hatte das Fenster neben seinem geöffnet und schaute herüber.

»Hallo, schöne Nachbarin«, sagte Robert zärtlich, weil er verschlafen war.

»Andreas übrigens«, sagte sie leise zurück, »der ist nicht krank, obwohl er im dreiunddreißigsten Semester Mathematik studiert und selbst im Hochsommer bei Tisch einen Mantel anzieht. Wir führen eine komische Geschwisterehe, ich weiß, aber er ist normal, und ich bin seinetwegen nicht unglücklich. Jeden Abend muss ich ihm versprechen, dass ich in der Nacht nicht sterbe. Unser Leben ist klein, so klein, dass seiner Meinung nach für einen Dritten kein Platz ist. Für meinen Kater nicht, und erst recht nicht für einen Mann. Als Mathias kam, dachte ich, Andreas muss weg, sonst geht Mathias. Ich habe von dem Tag an auch nicht mehr geschimpft, wenn Andreas sich mit Gummibärchen vollstopfte, selbst im Bett. Er fing an, süßlich zu riechen, sodass ich dachte, lange geht es nicht mehr mit ihm.«

»Wolltest du, dass er stirbt?«

»Ich wollte, dass er verschwindet.«

»Wünschen hilft«, sagte Robert. Marga streckte ihre Hand zu ihm herüber, und Robert griff danach. Es gab ratlose Hände. Es gab auch ratlose Liebe. So hielten sie sich von Fenster zu Fenster bei den Händen und sahen in den schmalen Schacht zwischen Haus und Haus hinunter. Unten standen die Mülltonnen.

»Soll ich zu dir kommen?«

»Ja.«

Als er in ihr Zimmer trat, drehte sie sich in ihrem Bett zur Wand und schlief sofort wieder ein, als habe sie im Moment keine Zeit, auch nur einen einzigen Gedanken zu denken. Er legte sich hinter sie.

Montag Dresden, Dienstag Leipzig, Mittwoch Meißen, Donnerstag Pirna. In Bad Schandau kaufte Marga am Freitag einen weißen Vliespullover in Übergröße, der für Andreas sein sollte. Vielleicht lag es daran, dass es so früh dunkel wurde in dieser vergessenen Bäderstadt nahe der Grenze, wo der Tag wie ein schimmeliges Streichholz zwischen vergangener und aufziehender Nacht stecken blieb, vielleicht lag es an dem weißen Vliespullover, den Marga Robert zur Probe vor den Bauch hielt, so dass er sich bedroht und verschluckt fühlte von den Ausmaßen ihres dicken Bruders, vielleicht war auch nur die rote Leuchtschrift RELAX über einem Bordell am Rand der Straße daran schuld, dass sich Roberts Herz zusammenkrampfte, als seien all diese alltäglichen Dinge nicht mehr in Bad Schandau angesiedelt, sondern längst dort, auf der anderen Seite des Lebens. Diese Gegend hier gab es gar nicht, die hatte jemand erfunden. Marga vielleicht? War es ihre innere Landschaft, die sie für Robert nach außen stülpte? Sie reisten längst nicht mehr. Das war nur noch eine Illusion. Sie lagen Tag und Nacht zusammen im Bett, und Marga diktierte ihm seine Träume. Wer war diese Frau, die er am Morgen zu sich unter die Dusche gezogen hatte, um zu sehen, wie ihr gelbes Haar unter dem Wasserstrahl dunkelbraun und kurz darauf unter dem Dröhnen des Föhns, dessen Luftstrahl sie zuvor am nackten Arm ausprobiert hatte, wieder weizengelb wurde?

»Telefon«, sagte Marga und packte den Vliespullover weg. »Dein Telefon brummt wieder, Robert.«

Es war Nico. Er hörte sich selber, wie er begeistert »Kollegin!« rief, während Marga ein Stück vorausging.

»Ich bin ab morgen in Hamburg«, sagte sie, »da kommst du von Schwerin aus fast vorbei. Wir könnten zusammen mit meinem Auto zurückfahren.«

»Könnten wir«, sagte er leise, während Marga um die nächste Ecke verschwand.

»Stör ich?«, fragte Nico. »Du flüsterst so, bist du im Zauberwald?«

»Ich melde mich«, sagte Robert. Nico lachte und legte auf.

Robert blieb mit seinem Telefon in der Hand stehen und lächelte es an. Aber das war kein Lächeln, sondern Scham. Er schämte sich wegen Marga, dann schämte er sich für seine Scham und hatte einen Moment lang das Gefühl, die dünne, äußere Hülle seines Lebens stehe in Flammen. Er schaute sich um. Marga war verschwunden. Die Straße lag leer da, bis auf einen Mann, der mit den Händen auf dem Lenkrad in seinem Auto saß, ohne den Motor zu starten. Der Mann sah aus, als wüsste er nicht mehr, wie man Auto fährt.

Robert lief zur nächsten Ecke, dann weiter, an alten Kurhotels vorbei, die seit dem letzten Hochwasser wie Vogelscheuchen unter den Baunetzen am Straßenrand standen. Keine Marga. Er gelangte zu einem Bahnübergang. Die Schranke senkte sich, aber kein Zug kam, und die Schranke hob sich wieder. Es fing an zu regnen. Marga blieb verschwunden, und Robert hatte die Orientierung verloren.

»Scheiß-Dämmerung«, fluchte er.

Die Dämmerung ist bei dir ja oft schuld, hörte er Isa sagen. Plötzlich war da wirklich kein Mensch mehr auf der Strecke zwischen Kreuzung und Kreuzung, war da niemand mehr auf dem dunklen Weg vom Stadtrand zu den ersten Feldern. Auch bei der Gaststätte, die er schließlich fand, konnte er keinen nach dem Weg fragen. Sie stand leer und zum Verkauf. Er ging um das Haus herum, fand einen Feuerwehrteich, und an seinem Rand hockte Marga.

»Hast du den Schwan gesehen«, sagte sie und richtete sich wieder auf, »was der wohl früher mal war? Weißt du, Robert, einmal, da …«

»Bitte, Marga, nicht schon wieder so eine Geschichte von Andreas oder dir«, sagte er, »wir haben jetzt ein anderes Problem. Weißt du, wie wir wieder zurückkommen? Bist du eigentlich weggelaufen?«

»Nur, um hier auf dich zu warten«, sagte sie und ging ganz nah an ihn heran. Er konnte die feuchte Wolle ihres Mantels riechen.

»Einmal«, sagte sie, »da kannte ich einen Schwan, der verließ immer um die Mittagszeit seinen einsamen Teich. Er hatte keine Frau, deshalb schnappte er nach Kindern. Er ging täglich von seinem Tümpel über die Dorfstraße zum Feuerwehrteich, wo er auch einsam war.«

»Und warum?«, fragte Robert gegen seinen Willen.

»War mal was anderes«, sagte sie und lachte ihn an.

Irgendwo schlug in dem Moment ein Hammer auf Holz. Robert nahm Marga bei der Hand und ging dem Geräusch nach. Zum Hämmern gesellte sich Techno-Musik, und hinter einem Schuppen fanden sie eine Gruppe Blaumänner, die an einer Garage herumbauten, und eine Gruppe Jugendlicher, die an gar nichts mehr bauten, sondern mit Wollmützen auf Plastikgartenstühlen unter einem nassen Sonnenschirm herumsaßen und Bier tranken. Drei Jungen, ein Mädchen. Marga blieb stehen, während Robert weiterging. Das Mädchen schob seine Mütze von der Stirn zum Haaransatz hoch. »Hi.« Robert ertappte sich dabei, dass er die Bewegung kopierte, als sei er selber noch sehr jung und im ersten Jahr Streifendienst mit kratziger Hose, grüner Jacke und Schirmmütze an einem Freitag unterwegs zur »Bierkiste«, jener Kneipe im nördlichsten Vorort seines Reviers, in der manchmal fünfhundert Jahre Knast zu ihnen hochschauten, wenn er mit seinem Kollegen in der Tür stand und nur der Gedanke an ein letztes Brötchen von daheim, das oben im Spind auf seine Rückkehr wartete, einen Sicherheitsabstand zwischen ihn und seine aufkommende Angst geschoben hatte.

»Sie können die Bundesstraße entlang zurückgehen, das ist kürzer«, sagte das Mädchen, »gleich da hinten am Pool wieder vorbei und dann links.«

Mit »Pool« hatte sie wohl den Feuerwehrteich gemeint. Robert ging die ersten Schritte rückwärts und bedankte sich.

»Eben, als du nach dem Weg gefragt hast«, sagte Marga, als er wieder neben ihr stand, »da hatte ich das sichere Gefühl, Mathias gehe es gut.«

Plötzlich war etwas Fremdes in ihrer Stimme, ein heller Raum, in dem eine junge Sonne schien. Sie lachte. Sie freute sich. Ein Bläschen Spucke zerplatzte an ihren Zähnen, und die geheimnisvolle Fröhlichkeit steckte ihn an. Von Nico würde er erst später etwas sagen.

An dem Abend tranken sie im Hotelzimmer Bier, waren glücklich, und während Robert duschte, schaute sie sich im Bett das Ende eines Jerry Cotton an. »Einmal«, erzählte sie durch die halbgeöffnete Tür hindurch, »einmal, da war Andreas zwei oder so, spielte ich unter dem Wickeltisch mit Holzobst. Birne,

Apfel, Kirschen und Bananen, alles sehr schön, so groß wie in echt und bunt lackiert. Andreas wurde gestillt. Dann setzte meine Mutter ihn auf dem Boden neben mir ab. Er nahm sich den Holzapfel, schnitt ihn, wie es das Spiel vorsah, mit einem Holzmesser in zwei Hälften, steckte sie unter sein Hemd, nahm meinen Kopf zwischen die Hände und zog mich an seine Holzbrust, um mich zu stillen.«

Sie lachte ausgelassen, und Robert nutzte die Gelegenheit, nicht mit ihr im gleichen Zimmer zu sein. »Wir fahren auf dem Rückweg über Hamburg, einverstanden?«, sagte er durch die angelehnte Badezimmertür. Von der anderen Seite der Tür kam keine Antwort, und er trocknete langsam jeden Zeh einzeln ab.

»Ab Hamburg nimmt uns die Kollegin Schreiner in ihrem Auto mit.«

Aus dem Zimmer nebenan kamen die Geräusche einer Verfolgungsjagd im Film. Sonst nichts. Robert schlang sich das Handtuch um und sah durch den Türspalt. Marga saß auf dem Bett, die Beine angezogen, und er sah, wie die Freude von eben noch überging in ein Gefühl von vergangener Zeit und dann in die plötzliche Gewissheit, ganz aus dem Spiel zu sein.

»Was ist?« Er lehnte sich in den Türrahmen und wusste, er sah ziemlich gut aus, so.

»Ich werde dann sicher hinten sitzen«, sagte Marga.

20

Hamburg. Als er Nico kurz auf die Wange küsste, tat er das sachlich, hölzern, obwohl er in zärtlicher Stimmung war. Sie freuten sich, aber spielten die Gleichgültigen, ein seltsamer Widerspruch, den er schon in manchen Ehen als Bindemittel entdeckt hatte.

»Hey Kollegin.«

»Hey Robert. Alles klar?«

Marga stand dabei und schaute angestrengt den alten Frauen auf dünnen Beinen hinterher, die ihre Pelzmäntel die Alsterpromenade entlangschleppten, obwohl es nicht kalt war. Nico fand zuerst ihr Auto im Parkhaus nicht mehr, und Marga lachte, aber anders als am Tag zuvor. »Marga, bitte«, sagte Robert, »sei nicht so kindisch.« Jede weitere Anekdote über Andreas wäre ihm lieber gewesen als ihr hohles, krähendes Lachen.

Schließlich fanden sie den Wagen und stiegen ein. Robert fuhr, Marga saß hinten. Ihre Blicke trafen sich im Innenspiegel, und sie war schon eine Fremde geworden. Auf der Autobahnauffahrt hockte eine Krähe, unwillig oder unfähig, die Straße zu verlassen. Er dachte an den Autoskooter, als er um sie herum fuhr.

»Das macht auch nicht jeder«, sagte Marga. Die beiden anderen sagten nichts.

Als sie auf der Autobahn waren, griff er heimlich um seinen Sitz herum nach Marga. Sie hatte die Knie fest gegeneinander gedrückt, wie gestern, als sie sich beim Packen immer wieder auf den Bettrand gesetzt hatte.

»Und Hamburg so?«, fragte Robert.

Die meisten der jüngeren Kollegen seien mit der Bahn und in

Uniform angereist, sagte Nico, weil sie in Uniform kostenlos fahren konnten. Über Familie sei am meisten geredet worden, manchmal auch über die Boxernase hier oder die abgebrochene Karriere als Schlagzeuger dort, oder die Angst, eines Tages auf der Position nicht mehr gebraucht zu werden, weil es ab vierzig nicht so einfach sei, mit entsicherter Waffe auf Kommando ins Dunkle zu springen. »Nette Kerle, alle«, sagte sie. Wie die alten Pferde, die im Stehen schlafen, hätten sie bis weit nach Mitternacht einander bei den Lesungen zugehört.

»Ihr habt euch das ganze Wochenende über was vorgelesen?«

»Ja, ich und lauter Riesenkerle mit Oberarmen wie Henry Maske, die beim Schießen ins Schwarze treffen, aber heimlich Kurzgeschichten über Pflaumenbäumchen schreiben.« Nico schaute auf Roberts verdrehten Arm. Er zog ihn ohne Eile hinter dem Sitz hervor.

»Was ist denn das für ein Club, der sich da in Hamburg trifft?«, fragte er.

»Polizeipoeten.«

»Schreibende Bullen?«

»Was dagegen?«, fragte Nico und drehte sich mit einem plötzlichen Ruck nach Marga um.

»Und Sie haben also bei der Kirmes gearbeitet, Frau Burg?«

»Ja.« Marga sah aus dem Seitenfenster.

»Wie lange?«

»Kurz.«

»Ist Ihnen dort trotzdem etwas aufgefallen, das irgendwem hier im Auto weiterhelfen könnte?«

»Nein.«

»Sie müssen ja nicht reden, Frau Burg.«

»Nein, muss ich nicht.«

Margas Stimme klang rostig. Nico fand einen Radiosender für alle Menschen, die jünger als dreißig waren. Als sie den Namen des Moderators hörte, sagte sie: »Oh Gott, von dem war ich mal schwanger.«

»So genau wollten wir das auch nicht wissen«, sagte Marga.

Da waren sie kurz vor Osnabrück, und Nico überhörte den Satz. »Soll ich euch mal einen Witz erzählen?«, fragte sie. »Den hat mir einer vom schwäbischen Geheimdienst, also vom Landesamt für Verfassungsschutz beim Essen erzählt. Kommt sein Chef montags ins Büro und sagt, Mörser, gehen Sie mal raus, die Blumen gießen. Aber es regnet doch, Chef, sagt Mörser. Sagt der Chef: Dann ziehen Sie einen Regenmantel an!«

»Ich fass es nicht, den Mörser kenn ich«, sagte Robert, »der hat mal ein Seminar über Vernehmungsstrategien gegeben.« Er sah Nicos Knie aus dem Augenwinkel. Soweit er sich erinnern konnte, war es das erste Mal, dass sie einen Rock trug. Nico, die Überfliegerin, trug einen Rock, den er letzte Woche auf den Werbeplakaten von H&M gesehen hatte. Bei Dortmund zeigte Robert auf das Riesenlager einer Bücherauslieferung direkt an der Autobahn, das wie ein Baumarkt aussah.

»Und dieser Herr Mörser, der schreibt jetzt also auch?«, fragte plötzlich Marga vom Rücksitz aus, als hätte sie sich die ganze Zeit mit diesem fremden Mann beschäftigt.

»Ich sag Ihnen mal was, Frau Burg.« Nico stellte das Radio ab. Ihre Sätze trafen scharf auf die plötzliche Stille. »Wenn Sie das einmal erlebt hätten, dass ein Familienvater von der Kellerdecke hängt und die Tochter in Ihrem Rücken fragt, ›Er lebt doch noch, oder?‹ und Ihnen das Bild auch an den Abenden darauf selbst bei den schönsten Spaghetti nicht aus dem Kopf geht, und wenn sich eines Morgens dazu noch die Wasserleiche gesellt, die schon lange im Rechen hängt und auch so aussieht und so stinkt, und Sie trotzdem hören, wie Ihr Magen zu knurren anfängt, weil er sich auf das Frühstück freut, dann sind Sie endgültig jemand geworden, der für andere schwer nachvollziehbar ist, Frau Burg. Vielleicht wollen Sie dann eines Tages aufschreiben, warum Sie bis heute nicht gelernt haben, über Tote hinwegzusteigen. Ich gehe nämlich immer um sie herum, Frau Burg, nicht weil ich Angst habe, dass sie aufstehen und mich am Bein packen, sondern weil es Menschen sind, die mal glücklich waren, für die einmal ein Leben angefangen hat, das jetzt zu Ende ist. Den Beruf habe ich mir damals ausgesucht, weil ich mich nachts im Regen Einbrecher fangen und danach durch geschicktes Fragen überführen sah. Ich habe mir sogar die grüne Schreibtischlampe im Büro dazu schon vorgestellt und mich auf die nächtliche Zusammenarbeit mit ihr gefreut, und mir war anfangs so gar nicht klar, dass ich bei meinem Job ständig die Ablehnung der Leute abkriegen würde, denen ich helfen will. Niemand mag Mädchen in Uniform, Frau Burg.« Nico schluckte und lächelte Robert an, während sie nach dem Radio griff, um es wieder anzustellen.

»Ach Scheiße«, sagte sie, »Scheiße, der Tod. Aber etwas Gutes hat unser Beruf doch. In Zivil, mein kleiner Robert, hätten wir uns nie kennengelernt.«

21

Sie kamen am Abend an. Marga wurde als Erste abgesetzt. Sie stieg sehr langsam aus und blieb mit dem Rücken zum Auto stehen, als hätte sie auf der anderen Straßenseite die Schrebergärten im Winterschlaf und darüber das diffuse Licht der Laternen noch nie gesehen. Sie stand einfach da, und Robert beneidete sie um ihre Unbeweglichkeit. Es war die Unbeweglichkeit einer Nonne, die am Fußende eines Bettes sitzt und ausharrt, bis der Kranke gestorben ist.

»Was ist mit ihr, was hat sie denn?«, fragte Nico im Wagen leise und blieb sitzen, während Robert auf dem Rücksitz seinen Schal suchte. Er sah aus dem Heckfenster, wie eine alte, gekrümmte Frau versuchte, eine Flasche in den Glascontainer zu werfen, ohne dabei hinschauen zu können. Da stand sie, wie über sich selber gebeugt, mit der erhobenen Flasche in der Hand.

Das Haus, in dem Marga wohnte, war bis auf ein Fenster ohne Licht. Dort flackerte es blau. Robert hatte seinen Schal gefunden, blieb aber noch einen Augenblick sitzen, die Hände am Lenkrad, als hätten sie noch Kilometer vor sich. Dann stieg er aus, ließ jedoch den Motor laufen. Nico schob sich halb auf den Fahrersitz, hob die Hand zum Abschied und legte den Kopf ein wenig schräg, als Marga über Roberts Schulter zu ihr hinuntersah.

Marga umarmte Robert mit großer Geste. Die Szene war für die Zuschauerin im Auto, und ihm dauerte sie zu lange. Er ließ beide Hände in den Hosentaschen. Ein erster kleiner Verrat.

»Bis bald«, sagte er und zögerte. Er mochte seine gespielte Gleichgültigkeit nicht. So bückte er sich nach dem Zündschlüssel, stellte den Motor ab und nahm Marga das Pfeffer-und-Salz-Köfferchen aus der Hand.

»Ich komme mit hoch, nachschauen, ob Andreas zurück ist.«

Marga ging vor. Er folgte. Nico wartete.

»Familie Burg« stand wie beim ersten Mal auf dem selbstgemachten Emailleschild neben der Etagentür. Marga klingelte.

»Man weiß ja nicht, in welche Situation man kommt«, sagte sie und drückte wieder die Klingel.

»Funktioniert doch nicht«, sagte Robert und klopfte. Nichts. Als er wieder klopfen wollte, schloss sie die Wohnung auf, und er hatte den gleichen Eindruck wie beim ersten Besuch. Es herrschte eine Verwahrlosung, die nichts mit Unordnung oder Dreck zu tun hatte. Marga schaute in den Garderobenspiegel und fing seinen Blick.

»Schau du in den Zimmern nach«, sagte sie und öffnete, noch im Mantel, die Küchentür. Er ging durch alle Räume und machte in jedem Licht.Und warum sind Sie zur Polizei gegangen?, hörte Robert die hohe Stimme von Andreas tröten. Damit ich verschwundene Kinder suchen und dann fressen kann, hörte Robert sich leise antworten, während er zuerst in der Speisekammer und dann im Kleiderschrank des braun gestrichenen Schlafzimmers nachschaute und sich beim Hinausgehen am Hometrainer stieß. Auf den Dicken fluchend, der in kein Versteck hineinpasste und es sicher vor lauter Hunger auch in keinem lange aushielt, ging Robert in Andreas' Zimmer, das noch immer ein Kinderzimmer war. Er hob den Vorhang vor einem Regal an, warf einen Blick auf die Gasmasken und fuhr dann mit dem Zeigefinger über mehrere Reihen Mangas. Was machte er hier eigentlich? Spielsachen zählen? Über ihm brannte das Licht einer dreischaligen Lampe, die nicht einmal seine Großmutter aufgehängt hätte. Robert ging in die Küche. Marga hatte den Mantel ausgezogen. Er hing über der Lehne jenes Stuhls, auf dem das Kissen in Herzform lag. Der Mantel sah ohne Marga filziger aus. Sie saß auf dem Stuhl gegenüber und probierte eine komplizierte Armstellung aus, um ihre Nackenmuskeln zu dehnen.

»Und? Spürst du die gewisse Stille?«, fragte sie.

»Welche Stille?«

»Die sich über die Dinge legt, wenn einer nicht mehr wiederkommt. Du hast doch ein Gespür für diese Stille wie andere Menschen für Schnee, oder?«

»Hab ich das gesagt?«

»Nicht direkt.« Sie sah zu ihm auf.

»Ach Marga«, sagte Robert, und strich ihr mit der Rückseite seiner Finger über die Stirn. Die zwei senkrechten Falten zwischen ihren Augenbrauen blieben. »Wer hat eigentlich den Kater gefüttert?«

»Die Nachbarin unter uns«, sagte Marga, »und übrigens, Robert, das war eine schöne Reise. Seitdem ich bei der Kirmes war, habe ich mich ans Reisen gewöhnt, ausgerechnet ich, die ich doch immer so sesshaft war. Als ich zurück in die Wohnung musste, weil die Geisterbahn ins Winterquartier ging, kam mir mein Zuhause wie ein Übergang vor, in dem ich nur auf den Frühling warten würde, um danach ganz woanders hinzugehen. Ich glaube, das hat Andreas gespürt, deshalb ist er schon mal vorausgegangen. Ich hoffe nur, ihm passiert nichts und er bleibt in der Stadt. Da kennt er sich wenigstens aus, hat seine Monatskarte und wird eines Tages von der Polizei aufgegriffen werden, oder?«

»Sicher«, sagte er. Nichts, woran er sich erinnerte, war in dem Moment älter als einen halben Tag, und was er wie einen vernünftigen, brauchbaren Gegenstand in Gedanken festhielt, war das Warten einer Frau namens Nico unten im Auto.

»Bis bald.«

»Bis bald.« Sie lächelte zu ihm hoch, aber so, dass Robert woanders hinschauen musste. Geh doch nicht, hatte er als Kind gesagt, wenn seine Mutter ihn allein ließ. Aber wer war schon eine gute Mutter?

Später hielten Nico und er vor seiner Haustür im Zahmenhofweg.

»Kommst du noch mit rein auf ein Bier?«

»Aber nur eins«, sagte Nico. Er sah, wie sie auf die Parterrewohnung gegenüber von seinem Haus schaute.

Er kannte alle Leute in dieser Straße. An manchen Abenden nahm er seinen Beruf als Ausrede, um länger als nötig vor einem erleuchteten Fenster stehen zu bleiben und fremdes Leben in fremden Wohnungen zu beobachten. Das hatte etwas Gemütliches, Beruhigendes. Er bildete sich sogar ein, es sei für ihn vom KK 11, für einen, der Delikte gegen das Leben bearbeitete, nützlich, überall Personenkenntnisse zu erwerben. Robert Mandt, der einsame Kontaktbereichsbeamte. Er war bald vierzig. Zweite Halbzeit, sagte eine innere Stimme, und du entscheidest, Mandt, ob du noch weiter Karriere machen oder ein Leben führen willst, von dem du sagen könntest, es sei dein Leben geworden.

»Wohnt da drüben wieder jemand?«, fragte Nico, als er seine Haustür aufschloss. Er drehte sich auf der Fußmatte um.

»Ja«, sagte er, »stand ja lange genug leer.«

Unter einer nackten Birne sah er in der Wohnung gegenüber zuerst den blau gestrichenen Küchenschrank und dann das Mädchen. Es öffnete das Fenster und schlug einen Teppich aus. Hinter dem Mädchen standen Umzugskartons im Raum, und als es das Fenster wieder schloss, hatte Robert das Gefühl, dieser Mensch ihm gegenüber sei zufrieden mit dem Leben. Warum, wusste er auch nicht. Was wusste er schon? Etwas: Da wohnte wieder jemand.

»Sie trägt eine Brille«, sagte Nico und ging durch die Diele ins Wohnzimmer. Sie setzte sich, aber sie ließ die Jacke an. Mit der Faust fuhr sie über die Platte seines Tisches. »Schönes Teil!« Der Tisch glänzte zurück. »Ikea«, sagte er. Wenn er nicht allein an seinem glänzenden Tisch sitzen musste, kam er sich nicht wie auf einem Tablett vor. Im Gegenteil, er stand häufiger als nötig auf, um irgendwem da draußen in der Dunkelheit mit jeder Bewegung zu zeigen: »Seht her, ich habe Besuch. Ich bin nicht allein. Eine Frau ist bei mir. Das macht nicht nur die Unterhaltung gepflegter.«

Nico redete in Einzelheiten über den Triathlon, an dem sie im Frühjahr teilnehmen und für den sie ab jetzt eisern trainieren würde.

»Und was wird dann mit dem anderen Club?«

»Welchem?«

»Deinen Polizeipoeten.«

In dem Moment klingelte Roberts Telefon. Er nahm ab, und Nico sagte, »ich geh dann mal.« Sie standen in der Diele. Er hielt sie fest und erkannte im selben Moment die Stimme im Hörer.

»Bist du allein?«

»Ja«, sagte Robert, erstaunt darüber, dass er log.

»Wirklich?«

»Ja.«

»Der Kater ist verschwunden, Robert.«

»Ja«, sagte Robert.

»Er versteckt sich immer, wenn Fremde wie du in die Wohnung kommen, deswegen habe ich es nicht gleich bemerkt.«

»Na ja«, sagte Robert, »der Kater ist ein Kater.«

»Robert«, sagte sie, »Robert, Robert«, und er sagte ihren Namen nicht. Nico sah ihn fragend an, und Marga legte auf. Noch immer hielt er den Hörer am Ohr, während er sagte, dass der Kater von Marga Burg verschwunden sei, und er war versucht, sich dabei mit dem Telefon an die Stirn zu tippen. Doch er ließ den zweiten Verrat. Vorsichtig, als sei die Stimme darin noch vorhanden, legte er den Hörer auf dem Dielenschrank ab.

Nico lachte. »Jetzt musst du auf der Hut sein, kleiner Robert. Entweder zieht sie die Waffen einer Frau, was ich ihr nicht zugetraut hätte. Oder das Ganze hat eine Logik. Erst Mathias Böhm, dann Andreas, jetzt der Kater. In fallender Linie ist als Nächstes ihr Sparschwein dran und dann du.«

Nico ging noch einmal zurück zum Tisch und legte den Kopf in den Nacken, während sie den letzten Schluck Bier aus der Flasche trank. Er stand neben ihr, nahm sein Handy vom Gürtel und schaltete es aus. Dann sah er zum Haus gegenüber. Das Mädchen stand wieder am Fenster, rauchte und hielt die Zigarette mit gespreizten Fingern vom Körper weg, als wolle sie sie lieber jemand anderem geben. Von hier aus gesehen schien sie zu lächeln.

»So«, sagte Nico, »das war das«, und setzte die Bierflasche so hart ab, dass der glänzende Tisch erschrocken zitterte. An der Tür drehte sie sich noch einmal um.

»Und denk dran, was wir in der Polizeischule gelernt haben, Robert: ›Wenn das Wasser bis zum Kinn reicht, sollte der Beamte mit den Schwimmbewegungen beginnen.‹«

Unschlüssig stand er vor seiner Trainingshose, die an der Garderobe hing. Der Koffer von Marga fiel ihm ein und wie sie ihn gestern am letzten Tag ihrer Reise gepackt hatte. Ein Paar Stiefel hatte sie zuunterst gelegt und dann die Jacke eines Twinsets zusammengefaltet. »Es gibt zwei Arten von Menschen«, hatte sie dabei gesagt, »das habe ich jetzt begriffen, Robert. Die, die bleiben, und die, die gehen, Hausmenschen und Wandermenschen. Die Wandermenschen, die ich kennengelernt habe, haben manchmal Geisterbahnen, aber das muss nicht unbedingt sein. Wandermenschen an sich ziehen einfach herum und gehen, wohin sie wollen oder müssen.« Marga hatte ihre Strümpfe ineinandergerollt und in den Koffer geworfen. »Bei Mathias ist das auch so«, sagte sie, »er packt, wandert weiter, packt aus, schlägt sein Zelt im nächsten Mietshaus auf, bleibt kurz und nennte das Zuhausesein. Er stellt sich eine neue Familie zusammen aus Kollegen, Nachbarn, Affären.« Sie hatte die Twinsetjacke fast zärtlich auf Stiefel und Strümpfe gelegt, dann unter den Ärmeln eines dunkelblauen, altmodischen Kleides gerochen, bevor sie es kompliziert zusammengefaltet hatte. Sie hatte ihn beim Weiterreden nicht angeschaut. »Kein Ort ist Heimat, jeder Ort ist Heimat. Egal, ob Andreas wiederkommt oder nicht, oder Mathias, ich werde auch dieses Kleid hier wegschmeißen«, sagte sie, während sie es sorgfältig in den Koffer legte. Sie setzte sich auf den Bettrand und knöpfte die weiße Bluse auf ihrem Schoß von unten nach oben zu, schloss den Reißverschluss einer dunklen Hose und nahm das Lesezeichen aus dem Buch, in dem sie die ganze Zeit über nicht weitergelesen hatte. »Es reicht nicht, den Kater zu streicheln, wenn es einem schlecht geht, Robert. Ich habe längst verstanden: Die Welt, wie sie jetzt ist, und wir, wie wir sind, das alles besteht aus lauter Heimatorten. Weißt du, Robert, manchmal ist der Ort, an dem man bleibt, auch ein Mensch. Manchmal nimmt man einen Menschen zum Sinn. Bei meinem Vater war es meine Mutter. Dir danke ich jetzt, es war eine schöne Reise. Danke. Ich werde mich gern daran erinnern.«

»Ich auch«, hatte Robert gesagt und den Inhalt des Koffers noch einmal abgezählt: Stiefel, Strümpfe, Jacke, Kleid, Bluse, Hose, das Buch – und Schluss, hatte er gedacht.

22

»A man wakes up in an alleyway. A trail of perfume follows a girl leaving a cheap hotel.« Die CD mit der Sendung von Dylan begann mit Hundegebell, weil es um Hunde ging, und die brüchige Frauenstimme sprach nah am Mikrofon ihre Einleitung. Das Mädchen von gegenüber hatte angefangen zu telefonieren, wie Robert von seinem Wohnzimmerfenster aus sah. Sie lief auf und ab dabei und hatte die Brille abgenommen. Robert ging in die Küche, damit sie nicht den Eindruck bekam, er beobachte sie wirklich. In der Küche brummte der Kühlschrank, was er als Aufforderung nahm, ihn um ein weiteres Bier zu erleichtern. Eine Zeitlang saß er neben einer offenen Flasche und stierte in den Raum, bis dessen Einrichtung ihn langweilte. Er gähnte, rieb mit Spucke an einem Fleck auf seiner Hose herum, stand auf und beschloss, etwas Vernünftiges zu machen. Ein Spiegelei braten oder zwei, sunny side up! Er öffnete dafür das Küchenfenster. Im Wohnzimmer lief ziemlich laut Dylans Hundesendung. Sie spielten einen bekannten Song, und Robert pfiff mit. Gerade wollte er sich mit dem Teller zur Flasche an den Tisch setzten, da merkte er, es wurde kühl vom Garten her. Er stellte den Teller ab, und bevor er die Fensterflügel ineinanderschob, hörte er den Hund vom Nachbargrundstück. Der blöde Köter knurrte Dylans Hunde aus seinem Radio an!

In dem Moment riss das Licht des Bewegungsmelders den Nachbargarten aus der Dunkelheit, aber das tat es bei jeder Katze. Robert blieb am Fenster stehen und musterte in dem Licht, das bis zu ihm herüberstreute, seine Terrasse. Die Blumentöpfe mit dem Oleander musste er unbedingt hereinholen. Sein Blick wanderte hinüber zur kleinen Rasenfläche, auf der noch immer der umgestürzte Baum lag. Ja, der Bewegungsmelder des Nachbargartens riss ungefragt auch sein Grundstück mit aus der Finsternis, wenigstens bis dorthin, wo seit zwei Wochen dieser Baum lag. Robert hob langsam beide Hände, um die Fensterflügel zu schließen.

Da fiel der erste Schuss.

Etwas traf ihn in den linken Arm, und der Hund des Nachbarn winselte, als sei auch er getroffen. Endlich Schluss mit dem Gekläff! Drei Herzschläge lang blieb Robert reglos am Fenster stehen, als sei er nicht ein Polizist in Lebensgefahr, sondern ein Schauspieler mit Blackout auf offener Bühne, der den einen Satz nicht findet, den er noch loswerden muss. Ich glaub's ja nicht! Robert griff nach seiner Waffe, hatte aber nur das abgeschaltete Handy in der Hand. Er griff nach der Schnur des Rollos, das seine Vormieter wenigstens für das Küchenfenster da gelassen hatten, und fand sie nicht. Dabei stieß er eine kleine Stehlampe mit gelbem Schirm von der Fensterbank. Sie brannte am Boden weiter. Scheiße, unsere Lampe, hörte er Isa sagen. Im Radio gab Dylan den Inhalt des nächsten Songs bekannt: »Newlyweds make love on the roof. A ringing phone goes unanswered«, sagte er ziemlich laut mit seiner Dylan-Stimme. Es war wie Gesang auf einem Ton. Jetzt schoss also der Nachbar auf ihn, weil ihm Roberts Radio zu laut war, oder weil Robert die schwächlichen Bäumchen von nebenan nicht mochte, oder weil Isa ausgezogen war und er Robert deswegen für einen Schwächling hielt, der nicht in diese Siedlung passte? Erst als der nächste Schuss fiel, schlug Robert das Fenster zu. Dann sprang er hoch und riss endlich das Rollo an seinem Saum herunter. Er hatte es noch nie benutzt, denn der Garten war ihm bei Nacht immer augenlos vorgekommen. Er warf sich auf den Boden.

Unter dem Fenster liegend spürte er das kalte Gerippe seiner alten Heizung. Tragen Sie eigentlich keine Waffe, hörte er eine Stimme fragen, bevor der nächste Schuss fiel. Der traf die Lampe über dem Tisch und löschte das große Licht. Nur noch das Lämpchen am Boden brannte. Er fasste nach seinem linken Arm. Aus dem Lautsprecher im Wohnzimmer kam ein Lied von Fats Domino, und noch ehe das zu Ende sein würde, würde ihm ein billiges Stück Blei den letzten Moment seines Lebens stehlen und ihn tot am Boden liegen lassen, in einem schwarzen See von Blut, das aus ihm herauslief. Wie oft er das gesehen hatte! Wieder krachte ein Schuss, und der Hund von nebenan war plötzlich still. Jetzt hatte es den Köter erwischt! Robert rutschte auf dem Bauch quer durch seine Küche und fand neben einem Stapel alter Zeitungen seine Taschenlampe, gerade noch bevor der nächste Schuss fiel. Ein kleines Loch klaffte in der Füllung der Küchentür. Wenn er den Kopf hob, konnte er bis ins Wohnzimmer hinüber und auf dem Tisch die leere Flasche sehen, die Nico zurückgelassen hatte. Sein Arm blutete ziemlich heftig, trotzdem ging er mit der Taschenlampe aufrecht zurück zum Küchenfenster und ließ das Rollo wieder hochschnappen. Jemand wollte ihn also töten, vielleicht würde es ihm gelingen. Aber nur aus Versehen. Vielleicht. Er öffnete das Fenster wieder, richtete den Strahl der Taschenlampe auf den Garten und wünschte sich, das billige Ding in seiner Hand wäre eine High 8, mit einem mörderischen Zusatzlicht als Waffe gegen den Mörder da draußen. Dann ging Robert zur Terrassentür. Er griff seine Taschenlampe wie einen Knüppel, bevor er die Tür zum Garten öffnete und hinaustrat.

Nichts.

Seine Oleander sah er stehen in einer plötzlichen Stille. Niemand würde jetzt mehr schießen, wusste er. Das sagte ihm sein Instinkt. Ohne Hast leuchtete er in die Stille hinein, in der er nicht gestorben war. Sein linker Arm blutete immer heftiger. In der Ferne bei der Bahnschranke sah er die Rücklichter eines Autos. Dann war das Auto weg, das sicher nichts mit den letzten zwei oder drei Minuten hier zu tun hatte. Er ging ins Haus zurück, in die Diele, griff das Telefon, das er eben noch auf das Schränkchen gelegt hatte, und schleppte sich ins Wohnzimmer. Auf dem Teppichläufer, wo Isa einmal Yogaübungen gemacht hatte, knickte er ein. Er fühlte sich unsicher, als sei er kein Mensch, sondern ein Haus. Es barst und bröckelte in ihm, und er konnte den nahen Einsturz vorausahnen. Im Hintergrund redete Dylan auf ihn ein. Robert erinnerte sich. Wie war die Nummer? Richtig, 65000. Er wählte sie auswendig. 65000. »Hotel Pennsylvania«, »Bob Dylan, bitte!« Langsam stand er wieder auf, um mit Dylan die Lage zu besprechen. Als sich tatsächlich eine männliche Stimme meldete, fiel ihm der Hörer aus der Hand. Die Stimme sprach am Boden leise weiter. »Scheiße, Dylan kaputt«, murmelte Robert, fand aber nicht die Kraft, sich zu bücken. Von seinem Platz im Wohnzimmer aus sah er das umgestürzte Lämpchen mit seinem gelben Schirm in der Küche liegen, und obwohl es friedlich vor sich hin brannte, vertrieb es nicht die Finsternis, sondern war ein leuchtender Kern der Nacht. »See you next sunday«, sagte Dylan, dann war seine Sendung zu Ende. Plötzlich herrschte in der Wohnung die gleiche Stille wie eben noch im Garten, bis jemand gegen seine Haustür hämmerte. »Offen«, sagte Robert mit einer Stimme, die er nicht mehr kannte.

»Offen«, sagte er wieder, als sie schon neben ihm stand, und wies auf ihren offenen Mund, ihr nasses Haar. Sie war noch immer ohne Brille. Robert wies auf den Apparat am Boden: »Scheiße, Dylan kaputt«, wiederholte er, während er noch einmal versuchte, sich nach dem Hörer zu bücken, und dabei das Gefühl hatte, er bücke sich über sich selbst. Ihm wurde übel.

Während er mit dem Kopf tiefer und tiefer ging, sah er alles doppelt, dreifach, in tausend Silhouetten bis ins Unendliche gefächert, und gleichzeitig hatte er ein einziges Bild von sich selbst: Er als junger Mann in seinem Konfirmationsanzug verneigte sich zum Abschied vor allen Dylans, allen Mädchen und vor der Unendlichkeit der Welt und verwandelte sich am Ende der Bewegung in einen leuchtenden Sternenfunken, um für immer zu verschwinden.

III. Akazien überall

»The air is thick with a chemical tang.
A woman takes a shower
before going home to her husband.«

23

»Er wacht auf!«, sagte eine Stimme, die er kannte. Jemand legte ihm vorsichtig eine Hand auf die rechte Schulter, die nicht verletzt war. »Ruhig liegen bleiben!« Es war Isas Stimme, nicht hell, nicht dunkel, etwas schleppend und so leise, dass sie einen zum Zuhören zwang. Die Person mit Isas Stimme trug eine Kapuze, die das Gesicht in einer dunklen Nische verschwinden ließ wie beim Tod. Ja, der Tod starrte Robert ein wenig verwundert an und ging in die Hocke dabei. In der Hand hielt er einen Waschlappen, den er ihm auf die Stirn legte. Der Tod, all seine Dinge bei sich tragend. Robert stöhnte auf, um sich zu wehren, und zeigte auf die Kapuze.

Hastig nahm das Mädchen von gegenüber sie ab.

»Tschuldigung«, murmelte sie. Sie hatte tatsächlich die gleiche Stimme wie Isa. »Ich hatte mir gerade die Haare gewaschen, und draußen ist es plötzlich so kalt.«

»Da hat sie recht«, sagte Roberts Nachbar, »es ist lausig kalt geworden.« Er hielt seinen hektischen Hund an der Leine. Der hatte also auch überlebt. Der Raum war voller Menschen, so kam es Robert wenigstens vor. Zwei Polizisten in Uniform standen herum, dazu der Nachbar und seine Frau im Morgenmantel und das Mädchen von gegenüber. Er habe sofort die Polizei gerufen, sagte der Nachbar. »Nein, ich«, sagte seine Frau, und der Hund zog den Schwanz ein. Robert stützte sich auf die

Ellenbogen und wäre fast vom Sofa gefallen, wenn ihn das Mädchen nicht gehalten hätte. Leise sagte sie, der Arzt sei unterwegs. Robert sah Nicos Bierflasche auf seinem Wohnzimmertisch stehen und bildete sich ein, der Atem des Mädchens rieche nach Bier. Sein Kopf lag auf einem Stapel Kissen, sein linker Hemdsärmel war abgeschnitten, und für einen kurzen Moment verlor er noch einmal das Bewusstsein. Als er wieder zu sich kam, tupfte ein Mann ihm den Arm mit Alkohol ab. Es musste der Arzt sein. Die Wunde spürte Robert kaum, auch nicht den Druck des Tupfers, er roch nur den Alkohol, der war scharf und gut und wirklicher als alles um ihn herum. Wegen des Alkohols zählte er sich wieder dazu. Er habe Glück gehabt, es sei kein Knochen verletzt, nicht einmal gestreift, sagte der Arzt, er habe ihm eine Spritze gegen den Schmerz gegeben. Der Arzt hatte eine kleine Glatze, wie ein Mönch. Welch ein seltsamer Zustand, jeder und jedes war, was es war, und gleichzeitig noch etwas anderes. Robert lächelte dankbar die Glatze an, während der Arzt schnell und mit sicheren Händen arbeitete und den Arm mit einer weißen Binde umwickelte. Im Zimmer wurde es plötzlich still.

»Was ist passiert?«

Robert kniff die Augen zusammen, als von der Tür ein kalter Luftzug kam.

»Was ist passiert?« Diesmal war es wirklich Isa, die zu der Stimme gehörte. Was passiert war? Robert fing leise an zu lachen.

»Jemand hat auf ihn geschossen, fünf oder sechs Mal«, sagte ein Kollege in Uniform.

»Ja, richtig geschossen«, sagte Robert, »hallo Isa.« Wieder versuchte er sich aufzurichten. Der Arzt umwickelte den Arm weiter.

»Hast du dich etwa gewehrt, Robert?« Sie kam mit gerunzelter Stirn auf ihn zu und trug einen weichen, hellblauen Pullover. Er dachte an die blaue Yogamatte, auf der sie genau da, wo der Blutfleck war, auch bei Regenwetter ihre Sonnengrüße geübt hatte.

»Ich bin in den Garten hinausgelaufen mit der Taschenlampe, aber ich habe die Person nicht mehr gesehen«, sagte er in einem Ton, als müsse er vor seiner Frau eine Aussage machen.

»Ach, deswegen dieses ganze Polizeiaufgebot in unserem Garten? Deine Kollegen sind auf Spurensuche?«

»Alle sind da«, sagte Robert stolz, in dem Ton, in dem man seine vielen Kinder zählt, und er fühlte sich plötzlich geborgen bei dem Gedanken, dass er jetzt als versuchtes Tötungsdelikt gut von allen behandelt werden würde. Robert war das Kapitalverbrechen des Monats, um das die vertrauten Kollegen sich kümmerten. Irgendwie fand er das gemütlich.

»Im Garten hat tatsächlich einer mit Gewehr gestanden?«, fragte Isa.

»Gewehr?«, wiederholte der Nachbar mit dem Hund. »Es war sicher kein Gewehr, mit dem hier geschossen wurde. Mit einem Gewehr kann man bis auf fünfzig oder hundert Meter Entfernung problemlos treffen, mit einem Präzisionsgewehr sogar noch weiter. Für die paar Meter hier«, sagte er und zeigte Richtung Küchenfenster, »reicht eine Pistole. Pistolen haben eine Schießgenauigkeit bis zu fünfundzwanzig Meter. Ein Fenster sollte man vor der Schussabgabe allerdings öffnen. Durch eine geschlossene Scheibe wäre die Zielsicherheit erheblich reduziert.«

»Und das wollen wir ja nicht«, hörte Robert sich lachend sagen und sah sich vor wenigen Minuten das Fenster öffnen.

»Pistolen«, fuhr der Nachbar im unbeirrbaren Ton jener fort, die die Welt von ihrem Gartenzaun aus beurteilen, ohne sich wirklich in ihr auszukennen, »Pistolen findet man übrigens sehr leicht auf dem Schwarzmarkt, und sie lassen sich in jedem Kinderzimmer verstecken. Es gibt ja Verrückte, die so etwas tun«, sagte er, »ich zum Beispiel weiß sofort, wenn ein Nachbar verrückt ist. Ich brauche nur zu sehen, wie er auf sein Motorrad steigt und dabei statt festem Schuhwerk diese weißen Frotteelatschen trägt, die man in Hotels für die Sauna bekommt.« Robert lachte. Die Frau des Nachbarn legte eine Hand auf den Arm ihres Mannes, um ihn vom Weiterreden abzuhalten.

»Sie sind doch bestimmt Lehrer«, sagte das Mädchen von gegenüber.

»Ja«, sagte der Nachbar erfreut, »woher wissen Sie das?«

»Sie kommen mir bekannt vor.«

»Auf welcher Schule waren Sie denn?«

»Ich meine, Sie kommen mir als Sorte Mensch bekannt vor, wegen Ihrer ungebrochenen Aussagebereitschaft.« Wieder lachte nur Robert. Isa stand am Kopfende des Sofas hinter ihm. Er hörte, was sie dachte: Am Lachen erkennt man den Narren.

»Muss er ins Krankenhaus, Doktor?«

Der Arzt antwortete nicht gleich, er summte leise etwas vor sich hin. Erst nachdem er den Verband zugeknotet und die Enden abgeschnitten hatte, schaute er auf.

»Er hat eine Menge Blut verloren, ich habe ihm ein Beruhigungsmittel und ein Schmerzmittel geben, er muss sich ausruhen, und die Leute hier sollten alle verschwinden. Er wird gleich einschlafen.«

Das Mädchen von gegenüber setzte seine Brille auf. Das sah aus, als zöge sie einen Mantel über.

»Und wer sind Sie?«, fragte Isa leise.

»Ich bin die von gegenüber«, kam ebenso leise die Antwort.

Merkte denn niemand außer Robert, wie lächerlich ähnlich die Stimmen einander waren? Diesmal unterdrückte er ein Lachen.

»Alle sollen hier verschwinden«, wiederholte einer der Kollegen in Uniform und ging schon mal zur Tür.

»Aber, aber«, sagte Isa, »ich bin mit ihm verheiratet. Ich nehme ihn mit.«

»Das geht in seinem Zustand nicht, aber Sie können hier bleiben«, sagte der Arzt.

»Hier bleibe ich nicht.« Isa biss sich auf die Unterlippe, und Robert sah, dass sie Tränen in den Augen hatte. Oder bildete er sich das ein? Hatte ihr vielleicht jemand vom Klo aus mit einer Wasserpistole Tropfen ins Gesicht geschossen, sodass es wie Weinen aussah? Wieder lachte Robert.

»Ich könnte bleiben«, sagte das Mädchen von gegenüber. Bewegungslos stand sie da, und Robert starrte sie an, eine kleine Gestalt, die von den Schultern her langsam ausfranste, während sie wohl noch etwas sagte, das er nicht mehr ganz verstand.

»Ich kann bleiben«, wiederholte das Mädchen von gegenüber, »ich kann lesen, während er sich ausruht, und morgen habe ich frei, da macht es nichts, wenn ich unausgeschlafen bin.«

Robert döste weg.

Aus Träumen quälte er sich ans Licht, das so früh am Morgen wie Wasser auf ihm lag, wie das Wasser eines grauen, kalten Sees. Plötzlich hatte er es eilig, an die Oberfläche zu kommen, um dort aufzuwachen. Es war noch nicht hell. Draußen herrschte sicher Frost. Der Frost ist ein stummer Sturm, hatte er irgendwo einmal gelesen.

Ein sehr blasser Kollege in Zivil hing zwischen zwei Sesseln und schlief. Robert war gerührt. Er lag noch immer auf dem Sofa unter einer karierten Decke, die früher einmal auf dem Rücksitz des Autos mitgefahren war, wenn Isa und er zum Picknick wollten. Es war nicht einmal ihre eigene Decke, sondern die von der Tante aus Hamm, die sie nach jedem Ausflug hatten zurückgeben wollen. Immer war etwas dazwischen gekommen, zuletzt ihre Trennung.

Es war sehr früh am Morgen. Kurz nach Sieben, zeigte der neue DVD-Player. Nicht seine Zeit. Er legte den Kopf in den Nacken, um in die Küche zu schauen. Zwei Träume waren es gewesen, ein erotischer, so wie er sie manchmal hatte. Isa war daran beteiligt, aber diesmal mit Brille, und im Hintergrund auch Schlesinger aus Dresden. Der Traum war beim Aufwachen gleich zu einem festen Knoten in Roberts Bauch geworden, unentwirrbar in seinen einzelnen Handlungssträngen, und er ließ ihn einfach los, ließ ihn fallen, damit er sich ganz unten in ihm zur Ruhe begebe. So machte er es mit erotischen Träumen immer. Er legte sie ab, bearbeitete sie nicht weiter. Es blieben ungeklärte Fälle, nach denen außer ihm niemand fragte.

Aber der zweite Traum war noch da. Er hatte Handlung, war nicht nur so ein Gefühl, das sich nicht nacherzählen ließ. Robert hatte geträumt, er sei über einen Hügel aus Schnee gegangen und in der unwirklich weißen Nacht an einen Betonzaun geraten, hinter dem ein Kinderkarussell stand. Die runde Dachplane rahmte eine blecherne Krone ein, deren Reif in regelmäßigen Abständen mit ovalen Spiegeln besetzt war. Zwischen Spiegel und Spiegel hob sich ein Relief von Blumenranken aus dem Metall und glänzte schwarz und böse. Das Karussell stand in einem verlassenen Geviert, jenseits des schulterhohen Betonzauns, ohne die Spur eines Menschen, ohne jede Spur von Leben. Das war einmal anders gewesen, hatte Robert im Traum gewusst. Das Personal des Karussells, die Schwäne, Kutschen, bunten Pferde entzogen sich seinem Blick hinter bodenlangen Stoffschals, die die Manege verhängten. Waren sie fort, die Schwäne, Kutschen, Pferde, waren sie längst nicht mehr bunt lackiertes Holz, sondern tot?

»Kaffee«, rief eine Stimme aus der Küche. Also ist Isa doch geblieben, dachte er und hob die Hand zum Mund, um den Atem zu prüfen.

»Kaffee? Gern«, rief er kräftiger zurück, als ihm zumute war. Der linke Arm pochte. Seine Armbanduhr lag auf dem Tisch neben dem Sofa. Er wollte aufstehen und sich waschen. Da sah er, dass der Teppichläufer von der Stelle weggerollt war, die er gestern vollgeblutet hatte. Die Teppichrolle kam ihm wie ein unüberwindliches Hindernis auf dem Weg ins Bad vor.

»Ich bringe den Kaffee, bevor Sie aufstehen«, rief es aus der Küche. »Übrigens hat man uns alle in der Nacht als Zeugen vernommen, haben Sie das noch mitgekriegt?«

Hatte er nicht, und während er überlegte, was das »Sie« sollte, und dass sicher der blasse Kollege gemeint war, der noch immer mit Doppelkinn über dem Hemdkragen seinen Schlaf ausatmete, stand in der Küchentür das Mädchen von gegenüber. Da fiel es ihm wieder ein. Eine Frau konnte eine andere verdecken.

»Ich habe den Kaffee gerade erst gemacht. Schwarz, Milch, Zucker?« Als sie mit dem Tablett vor ihm stand, duftete ihr Haar.

»Man hat Sie nach der Vernehmung nicht weggeschickt?«

»Nein.« Sie stellte das Tablett ab, und ihr Geruch kam näher.

Geruch mochte man, wenn man das Leben mochte, das ihn hervorbrachte. Das war bei dem Hund seiner Eltern auch so gewesen, einem großen, weißen Hund, dessen Pfoten streng nach ungewaschenen Bergsteigersocken rochen. Robert hatte den Gestank geliebt, und einen Moment lang war er versucht, dem Mädchen von gegenüber von diesem Hund zu erzählen, von dessen Freundlichkeit, Geselligkeit und Witz, lauter Eigenschaften, die Robert nicht von den Eltern hatte lernen können, sondern von ihm. In dem Jahr, in dem der Hund starb, war Robert siebzehn gewesen und hatte beim Kauf seines ersten richtigen Anzugs lange in das Spiegelbild beim Herrenausstatter hineingeschaut und beschlossen, dass ab jetzt er selbst entschied, wann etwas wehtat.

Sie nahm das Geschirr vom Tablett und schob vorher seine Armbanduhr auf dem Tisch beiseite. Er versuchte sich an ihren Namen zu erinnern, bis ihm einfiel, dass er ihn gar nicht wusste. Ihr Gesicht war von einer Temperatur, die er gern mit ihr geteilt hätte. Sie musste mindestens zehn Jahre jünger sein als er, und zu gern wäre er in diesem Moment der gewesen, der er nicht war. Nein, nicht der, den Isa kannte und den sie irgendwann nicht mehr mochte, weil er häufig so deprimiert war, dass es langweilig wurde. Nein, nicht der, den Marga kannte und den er selber nicht kannte. Er wäre in dem Moment gern jemand gewesen, der die nutzlose Energie jenes großen, liebevollen Hundes von damals hatte.

Sie nahm die zwei Tassen, setzte sich an den Rand des Sofas, das Polster gab unter ihrem Gewicht ein wenig nach.

»Geht es Ihnen besser?« Sie sah ihn ernst an.

»Ja, schon irgendwie.«

»Es hat geschneit«, sagte sie, »und ich glaube, heute wird der dicke Junge nicht kommen, der seit über einer Woche wie ein Nachtwächter bei Tag durch unsere Straße geht. Seine Turnschuhe sind zu dünn für dieses Wetter.«

»Wen meinen Sie?«

»Zuerst dachte ich, er teilt vielleicht Werbeprospekte aus und hat seinen Karren an der Ecke stehen lassen, aber er kam und hatte nichts vor. Er streunte nur herum.«

»Vielleicht suchte er jemanden zum Spielen.«

»Dafür war er zu alt.«

»Wie alt?«

»Schwer zu sagen bei dem Fett, in dem er sich versteckt«, sagte sie. »Als ich ihn das erste Mal von hinten sah, dachte ich, der ist irgendwas zwischen sechs und sechzig. Als er sich umdrehte, war er Mitte dreißig.«

Robert setzte sich auf. Vor dem Fenster glänzte die verschneite Oberfläche der Straße. Für Tageslicht war es noch zu früh, aber die rosa Luftfäden über den Bäumen, undeutlich im Strich, wie von einem Buntstift mit zu harter Mine gezogen, redeten davon, dass es bald hell werden würde. Sie redeten deutlicher davon als sonst.

»Ich glaube, er ist ganz allein auf der Welt, der dicke Junge.«

»Und bestimmt verkauft er Streichhölzer«, sagte Robert. Der Satz war noch nicht fertig, da fand er ihn schon nicht mehr witzig.

Unsicher versuchte er aufzustehen, ohne von dem Kaffee getrunken zu haben. Er ging auf Strümpfen ins Bad, wusch sich wegen des Verbands mit einem Waschlappen und rasierte sich nicht sehr gründlich. Als er zurückkam, hatte sie die Tassen neben dem Sofa abgestellt und Rühreier gemacht. Der blasse Kollege telefonierte mit dem Präsidium und hatte eine Tasse in der Hand, auf der VENEDIG stand. Er nickte Robert zu und hatte Tränensäcke. Gepäck unter den Augen, hatte Isa immer gesagt. Der Tag kam jetzt endgültig durch, rot und gelb, die Temperatur stieg mit dem Licht. Trotzdem schien es draußen kälter zu sein als üblich im November. Also doch keine schlechten Zeiten für Kälteidiotie. Robert setzte sich vorsichtig auf das Sofa, streckte unter der Wolldecke die Beine aus und schob noch ein Kissen mehr hinter den Kopf. Nachdenken mit Kissen war besser als Nachdenken ohne Kissen. War das nicht auch gemütlich? Nein, noch nicht. In der Geborgenheit dieses schönen Morgens, der gerade erst anbrach, hatte er Angst. Den Schuss hatte er also überlebt. Er zog ein Knie an die Brust, rollte einen Socken herunter und sah nach. Keine Todesflecken am Knöchel. Er lehnte sich wieder zurück, streckte beide Beine noch länger aus, stemmte die Fersen ins Polster, ließ die Zehen knacken und sah, wie sein Bauch sich im Rhythmus des Atems unter der vertrauten Wolldecke hob und senkte. Es gab keine Totenstarre oder mit dem Leben nicht vereinbare Körperzerstörung, er war noch er und keine Leiche, kein Kadaver-Beweismittel oder ein stummer Zeuge, den die Kollegen schweren Herzens in einem blauen Müllsack oder in einer provisorischen Kiste zur Obduktion gebracht hatten. Er hatte noch keinen kleinen Zettel am großen Zeh, und er war, nein, noch nicht, drüben gelandet, in der dortigen Kälte.

»Hallo«, sagte er probeweise in die Luft hinein, wie man in ein Mikrofon »hallo« sagt, um es zu testen. Der Kollege sah überrascht auf. Als er den Mund öffnete, klingelte das Telefon, und irgendwie musste Robert wieder lachen. Der Kollege klingelte, wenn er den Mund aufmachte! Er lachte noch immer, auch als der Kollege ihm den Hörer ans Ohr hielt. »Hallo?« War da Bob Dylan, um zu fragen, wie es ihm ging?

»Armer kleiner Robert«, sagte Nico leise an seinem Ohr, »wenn ich das so höre, ist es schon richtig, dass ich den Fall übernommen habe.«

»Welchen Fall?«

»Deinen«, sagte Nico.

24

Am Mittag zog er auf Drängen des Arztes in Isas Wohnung um. Sie lebte allein, aber in der Straße, in der auch Mathias Böhm wohnte, was Robert noch immer auf unerklärliche Weise unangenehm war. Wieder hatte er dieses Gefühl von Eifersucht. Als er von Zimmer zu Zimmer ging, erkannte er in jeder Ecke Dinge, die er einmal für den gemeinsamen Haushalt gekauft hatte. Einen Aschenbecher, halb schwarz, halb gelb, aus den Fünfzigern vom Trödler, eine große weiße Bodenvase aus einem Glasladen, der gerade Pleite gemacht hatte, eine Kleiderbürste aus der Blindenwerkstatt, einen Spaghettitopf mit Innensieb, zwei meergrüne Nachtleuchten für Flur und Bad aus dem Baumarkt, in dem er sich einmal samstags gern herumgetrieben hatte, als ließe sich das Knirschen in ihrer Ehe mit den Mitteln eines Heimwerkers beheben. Der Weltempfänger, den er ihr für den Sprachaufenthalt in Rom geschenkt hatte, stand auf der Fensterbank in der Küche. Die elegante Pritsche aus hellem Holz und weißem Leinen für Gäste hatten sie einmal an einem regnerischen Nachmittag im Bett gemeinsam aus dem Katalog ausgesucht. Jetzt holte Isa sie vom Dachboden. Auf der Pritsche würde er schlafen. Isa bezog das Plumeau für ihn in schimmerndem Moosgrün und redete dabei. Roberts verwaschener Schlafanzug sah schäbig aus auf dem edlen Kopfkissen. Er schob ihn darunter.

»Vielleicht brauchst du einen Therapeuten, Robert.« Isa kippte das Fenster im Gästezimmer, stumm überzog Robert mit einer Hand ein zweites Kopfkissen.

»Vielleicht brauchst du professionelle Hilfe, ich weiß jemanden, zu dem auch solche wie du gehen.«

Solche wie er? Er knöpfte den Bezug zu. Solche von der Polizei, die sich nicht von ungelösten Fällen distanzieren können? Der Therapeut, von dem Isa redete, hatte unter seinen Patienten auch einen Hauptkommissar in Behandlung, der von dem ungelösten Fall einer ermordeten Stewardess nicht loskam.

Therapeut! Robert merkte, wie er in sich selber versank, bis auch Isa schwieg und das Zimmer verließ. Wer auf ihn geschossen haben könnte, darüber konnte er mit ihr nicht sprechen, und wenn er das nicht tat, war jeder andere Satz überflüssig. Trotzdem nahm er sich vor, solange er hier im Haus mit den schönen Akazien vor der Tür sein würde, nicht in das alte Schweigen zu verfallen, das Isa nur zu gut kannte und dem sie jeden Unsinn im Fernsehen vorzog. Aber Therapeut! Das war doch einer von denen, die für viel Geld schlafende Hunde weckten, um sie dem, der dafür bezahlt hatte, auf den Hals zu hetzen. Muster der Kindheit oder Muster des Traumas nannten sie die schier endlos langen Gänge aus Gerede, die am Ende nur dahin führten, wohin man nicht wollte. Zu sich selber. In die Enge. Er brauchte keinen Therapeuten, er brauchte nur ab und zu jemanden, der leise sagte: »Kommen Sie mit. Sie frieren ja.«

»Ich geh dann mal«, rief Isa aus dem Flur, »Pizza mit Mozzarella ist im Tiefkühlfach, fühl dich wie zu Hause.«

Die Etagentür fiel ins Schloss. Weit, näher, vorbei. Er ging an ein Fenster, um ihr nachzuschauen, wie sie über die Straße lief. Er sah sie nicht.

Ein alter Mann hatte, solange es noch hell gewesen war, am Fenster gegenüber Zeitung gelesen. Jetzt war der Sessel leer. Auf dem Balkon daneben stand ein Kinderdreirad, und plötzlich war Robert erleichtert, dass Isa und er nach der Trennung kein Kind teilen mussten. Isa und er waren glücklich gewesen, dann nicht mehr. Er hatte es einen Sommer später begriffen als sie. Er war langsam, was die Seele betraf. Vielleicht gab es ja kein Kind, weil er zu langsam gewesen war, ihr schnell eins zu machen. Es gab kein Kind, das zwischen ihnen beiden gelernt hatte, selbst zu gehen. Es gab kein Kind, das sie mittlerweile nicht mehr tragen mussten, und das fiel schwer. Er sah das Kinderdreirad an. Auf jeden Fall würde hier keiner auf ihn schießen. Im zweiten Stock eines Hauses, wo ihn niemand außer seiner Frau kannte, war er in Sicherheit. Er sah auf den Billardsalon im Parterre schräg gegenüber von Isas Haus, wo Menschen sich über den grünen Filz der Spieltische beugten. Ihre Gesichter sah er nicht, aber die konzentrierten, verlangsamten Bewegungen flößten ihm Vertrauen ein. Die Straßenecke, um die Isa auf ihrem Weg zum Auto gebogen sein musste, war von seiner Position aus nicht zu sehen, solange er das Fenster nicht öffnete. An jener Ecke lag ein düsterer Block mit Versicherungsbüros aus den siebziger Jahren.

Trotzdem war es eine schöne Straße, mit Akazien überall. Warum, dachte er, warum, Marga, werde ich den Gedanken nicht los, du könntest auf mich geschossen haben, und warum, Marga, frage ich dich nicht einfach?

Er war noch vom Blutverlust geschwächt. Der Arzt hatte nähen müssen. Er nahm in der Küche eine Tramadol gegen die Schmerzen. Auf dem Regal standen dreizehn Sorten chinesischen Tees, die er alle nicht kannte. Mein Gott, was er alles noch nicht kannte!

Im Zahmenhofweg hatten sie nur eine Sorte getrunken, und zwar englischen. Er setzte Wasser auf und öffnete alle Küchenschubladen auf der Suche nach einem Teesieb. Nichts. Er öffnete weitere Schubladen, die nicht zur Küche gehörten. Den Schlüssel, der von innen in der Etagentür steckte, drehte er im Vorbeigehen einmal um und ließ ihn quer stehen. Spätestens im Schlafzimmer hatte er den Tee vergessen. Aus der Suche nach einem Teesieb war eine Hausdurchsuchung geworden. Es war ungehörig, aber lag nahe. Das Wasser im Kessel war fast verkocht, als er in die Küche zurückkam.

Die Fotos hatte er im Schlafzimmer gefunden. Sie waren auf einem Fest gemacht worden, in der Wohnung von einem, der nicht zu wohnen verstand. Es gab Spuren von Arbeit, aber kaum etwas Privates. Die Einrichtung war genau so, wie Nico die Wohnung von Mathias Böhm beschrieben hatte. Ledergarnitur, Flachbildschirm, schwedisches Fabrikat, rote Vorhänge, französisches Bett, vergrößerte Fotos an den Fußleisten, als sei einer gerade erst eingezogen, und schließlich, auf dem sechsten oder siebten Foto, ein Fatzer in Ekstase mit weißem Frotteehandtuch als Turban um den Kopf. Ein Beweis mehr, dass es tatsächlich die Wohnung von Mathias Böhm war, wenn Fatzer darin herumsprang. Er brachte der Frau, die mit dem Rücken zur Kamera stand, einen Bauchtanz bei. Sie hatte die Bluse bis fast unter die Achseln hochgerollt. Es war Isas Bluse. Ein Beweis mehr dafür, dass es diese Bluse einfach zu oft gab! Auf dem nächsten Foto hatte die Frau sich herumgedreht, und das aufgelöste Gesicht war Isas Gesicht. Und wofür war das ein Beweis? Die Party musste zu dem Zeitpunkt bereits in einem fortgeschrittenen Zustand gewesen sein. Hatte Fatzer Isa mitgebracht? Oder hatte Isa Mathias Böhm längst näher kennengelernt, weil sie beide in derselben Straße mit den schönen Akazien überall wohnten? Hatte Mathias Böhm Isa einfach angesprochen, was ihn in Roberts Augen nicht gerade sympathischer machte? Und wenn sie sich bereits näher kannten, was bewies das? Nur, dass Marga eine Konkurrentin hatte, die Isa hieß? Robert griff mit rechts nach dem Verband über der Schusswunde. Sein Schmerz legte ihm den Verdacht nahe, dass

Böhm ihm in den Arm geschossen haben könnte, damit Robert die Finger von beiden Frauen ließ. Er wiegte den Kopf. War das wahrscheinlich? Schon diktierte ihm die Eifersucht weitere Rückschlüsse: Selbst wenn Böhm nicht geschossen hatte, waren diese Fotos zumindest ein Beweis dafür, dass sie alle jetzt miteinander verwandt waren, weil Mathias Böhm mit Marga und Marga mit Robert, weil Robert einmal regelmäßig mit Isa und Isa vielleicht zweimal unverbindlich mit Mathias Böhm geschlafen hatte, bevor Mathias Böhm wieder nur mit Marga schlief? Das war ja ein schöner Reigen!

Die Aufnahmen vom Ende der Party hatte jemand mit Sinn für die stumme Poesie der Dinge gemacht. Eingedrückte Sofakissen, und davor ein einzelner Männerschuh von englischer Eleganz auf dem Flokati. Auf einem Küchentisch zwei Dutzend weiße Tassen, deren Henkel alle in die gleiche Richtung zeigten, sodass sie wie neugierige Nasen aussahen. An einem leeren Küchentisch in Türkis, über dem ein Kronleuchter hing, standen zwei Stühle, verlassen, aber einander zugewandt. Die Menschen, die dort gesessen hatten, waren längst fort. Nur ihre letzte Bewegung war noch da in der Spanne zwischen Stuhl und Stuhl. Sie redeten, die Dinge, sobald die Menschen fort waren. Sie redeten von den Menschen. Robert war es gewohnt, ihnen eine Stimme, Geständnisse, Geschichten, als Vorspiel zum Beweis abzuringen. Indizien nannte er das noch nicht oder wollte es nicht gleich so nennen, vor allem jetzt nicht, wo auf dem letzten Foto Isa, ein weißer Schatten auf einer unwirklich weißen Wand, noch einmal auftauchte. Schon klar, es gab alles, was es gab. Es hatte einmal Isa und Robert gegeben, so wie es irgendeines Tages jeden mit jedem anderen Menschen auch einmal gegeben haben könnte. Im Ringtausch. Alle Geschichten gehörten irgendwie zusammen. Und wenn er es richtig betrachtete, dann war er mit Mathias Böhm jetzt tatsächlich doppelt verwandt, einmal über Marga, einmal über Isa, sagte dieses Foto.

Isa stand auf dem Bild zwischen zwei überdimensional großen, bedrohlich inszenierten Aktfotos in Schwarz-weiß und sah in der Lücke wie ein zärtlicher kleiner Hase aus. Die Aktfotos waren von Newton. Zwischen ihnen stand sie still, für einen anderen Fotografen als Newton. Sicher für Mathias Böhm. Sie trug einen weißen Bademantel, der ihr zu groß war, und blinzelte in die Kamera, irgendwie müde vor lauter verliebter Anspannung.

Robert sagte laut und vorwurfsvoll ihren Namen, »Isa!« Kanntest du auch Marga Burg, wenn du Mathias Böhm kanntest? War es etwas Ernstes mit ihm und dir? War es je etwas Ernstes mit uns, Isa? Frage um Frage verwechselte Robert Denken und Fühlen. Davon konnte man verrückt werden. Isa würde ihn, wenn sie ihn hier beim Schnüffeln erwischte, auch wie einen Verrückten ansehen und von einem Moment auf den anderen eine Fremde sein. Ja, sie konnte von jetzt auf gleich zur Eismaschine werden. Robert legte die Fotos zurück in die unterste Schublade des Schranks. Sein Kreislauf streikte. Er fror. Als er auf Socken zurück in die Küche ging, das Teewasser abstellte, sich stattdessen ein Bier nahm und ein Brot mit Ketchup schmierte, weil ihm mit Ketchup der kleine Robert von früher näher war als ohne, beschloss er, morgen in seine eigene Wohnung zurückzukehren. Hier zu bleiben war gefährlicher als dort zu sein, wo ein Idiot aus dem Garten auf ihn schoss.

Sie kam am späten Vormittag mit Brötchen zurück und sah älter aus als am Abend zuvor.

»War's schön?« Er hätte ihr gern den bitteren Zug um ihren Mund weggeküsst und dabei gesagt: Lass mich mal, oder: Du hast da was. Er hatte auf dem grauen Sofa geschlafen und versuchte jetzt, sich über die Seite ins Sitzen zu rollen, denn sein Rücken schmerzte. Sie schüttete die Brötchen auf den Tisch vor dem Sofa. Das eine mit Mohn war für ihn.

»Schön?« Isa schüttelte den Kopf und setzte sich in den Sessel ihm gegenüber. »Wenn du die letzte Nacht meinst, der Kerl war viel zu jung. Ansonsten, mein kleiner Robert, glaube ich, du spinnst, wenn man dich zu lange allein lässt.« Sie sammelte seine leeren Bierflaschen ein. Er zählte mit und wusste nach der vierten, er würde diesen Fall nicht lösen können. Es war auch nicht das Wichtigste, ob er ihn zur Zufriedenheit der Polizei lösen würde. Selbst wenn er das Rätsel löste, würde die Welt danach unerklärlicher zurückbleiben als zuvor. Das wäre ja nicht zum ersten Mal so. Rätsel zu lösen war etwas für Kinder und alte Leute am Radio, denen eine richtige Antwort am Ende des Musikquiz die Sicherheit vermittelte, es gebe auf alles im Leben eine richtige Antwort und das Dasein sei eigentlich ein gemütliches. War es aber nicht.

»Was ist das für ein Kerl?«, fragte er, als Isa mit einem neuen Glas Marmelade aus der Küche zurückkam.

»Wir haben uns ein paar Mal getroffen, du weißt ja, wie das ist.«

»Weiß ich nicht.«

»Was weißt du nicht?«

»Wie das ist«, sagte er.

»Komm, tu doch nicht so«, sagte sie, und für einen Moment starrten sie einander an, jeder von seiner Seite des Lebens.

Stunden später war es schon wieder fast Abend, und Robert lag noch immer auf dem grauen Designersofa. Verschwinden, dachte er, man sollte einfach verschwinden, in so einer sonnigen, windgeschützten Häusernische vielleicht, in einer fremden Stadt, wo man Bananen verkaufen könnte, solange die Sonne scheint und es Bananen gibt. Oder man konnte sich ein Hotelzimmer in einer kleinen Stadt mieten, zum Monatspreis, und vom Fenster aus von Eindrücken leben, die einem gar nicht gehörten. Und wenn der Blick eines Tages nicht mehr frisch war, wechselte man das Hotelzimmer. Oder die Stadt. Oder die Frau, die man dort kennengelernt hatte. Auf jeden Fall war es besser, man verschwand und es merkte jemand, als dass man da blieb und keiner nahm Notiz davon.

Er lag ganz still, eine Decke über sich gebreitet und eine untergelegt, die Isa mit besorgtem Zug um den Mund auf dem kostbaren, kratzigen Polster für ihn ausgebreitet hatte wie für einen schmutzigen Hund.

25

»Er ist wohl gegen neun Uhr am Morgen zusammengebrochen und auf die Fernbedienung gefallen«, sagte Nico und schloss hörbar das Fenster hinter ihrem Schreibtisch. »Die Nachbarn haben sich über den Fernsehlärm gewundert, da es nebenan immer sehr leise, aber in den letzten Wochen völlig still gewesen sein muss. Gegen 18.45 Uhr haben sie uns angerufen, nachdem ihr Klingeln an der Tür nichts nutzte. Die Kollegen haben ihn dann gefunden.«

»Langsam, an welcher Tür noch mal, Nico?«

»Wohnungstür von Mathias Böhm, sagte ich doch.«

Roberts Arm schmerzte, nachdem er vergeblich versucht hatte, mit einem Waschlappen etwas Licht in sein Gesicht zu bekommen. Isa war in der Badezimmertür stehen geblieben, nachdem sie ihm das Telefon gereicht hatte. Sie hatte ein Bein über das andere gestellt und wippte mit dem Hausschuh, während sie ihm zusah. Er fühlte sich unwohl wegen der Klobrille, die er hochgeklappt hatte stehen lassen. Ein später Scheidungsgrund mehr. »Steht vor dem Haus da auch so eine Akazie wie hier?«, wollte er fragen und sah an Isa vorbei durch die geöffnete Badezimmertür bis zum Fenster. Für den Winterhimmel dort drüben war, was Nico sagte, ohne jede Bedeutung, und gegen den Himmel stand kahl ein kräftiger Baum, wusste er, der sicher länger leben würde als Nico, Isa und er. Ja, wenn er nicht aufpasste, fing er an, das, was er sah oder zu sehen glaubte, als Zeichen zu lesen. Ganz schlecht für einen, der Delikte gegen das Leben verfolgen sollte.

»Wir fanden Andreas Burg in der Wohnung von Mathias Böhm auf dem Bauch liegend«, sagte Nico, »Tisch und ein Sessel waren umgefallen.« Er lag mitten in einer Portion Katzenfutter und seinen verstreuten Erdnussflips, die er zum Frühstück essen wollte, wie er uns mitteilte. Er konnte noch sprechen, obwohl sein Mund schief stand. Er sagte, wie er heiße, wo er wohne und wer zu benachrichtigen sei, und dass er seit neun Uhr früh so daliege. Die Uhrzeit hatte er auf dem Videorecorder gesehen. Den Kater habe er auch mit dabeigehabt, sagte er, aber der sei ihm durch ein geöffnetes Fenster abgehauen.

»Er sagte ›Genosse Kater‹«, sagte Nico.

»Und dann?«, fragte Robert.

»Dann hat man ihn mit der Feuerwehr durchs Fenster hinunter und in den Rettungswagen gebracht. Der Weg über die Treppe schien wegen seines Gewichts zu mühsam. Er wird gerade operiert, um die Gehirnblutung zu stoppen.«

Robert öffnete den Mund. »Ich«, sagte er, aber Nico redete weiter.

»Weißt du, was er gesagt hat, als sie ihn in den Krankenwagen schoben?«

»Nein.«

»Was kommt, sei gegrüßt, was ausbleibt, auf das muss man warten«, hat er gesagt.

»Ich«, sagte Robert, »ich …«

»Ich leite die Ermittlungen, kleiner Robert«, sagte Nico, »und melde mich wieder.«

Isa telefonierte danach eine Stunde lang mit einer Freundin, deren Namen er noch nicht kannte, verschwand dabei in der Küche, machte später einen Salat, briet irgendetwas an und entkorkte eine Flasche Wein. Zwischendurch kam sie ins Zimmer, und er tat so, als ob er schliefe. Sie stand eine Weile am Kopfende des Sofas und beugte sich schließlich über ihn. Dabei fielen ihre Haare für einen Moment in sein Gesicht, und er erkannte den Geruch wieder. So hatten ihre Haare immer gerochen, wenn sie sie waschen musste: Nuss und Pferd. War das nicht Zuhause, wenn sogar Geräusch und Geruch sich um ihn kümmerten? Noch nicht.

Später aßen sie, sie schnitt ihm das Fleisch. Sie hatten einander aus Liebe geheiratet, jetzt goss sie ihm, dem anstrengenden Gast, Wein nach. Vor dem Küchenfenster zum Hof hatte sich der Himmel vom Nachmittag längst in der Dunkelheit verloren. Roberts Blick hatte sich, als es dort noch hell gewesen war, vom Sofa aus auf die Schleierwolke über dem Flachdach des Hauses gegenüber gerichtet, sie war ihm bekannt vorgekommen aus dem vergangenen Sommer. Er hatte sich den Sommer zurückgewünscht.

Gegen zehn Uhr rief Nico wieder an. Isa hatte die zweite Flasche Wein geöffnet. Nicos Stimme klang müde.

»Bist du zu Hause?«

»Noch nicht.«

Sie war ein zweites Mal im Krankenhaus gewesen. Um die Gehirnblutung zu stoppen, war Andreas Burg mehrere Stunden operiert worden. Dabei war zur Entlastung ein Stück seines Schädelknochens entfernt worden. Er lag im Koma und wurde künstlich beatmet. Die Operation war gut verlaufen, aber da er so lang gelegen hatte, hatte er massive Blutungen gehabt, und keiner konnte sagen, wie sich die Sache weiter entwickeln würde. Eine linksseitige Lähmung würde auch bei geglückter Reha bleiben, das war sicher.

»Seine Schwester ist nach der OP da gewesen und hat mich gefragt, ob ich nicht auch fände, dass Andreas jetzt mit diesem halb geschorenen Kopf aussehe wie eine seiner geliebten japanischen Comicfiguren.«

Robert versuchte zu lachen. »Vorstellungsgabe hat sie ja«, sagte er.

»Diese Vorstellungsgabe, mein kleiner Robert, setzte aber gleich wieder aus, als wir ihr den Pappkarton für Munition zeigten, den wir bei ihrem Bruder gefunden haben. Es fehlten fünf Patronen. Ob sie sich vorstellen könne, was er damit gemacht habe, fragten wir sie. Sie sagte, sie habe keine Ahnung.«

Robert griff nach der Weinflasche, und auch Isa schob ihr Glas mit einem Lächeln näher. Hatte sie das Geräusch des Steins gehört, der von seinem Herzen gefallen war?

»Wir fanden die Munition im Katzenkorb, unter einem Stapel Mangas und einem roten T-Shirt mit dem RAF-Emblem drauf, Größe XXL«, sagte Nico.

»Und was wollte Andreas Burg mit dem T-Shirt von der RAF?«

»Auf der Flucht tragen, zur Tarnung.«

»Er musste fliehen?« Robert konnte kaum den kleinen Jubel in seiner Stimme unterdrücken.

»Robert, stell dich nicht blöd«, sagte Nico, »Andreas Burg hat auf dich geschossen. Die Waffe hat er unterwegs weggeworfen, die Restmunition aus Kopflosigkeit nicht, und als er in die fremde Wohnung zurückkam, hat er die Patronen dort verstecken oder wegschmeißen wollen. So hätte er zur Not den Verdacht auch auf Mathias Böhm lenken können. Inszeniertes Motiv: Der eine Liebhaber seiner Schwester schießt auf den anderen Liebhaber.«

»Da hat er aber einige Tage lang drüber nachgedacht«, sagte Robert.

»Hat er«, sagte Nico, »und weißt du, was seine Schwester dazu sagte?«

»Zu den vielen Liebhabern?« Robert versuchte gleichzeitig zu sprechen und Wein zu trinken.

»Nein, zu meinem Verdacht gegen ihren einzigen Bruder. Ich habe ihr gesagt, dass er womöglich auf dich geschossen hat«, sagte Nico streng, »und ihre Antwort dazu habe ich mir aufgeschrieben. Es ist einfach großartig. Die Frau hat einen Schatten. Ich lese mal vor: ›Wusste ich es doch, dass auch Sie uns nicht leiden können, Frau Kommissarin. Das war schon immer so. Die ganze Welt kann uns nicht leiden, aber die Welt war uns, meinem Bruder und mir, schon immer egal. Die ganze Welt, ihr mögliches Ende und unser eigenes auch. Wenn einer von uns stirbt, stirbt nicht mehr als ein Bündel Verhältnisse, das mal den Namen Burg trug. Ich finde das nicht schlimm und ich habe keine Angst davor, Andreas auch nicht. Und diese Angst zu verlernen, das ist nicht wenig, und zu mehr bin ich nicht imstande. Gute Nacht, Frau Kommissarin.‹«

Robert fuhr mit dem Finger über den Rand seines Glases und sah dabei Marga vor sich in dem Mantel mit dem riesigen Rhabarberkragen, sah in dem Kragen ein leeres Kindergesicht von achtunddreißig Jahren blass blühen und hatte wieder ein Gefühl dabei, das versuchte, keins zu sein.

»Was hast du dann mit ihr gemacht, Nico?«

»Ich bot ihr an, sie nach Hause zu fahren. Sie warf den Kopf in den Nacken und wollte zu Fuß gehen. Ich habe sie aber trotzdem hinten in meinen Wagen gesetzt, und sie hat genauso da gesessen wie auf unserer Rückfahrt von Hamburg. Ich glaube, mein kleiner Robert, die ist nicht ganz richtig, ich meine, die ist nicht so ganz richtig von hier, oder?«

Er schob sein unverbindliches Lächeln vor das Gesicht, für Isa, und Nico redete weiter. Er hörte nicht richtig hin.

Dass es Menschen gab, die sich an das Hiersein nicht gewöhnen konnten, war einem Mädchen wie Nico, die fünf Mal die Woche zum Sport ging und eine eigene Homepage hatte, auf der sie mit Kollegen ihres Alters ungelöste Fälle diskutierte, nicht zu erklären. Marga hatte einmal versucht, es Robert zu erklären. Angefangen hatte es, als sie zwölf oder dreizehn war. Es war eine tiefe, bodenlose Angst gewesen, in der sie zu versinken drohte. »Sie braucht einen Freund«, sagte ihre Mutter, während Marga aus der Welt fiel, jede Nacht bei Einbruch der Dunkelheit, ins Nichts. »Pubertät«, sagte der Arzt, »sie braucht jemanden, der ihr den Hintern streichelt.« Es gab kein Wort dafür. Anfangs hatte Marga den Teufel im Verdacht, bis sie merkte, die Lösung war kindisch. Der Teufel galt in dieser Dimension nichts. Das, was da war, war größer als der Teufel, und sie konnte sich nicht dagegen wehren. Wollte es auch nicht. Sie wollte in die Finsternis hinein, die sie bedrohte, und suchte die Angst, um sich ihr hinzugeben. Melancholie? Todessehnsucht? Auch Genuss. Wenn der Zustand vorbeiging, blieb die Welt in einer schrecklichen Schärfe zurück. Der Schulweg war von einer eiskalten Klarheit gewesen, die nicht auszuhalten war. Sie hangelte sich von Straßenlaterne zu Straßenlaterne. »Gleich bin ich da!« Aber da sein wollte sie auch nicht. Und wenn auch dieser Zustand sich langsam legte, war ihr trotzdem klar, dass bis zur nächsten Attacke alles hauchdünn war, was sie an die Welt band, und dass alles eine Illusion war. Sie war mit dieser Welt nicht verbunden. Denn die Welt, hatte Marga gesagt, die Welt gab es eigentlich nicht.

»Oder, Robert?«, sagte Nico laut an seinem Ohr. Er hatte nicht zugehört.

»Hat sie nicht nach mir gefragt?«, fragte er.

»Sollte sie?«

»Weiß sie, dass ich angeschossen bin?«

»Woher sollte sie das wissen?«

Vielleicht wusste sie es als Erste, wollte Robert sagen, sagte aber stattdessen, Marga Burg sei eine gefährdete Person.

»Falsch«, sagte Nico, »sie ist eine gefährliche Person, wenigstens für dich. Schönen Abend noch.« Sie legte auf.

»Schwieriger Fall?«, fragte Isa und prostete ihm zu. Er sagte, sie hätten wegen einer eigenartigen Vermisstenanzeige informelle Ermittlungen angestellt. Ein Mann sei angeblich in einer Geisterbahn verschwunden, und sie seien nicht sicher, ob er den Umweg Geisterbahn nicht nur gewählt habe, um sich elegant von einer Frau zu verabschieden, die er leid war. »Geisterbahn und Eleganz?«, wiederholte Isa und bekam zwei steile Falten auf der Stirn. »Wie heißt der Mann?«

»Mathias Böhm.«

»Du meinst diesen Filmausstatter Mathias Böhm? Der das riesige Aquarium in seiner Wohnung stehen hat?«

»Ja.«

»Ich kenne ihn«, sagte sie.

»Gut?« fragte Robert.

»Gut«, sagte sie, »und wer ist Marga Burg?« Sie spielte mit dem Korken der Weinflasche.

»Du interessierst dich für meine Arbeit?«, fragte Robert.

»Und du hast dich verliebt«, sagte sie.

»So schwierig wie ein Bär«, sagte Isa später, nachdem sie längst den Tisch abgeräumt und sich dabei den Namen dreimal hatte von ihm wiederholen lassen. »Wie ein Bär«, versuchte sie ihn zu beschreiben und malte das Bild eines Einzelgängers, das eine wie Isa sich schnell machte, weil sie sich die Welt übersichtlich wünschte und solche Bekanntschaften in ihrem Leben sonst nicht hatte. Es war ein falsches, aber nützliches Bild. Als sie sich kennenlernten, hatte Mathias Böhm für einen Film recherchiert, für einen deutschen James Bond. Sie waren sich bei der Geisterbahn das erste Mal begegnet, sie mit ihrem neunjährigen Patenkind an der Hand. Er stand vor ihnen und trug einen

Hut. »Ich frage mich immer, warum ein Erwachsener in Ihrem Alter noch Geisterbahn fährt?«, fragte laut das Mädchen in den Rücken des Mannes hinein, den sie beide noch nicht kannten. Er drehte sich um. »Manche schlafen lieber bei den Löwen als bei den Menschen und verpassen so das Heiraten«, sagte der Mann mit dem Hut. »Häh?«, machte das Mädchen an Isas Hand. »Häh, und warum fährst du?«, gab er zurück. »Zur Erinnerung an meine Kindheit«, sagte die Kleine und winkte ihrer Mutter, die vor der Balustrade stehen geblieben war. »Alle Achtung«, sagte der Mann und nahm den Hut ab, »sollen wir dann nicht zusammen fahren?« Bei dem Satz schaute er nur Isa an und ihre Blicke hielten sich aneinander fest. Das war vor einem halben Jahr. Sie hatten sich zu dritt in einen dieser Wagen gezwängt. Die Kleine saß zwischen ihnen und kreischte wie bestellt beim Warmluftgebläse, bei den rot angestrahlten flatternden Stoffzungen, beim Nebel aus Trockeneis, wo sie, die Fäuste an den Lippen, die Mundharmonika aus »Spiel mir das Lied vom Tod« nachmachte. Erst als der Wagen in eine völlige Dunkelheit hineinfuhr, in der es steil bergab ging, war auch die Kleine plötzlich still. Diese Finsternis dauerte länger, als sie eigentlich war. Selbst Isa beschlich eine heimliche Angst. Sie mischte sich mit der unheimlichen Anziehung zwischen dem fremden Mann und ihr, über den Kopf der Kleinen hinweg. Und wie sie sich erinnerte an den Mann und die Angst, gehörten Mann und Angst unzertrennlich zueinander.

»Erzähl weiter«, sagte Robert und räusperte sich.

Beim Ausgang trennten sich die Wege. Die Kleine ging mit ihrer Mutter, Isa mit dem fremden Mann. Sie schwiegen, bis er schließlich sagte, es habe immer etwas Besonderes für ihn gehabt, zwischen den geschlossenen Buden einer Kirmes herumzuschlendern, kurz bevor mittags die erste Jalousie vom Schießstand oder die von der Losbude hochging, kurz vor dem Anpfiff um vierzehn Uhr. Als Kind sei er im Rudel mit anderen Kindern über die noch leeren Wege zwischen den Fahrgeschäften gezogen und habe versucht, dieses Glück auf dem Sprung zu verstehen. Kirmes in der mittäglichen Ruhe vor dem Ansturm der Besucher hatte für ihn etwas von der Weite alter Western, hatte etwas von Belgien und den durchgefetteten, prächtigen Pommes-frites-Tüten am Strand. Kirmes roch nach Fischbrötchen mit Meer darin, und in den Wundertüten waren wirklich Wunder, solange man sie nicht öffnete. Isa und Mathias Böhm waren eine Runde Riesenrad gefahren, um das Meer zu sehen. Eine Woche später hatte er ihr den Schlüssel zu seiner Wohnung gegeben.

26

Ein Bauscheinwerfer, der am Boden lag, leuchtete grell im Flur von Mathias Böhm auf, und Robert sah die langen Schatten im Gesicht seiner Frau. Sie kannte sich hier aus, sie hatte gleich die Dose zum Stecker gefunden.

Vor wenigen Minuten hatte sie als Erste den Mantel angezogen, einen einzelnen Schlüssel vor seinem Gesicht baumeln lassen und dann neben sein Weinglas geworfen.

»Was hast du vor?«

»Komm, Fische füttern«, hatte sie gesagt

»Die in Böhms Aquarium? Zu spät, die sind alle schon tot.«

»Gehen wir trotzdem hin, bevor noch mehr passiert.«

Robert hatte nachgegeben – um sich den Hinwendungsort von Andreas Burg genauer anzusehen. So rechtfertigte er vor sich und Isa, dass er die fremde Wohnung betrat.

»Hinwendungsort«, wiederholte sie jetzt, während sie mit der Schuhspitze das Scheinwerferkabel aus dem Weg schob, »Andreas Burg hat also die Wohnung von Mathias Böhm als Hinwendungsort gewählt, so nennt man das bei euch?«

»Ja.«

»So nennt man das, wenn man Teile aus dem Seelenbaukasten mit welchen aus dem Elektrobaukasten zusammenfügt?«

»Er tut dir leid, Isa.«

»Er ist doch noch jung«, sagte sie, »und wer sagt denn, dass, wer jung ist, es auch leichter hat?«

»Er ist hauptsächlich dick«, sagte Robert.

Im Arbeitszimmer von Mathias Böhm dominierten Fotos die Wände, Motive von Landschaften und Innenräumen, auf Depaphitplatten geklebt. Auf zwei mal zwei Metern Fläche über dem Schreibtisch war ein ziemlich vertrackter Drehplan visualisiert, auf dem Vor- und Rückbauzeiten präzise notiert waren. »Raum ist Gestalt gewordene psychische Energie«, stand auf einer rosa Karteikarte, die an einer Ecke des Drehplans angezweckt war. In alten Kartons neben dem Schreibtisch lagen Pappen, Kleber, Drähte zum Modellbau, und an der Wand stapelten sich Kunstbände vom Boden bis auf Roberts Augenhöhe. Regale gab es keine. Er las den Titel des Bandes, der zuoberst lag: »Night Sites, Unheimliche Gegenwart zwischen Abendrot und Morgengrauen«. Auf dem Schreibtisch lagen mehrere CD-Hüllen: Bach, Callas, Franz Ferdinand. Musik und Rotwein, den leeren Flaschen in der Ecke zum Balkon nach zu urteilen, schienen Ideenlieferanten für Mathias Böhm zu sein. An der Tür zum Bad war ein vergrößertes Foto aus Fitzcarraldo angeklebt, jene Szene, in der das Schiff über den Berg gezogen wird. Es war der Arbeitsraum eines Mannes um die fünfzig, der keiner aus der jungen Designer- oder Managementfraktion war, sondern eher ein philosophischer Bastler, der sich sagt, dass alles vielleicht zu weit gehen, aber schön werden könnte. Auf dem Schreibtisch stand ein altes Bakelittelefon. Robert setzte sich auf die braune Ledergarnitur, die er schon kannte, obwohl er noch nie hier gewesen war. Hinter der Eingangstür sah er ein Wäschepaket, längst ein anderes als das, neben dem Isa im Sommer einmal gestanden hatte. Oder Marga im Herbst. Robert stand auf und ging in die Küche.

»Was ist?« Isa kam hinter ihm her. »Willst du nicht mit der Durchsuchung anfangen?«

»Was soll ich denn deiner Meinung nach jetzt machen, alle Schränke und Schubladen öffnen, mit der Gabel in seiner Zuckerdose herumstochern, den Deckel vom Spülkasten im Badezimmer abnehmen, das Wasser rauslassen und feststellen, dass Mathias Böhm auch dort nicht ist?«

»Was machen wir denn sonst hier?«

»Uns ein Bild«, sagte er.

Es war eine freundlich eingerichtete Küche in den Pastellfarben der frühen sechziger Jahre, die an Fruchteis erinnerten. Isa knipste den Kronleuchter über dem Tisch an, bevor sie sich setzte. »Nimm den anderen Stuhl«, sagte sie, »der da wackelt.«

»Warst du oft hier?«

»Nein.«

Er hatte das Gefühl, sie log. Er las die nächste rosa Karteikarte, die mit Tesa an der Wand beim Küchentisch befestigt war. »Welche Farbe haben Ihre Schamhaare, ich muss das wissen, sie werden gleich abgeholzt.«

»Telefon«, sagte Isa.

Das Bakelittelefon mit seiner scharfen Klingel meldete sich aus dem Arbeitszimmer. Isa stand langsam auf. Die Sekunden zwischen den Signalen kamen Robert unendlich still vor, als seien sie aus einem schalltoten Raum und einer anderen Zeit in seine hier hineingeschnitten worden.

»Hallo?«

Er war ihr gefolgt und hörte, wie kleinlaut ihre Stimme klang. Sie legte die Hand auf die Muschel.

»Ein Mann, er will Mathias Böhm sprechen.« Sie reichte Robert den Hörer und hatte rote Flecken am Hals.

»Ja«, sagte Robert so neutral wie möglich. Auf dem Schreibtisch lag eine Mappe. »Location II« stand auf dem Deckblatt.

»Hatte ich es doch im Urin, Herr Kommissar«, sagte Fatzer am anderen Ende der Leitung, »ich erkenne Ihre Stimme sofort, und wenn Sie jetzt in Mathias seiner Wohnung sind, haben Sie doch angefangen, ihn ernsthaft zu suchen.«

»Ja«, sagte Robert, »wir suchen überall.«

Er blätterte Seite um Seite in der Mappe um. Ein Flur mit ochsenblutrot gestrichenem Fußboden. Treppenaufgänge führten wohl ins Nichts, waren ohne Bedeutung, aber von einer öligen, bösartigen Wirkung. Es waren keine realen Räume, sondern sprechende Orte. Es waren verdächtige Räume, schäbig wie gigantische Mausefallen und unbewohnbar wie begehbare, fensterlose Kleiderschränke.

»Heißt das, Sie haben eine Spur von Mathias gefunden?«, fragte Fatzer.

»Ja«, sagte Robert zerstreut und blätterte weiter. Den Raumaufnahmen folgten Titelentwürfe, Bildunterschriften, die noch nicht zugeordnet waren. »Raum ist Gestalt gewordene psychische Energie.« Kannte er schon. Oder: »Gäste. Grotte. Gruft.« Oder: »Die Realität wird gemolken.« Oder: »Zehnerkarte für die Gruselkammer.«

»Was haben Sie gefunden?«, fragte Fatzer.

»Nicht Mathias Böhm, aber eine andere Person. Sie war in seiner Wohnung.«

»Eine Frau, schon klar.«

»Nein, ein dickes, altes Kind, das sich mit seinem Kater hierher zurückgezogen hat. Der Junge steht in Verdacht, auf mich geschossen zu haben.«

»Ein Kind hat auf Sie geschossen, Herr Kommissar, da verliere ich aber auf der Stelle jedes Vertrauen in die Polizei.«

Robert sah auf das leere Aquarium.

»Woran haben Sie zuletzt mit Mathias Böhm gearbeitet?«

»Woran ich mit Mathias Böhm zuletzt gearbeitet habe«, sagte Fatzer sehr ruhig, »das will ich ihn seit Wochen selber fragen. Wir haben uns – arbeitstechnisch – etwas auseinandergelebt.«

»Deswegen haben Sie angerufen?«

»Ich habe ihn jeden Tag angerufen, Herr Kommissar«, sagte Fatzer leise, »ich wollte überprüfen, ob er nicht blufft und doch mal rangeht. Ich habe jedes Mal gehofft, er nimmt ab.«

Robert sah aus dem Fenster. Womöglich hatte Fatzer auch angerufen, als sich Andreas Burg in der Wohnung aufhielt. Er sah den dicken Jungen beim Schrillen des Bakelittelefons aufschrecken, der Puls raste, der Blutdruck stieg, und noch bevor er sich vor dem scharfen Ton verstecken konnte, war er schon auf die Fernbedienung gefallen.

»Was ist«, fragte Fatzer, »alles in Ordnung?«

»Ja«, sagte Robert, »alles in Ordnung so weit.«

Ob Andreas Burg da drüben in seinem Koma noch immer diesen Telefonton hörte? Ob er sich überhaupt an etwas erinnerte? Oder ob er durch das Dunkel seines Unterbewusstseins stolperte, ohne Antwort auf seine einzige Frage: Was ist mit mir, was hab ich denn?

Durch die geöffneten Türen konnte Robert in die Diele und bis hinüber in die Küche sehen, wo der Kronleuchter an der Decke über dem Holztisch mit dem wackligen Stuhl hing. Er sah das Bügelbrett, das seit Wochen aufgeklappt so dastehen musste, und das senkrecht gestellte Bügeleisen darauf. Es schaute mit einem kalten, glatten Gesicht zurück. Sein linker Arm schmerzte.

»Wir haben mit den ordentlichen Ermittlungen zu Mathias Böhms Verschwinden begonnen«, sagte er, und der Satz kam ihm unpassend vor.

»Haben Sie schon den Anrufbeantworter abgehört, das Konto überprüft, die Buchung seiner Urlaubsreise mit diesem Mädel in der weißen Bluse?« Fatzer redete, als habe er die Fragenliste vorbereitet. »Haben Sie eigentlich schon Post und E-Mails und die Anruferliste des Handys durchgeschaut und nach einem Abschiedsbrief gesucht? Ich sage Ihnen, der Mathias hat das Leben geliebt. Der hätte es nie in einem unbedachten Moment einfach fortgeworfen. Der kleine Dicke, der auf Sie geschossen haben soll, hat der was damit zu tun?«

»Es ist ein großer Dicker, und ob er Mathias Böhm entführt hat, müssen wir ohne ihn herausfinden. Er liegt im Koma.«

»Sehr geschickt von ihm«, sagte Fatzer, »aber gute Idee für einen Film. In welchem Krankenhaus liegt er denn?«

Robert sah wieder aus dem Fenster. Schöne Gegend, Akazien überall. In dem Moment verfestigte sich ein Gefühl, das er kannte, seitdem er in der Abteilung für Delikte gegen das Leben arbeitete. Es war die Gewissheit, dass er auf der Spur war und die Ahnung nur zulassen und nutzen musste.

»In der St.-Anna-Klinik liegt er.«

»Ach wie schön«, sagte Fatzer, »da bin ich zur Welt gekommen.«

27

»Warum Mathias wohl verschwunden ist?«, fragte Isa, als Robert in die Küche zurückkam. »Könnte doch auch sein, dass er nur irgendwo, wo ihn niemand kennt, auf einem Bahnhof herumsitzt und den Zügen nachschaut und sich dabei überlegt, wie er den Rest seines Lebens verbringen soll.«

»So ist er nicht. Warum sollte er das tun?« Robert nahm das Feuerzeug, das vor Isa auf dem Küchentisch lag, und spielte damit herum.

»Wer verschwindet, will entdeckt werden«, sagte Isa. »Das ist wie bei Mördern.«

»Wer hat dir das erzählt?«

»Du«, sagte sie, »vor langer Zeit, als wir uns wenige Tage kannten.«

Robert spielte noch immer mit dem Feuerzeug und war versucht, eine Kerze anzuzünden. So gut hatte er sich mit Isa schon lange an keinem Ort mehr verstanden. Er steckte das Feuerzeug ein. Der Rest würde sich finden.

»Kannst du dir vorstellen«, sagte er, »eines Tages selber zu verschwinden und woanders neu anzufangen?«

»Mit dir?«

»Zusammen kann man nicht verschwinden«, sagte er, »mit einem Zeugen aus dem alten Leben lässt sich kein neues anfangen.« Sie schauten einander an.

»Erinnerst du dich an Fernando Schwarz?«, fragte er.

Ein Kollege, der Privatdetektiv geworden war, hatte ihm den Fall erzählt. Ein Arzt namens Fernando Schwarz hatte eines Tages seine Klinik im schweizerischen Davos verlassen, war wie immer allein zum Mittagessen gegangen, aber am Nachmittag nicht mehr zurückgekommen. Er war nie mehr zurückgekommen, obwohl er an dem Tag, an dem er verschwand, nicht mehr als hundert Franken in der Tasche gehabt haben konnte und seine Buskarte, mit der er die zwei Stationen zum Restaurant fuhr. Seine Kreditkarten hatte er wie immer während der Mittagspause in der Klinik liegen lassen. Eine Verabredung mit einem Tennispartner für nachmittags vier Uhr, auf die er selber gedrängt hatte, hielt er nicht ein. Seine Frau und seine Tochter sahen ihn nie wieder. Die Beziehung hatte den Ruf, intakt zu sein. Die Frau hatte mit einer Erbschaft ein Haus gebaut, der Vorgarten war noch nicht fertig, versprach aber, schön zu werden. Fernando Schwarz fuhr ein teures Auto und besaß alles, was zum Leben eines erfolgreichen Schweizers gehörte. Aber er blieb einfach verschwunden. Seine Frau ließ ihn erst Jahre später suchen, als sie wieder heiraten wollte. Sie beauftragte einen Privatdetektiv, ebenjenen ehemaligen Kollegen von Robert, der ihn fand. Schwarz besaß seit einigen Jahren eine Privatklinik in Ungarn, hatte ein neues Haus mit Vorgarten, der auch noch nicht fertig war, aber schön zu werden versprach, und eine Frau mit Sohn. Er ging noch immer mittags allein essen und, wenn das Wetter gut war, gegen vier Uhr Tennis spielen. Roberts ehemaliger Kollege redete mit Schwarz und bekam heraus, dass Schwarz damals am Tag des Verschwindens wie immer mit dem Bus an einem Haus vorbeigefahren war, das seit Monaten entkernt und renoviert wurde. An jenem Tag stand nur noch die vordere Fassade, und die stürzte keine Armlänge von seinem Bus entfernt ein. Schwarz, der keinen Sitzplatz gefunden hatte, flog bei der Vollbremsung quer durch den Bus und ritzte sich die Hand an irgendetwas Scharfem, das ihm ein Stück Haut abriss. Die Narbe blieb. Er zeigte sie Roberts ehemaligem Kollegen wie zum Beweis, während er weitererzählte. Von dem Moment an war ihm, als habe jemand ihm die

Rückseite des Lebens gezeigt, wo es nichts zu ordnen und zu verwalten gab. Die Harmonie, in der er gelebt hatte, war ein Zufall. Das Unglück hatte ihn bislang einfach übersehen. Während er wie jeden Mittag zwei Stationen von der Davoser Klinik entfernt sein Menü aß, beschloss er, sein Leben neu aufzubauen. Er ging fort, suchte den neuen Job, die neue Frau, bekam das neue Kind. Aber das neue Leben sah aus wie das alte, sogar Haus und Frau sahen Frau und Haus von früher ähnlich.

»Ich erinnere mich an die Geschichte«, sagte Isa. Sie beugte sich vor und stützte eine Hand auf den wackligen Stuhl. Sie küsste ihn. Er schloss die Augen und ging, während ihre Zunge einen alten Raum neu erforschte, hinter den Lidern an einen Bach, an den er als Kind immer gegangen war. Es regnete schwach einen warmen Froschregen, und eine Katze lief hinter ihm her. Das Bild war ihm oft gekommen, oft, wenn er die Augen geschlossen und Isa geküsst hatte. Jetzt war es wieder da, das Bild. Und das Glück? Auf Katze und Regen ließe sich zur Not warten. Plötzlich hatten sie es eilig.

Er löschte das Licht im Arbeitszimmer, Isa den Kronleuchter in der Küche. Er schaute in den grellen Bauscheinwerfer im Flur, bevor er den Stecker herauszog. Danach hatte er wieder Punkte vor den Augen, die wie Seifenblasen auf schwarzem Grund vor sich hin platzten. Es war stockdunkel, als er die Etagentür öffnete, und er suchte in der Finsternis nach einem Lichtschalter. Seine Finger streiften etwas Verfilztes. Er tastete nach. War da was Lebendiges? Stand vor der Tür ein riesiges Tier auf den Hinterbeinen? Seine Finger hatten sich bei der Berührung an etwas erinnert. Er aber war zurückgezuckt und warf die Tür ins Schloss.

»Was ist?«

»Nichts, Isa.«

Der linke Arm fühlte sich schmerzhaft an und lebendiger als

der Rest seines Körpers. Es war finster um sie herum, so finster wie auf der anderen Seite der Tür. So finster wie unter der Erde. Die Dunkelheit bedrängte ihn körperlich. Robert trat aus Versehen auf den Stecker des Bauscheinwerfers, bückte sich aber nicht, um ihn wieder in die Dose zu schieben. Er war gefangen in dieser quälenden Bewegungslosigkeit, die er aus Träumen kannte, wenn er um sein Leben laufen musste, aber mit sich und seiner Angst allein auf der Stelle blieb.

»Da ist was, da draußen«, sagte er, »es fühlt sich an wie ein großes Tier, Isa.« Sie war es, die die Tür wieder öffnete. Es war kurz nach Mitternacht. Im Flur brannte Licht.

»Guten Abend«, sagte Isa.

»Guten Abend«, kam es undeutlich zurück.

Isa drehte sich zu Robert um. »Das Tier spricht«, sagte sie. Sie wandte sich wieder der geöffneten Tür zu.

»Wer sind Sie denn, junge Frau?«

»Das wüsste ich auch gern«, antwortete die Frau, und Isa lachte. Erst jetzt warf Robert einen Blick in den Flur. Da stand Marga. An ihrem Handgelenk hing eine Plastiktüte von Plus.

»Was machst du hier?« Das Du fiel Robert schwer.

»Wie geht es dir«, fragte sie zurück, zeigte auf seinen verletzten Arm und ging dabei in die Hocke, ohne die Antwort abzuwarten. Sie holte einen Schlüssel unter der Fußmatte hervor.

»Das ist meiner«, sagte sie, sah zu ihm auf und hielt die Tüte dabei auf dem Schoß. Robert hatte in dem Moment nur einen Wunsch: zu verschwinden. Zu verschwinden wie eine Faust, wenn die Hand sich öffnet.

28

Sie legte die Plus-Tüte auf Isas Wäscheständer, der mit einer Menge nassem Zeug neben der Garderobe stand. Dann ließ sie sich von Robert aus dem Mantel helfen und folgte Isa ins Wohnzimmer. Robert roch an dem filzigen Stoff, wunderte sich über sich selbst und hängte ihn auf. Die Tüte ließ er auf der Wäsche liegen. Dass Marga jetzt in Isas Wohnung war, hatte er nicht verhindern können.

»Du wohnst aber schön«, sagte Marga aus dem Wohnzimmer bis zu ihm herüber.

»Er wohnt nicht hier«, sagte Isa.

Warum tat Marga so, als wüsste sie nicht, wo er wohnte? Warum tat sie so, als gehe es ihr gut, obwohl ihr Bruder gerade ins Koma gefallen war? Und warum fragte sie ihn mit so einer unerhörten Harmlosigkeit, wie es ihm gehe? Geh bitte, sofort, Marga!, dachte er, während Isa sagte: »Setzen Sie sich doch«, und mit der Einladung die Kissen auf dem grauen Sofa ordnete, aus denen Robert wie ein verletzter Vogel ein Nest für seinen Kopf gebaut hatte. Sein Arm schmerzte heftiger, während er allein in die Küche ging, und als er den Kopf in den Nacken legte, um sein Tramadol zu schlucken, fiel im Wohnzimmer das Wort Geisterbahn. Passt ja, dachte er, jeder von uns sitzt in seiner eigenen, und manchmal ist die Streckenführung im Leben so blöd, dass man im Dunkeln zusammenstößt, die Wucht des Zusammenpralls löst die falschen Gefühle aus, und plötzlich ist jeder mit jedem verwandt.

»Machst du einen Tee, bitte, Robert?«, fragte Isa laut.

Dann redeten die Frauen weiter, aber er verstand nicht, was

sie sagten. Sie hätten auch die ganze Zeit »tirili« flöten können. Sie lachten. Isa schien von Marga angetan zu sein, denn plötzlich war sie von einer schmeichelnden Offenheit und sagte: »So habe ich ihn kennengelernt. Und Sie?«

Über wen sprachen sie, über Mathias Böhm, über ihn, über einen gemeinsamen Frauenarzt? Robert ließ Leitungswasser ins Spülbecken laufen, länger als nötig. Als er den Kessel für einen der dreizehn chinesischen Tees aufsetzte und auch das Sieb gleich fand, hatte sich die Situation im Wohnzimmer völlig entspannt. Marga erzählte irgendetwas. Sicher ging es dabei wie immer um früher, als Kinder noch im Fabrikhof spielten. Ihre Stimme hatte etwas Zurückgenommenes. Sängerinnen sprachen so, dicht am Mikrofon, wenn sie zwischen Lied und Lied die Stimme schonten. Das hatte etwas Erotisches, als läge auf der Stimme eine dünne Schicht Schweiß.

Robert goss den Tee auf, ließ das Sieb im Wasser und blieb mit der Kanne in der Wohnzimmertür stehen. Er sah Isa auf dem Sofa, von oben bis unten in irgendeine von Margas albernen Geschichten verstrickt.

»So sind Kinder eben«, sagte Isa.

Marga sah sich in der Wohnung um.

»Wir haben keine«, sagte Isa, »und Sie?«

»Ich? Nein«, sagte Marga, »ich doch nicht. Ich habe ja noch den Andreas, und heiraten kam für mich eh nie in Frage.«

Marga hatte was, sie hatte das gewisse Etwas, das sah Robert in den Augen von Isa, als sie aufstand, um eine Musik aufzulegen, die sie immer spielte, wenn sie aufgewühlt war. Die Musik beschwor eine andere Zeit, eine verschwundene Wiese, auf der Isa einmal vor einem alten Ford, der längst verschrottet sein musste, getanzt hatte, ihre feuchte Hand im feuchten Nacken irgendeines Jungen, der sicher längst ein dicklicher Familienvater geworden war. Isa setzte sich wieder. Zwischen den beiden

Frauen lag ein Sofakissen. Ein Sofakissen, sieben Küsse breit, dachte Robert.

»Ach, der Andreas«, sagte Marga. Sie redete mit Isa, aber eigentlich sprach sie zu ihm herüber. Die Frau mit den roten Haaren aus dem dritten Stock – Robert, du weißt, sagte sie mit einem Blick –, die hatte den Andreas zufällig beobachtet, wie er an einem Spätnachmittag kurz nach seinem Verschwinden mit einer alten Sporttasche die Wärmestube der Bahnhofsmission betrat, wo man ihm wohl ein Nachtquartier bei den Obdachlosen zur Verfügung gestellt hatte. Dort fiel er bestimmt nicht auf und konnte mit seinem Busabonnement für Behinderte weiter die Secondhand-Comicläden abklappern. Als er dann gar kein Geld mehr hatte, kam er noch einmal in die Wohnung zurück und holte den Kater und bei der Nachbarin das Dosenfutter ab, das sie wegen ihrer plötzlichen Dresdenreise dort deponiert hatte. Nach Dresden!, hatte Andreas geschnaubt, und die Nachbarin war von seiner schlimmen Stimmung überrascht gewesen. Andreas war bei seinem letzten Auftritt zu Hause schlecht zurecht. »Da sind Sie ja wieder«, hatte sie erschrocken gesagt, als er noch verlotterter als üblich vor ihrer Tür stand. »Ja, da bin ich wieder, aber nicht für lange«, sagte er. »Meine Schwester und ich, wir haben uns getrennt. Ich ziehe zu einem Freund, der im Moment nicht da ist.« »Ich wusste gar nicht, dass er Freunde hat«, sagte die Nachbarin zu Marga, nachdem sie von ihrer Reise zurück war. Auch Marga hatte von Freundschaften außer Haus nichts gewusst, und es war lange her, dass Andreas mal mit irgendwem am Telefon Schach gespielt hatte, und gesehen hatte Marga den Partner nie. Andreas wohl auch nicht. Selbst seine Geburtstage hatten sie, seitdem er neunzehn war, immer allein verbracht, mittags beim Chinesen, nachmittags im Café mit Bienenstich und Kakao, abends mit Video und Angelina Jolie, in die Andreas seit Jahren verliebt war. Sie tranken wenig, er ein Bier, sie einen Sekt, und irgendwann gegen zwölf hatte Andreas immer Tränen in den Augen gehabt, die nie richtiges Weinen wurden. Als er dann kurz vor Margas Rückkehr mit mehreren Plastiktüten voller Weingummis, Erdnussflips, Mangas, dem Kater und dem Dosenfutter ein zweites Mal verschwand, hatte die Nachbarin gestaunt. Er hatte richtig zu schleppen, und sie hatte gar nicht gewusst, dass er so kräftig war.

»Sie hat immer gedacht, er sei nur dick«, sagte Marga.

»Ach Gott, der Arme«, sagte Isa und fragte nicht, was sie hätte fragen müssen: Sie hatten also einen Schlüssel zur Wohnung von Mathias Böhm, Frau Burg? Sie auch?

»Und jetzt liegt der Junge im Koma?«, fragte sie stattdessen.

»Aber mir geht es schon wieder viel besser.« Marga rieb sich die Hände und war plötzlich von einer unberechenbaren Heiterkeit.

Warum hatte sie ihn, Robert, nicht gleich am Montag angerufen, als sie von der Nachbarin erfuhr, dass Andreas sich irgendwo kindisch versteckt hatte, aber sicher nicht ernsthaft verschwunden war? Und wer von der Familie Burg hatte am Sonntag geschossen? Fragte er sie nicht so scharf, weil Isa dabei war? Oder weil er wie Isa jeden Satz vermied, der zu viel von ihm verriet? Oder forschte er einfach nicht so genau, weil Marga eigentlich nicht sein Fall war? Zum ersten Mal fiel ihm die Doppeldeutigkeit der Formulierung auf.

»Woher wusstest du, dass der Schlüssel zu Böhms Wohnung unter seiner Fußmatte lag, Marga?«, fragte er stattdessen. Seine Stimme war leise und hart.

»Weil Andreas als Letzter dort war«, sagte sie. »Mein Bruder lässt den Schlüssel immer unter der Matte. Er hat sich zu oft selber ausgesperrt.« Sie strahlte Robert an.

Er stand noch immer mit dem Tee in der Tür. Ihn überraschte nicht, was sie erzählte, sondern das Selbstvertrauen, mit dem sie auf dem Sofa saß und wie eine große Schauspielerin die Luft um sich herum auflud. Es war eine Frau, die er noch nicht kannte. Er hielt sich an Isas Teekanne fest und Isa stand auf, ging wenige Schritte rückwärts auf ihn zu und blieb so dicht neben ihm stehen, dass ihre Arme sich berührten. Es war nur ein Reflex, dass er in dem Moment müde den Kopf auf Isas Schulter legte und dabei Marga anschaute. Während er ein Lächeln aufsetzte, das nur ihr galt, verzog sich ihr Gesicht schmerzlich. Sie sah aus, als müsse sie schreien, ohne den Mund öffnen zu können. Abrupt stand sie auf. Er nahm den Kopf von Isas Schulter und wich zur Seite, um Marga den Weg zur Garderobe freizugeben, wo sie mit einer Hand Mantel und Plus-Tüte vom Wäscheständer an sich riss, kurz innehielt und mit einem Blick auf Robert, der ihn hätte töten können, nach der Toilette fragte. Sie verschwand. Zwei oder drei Minuten später hörten Isa und Robert von der Küche aus die Etagentür ins Schloss fallen, während er gerade den Tee weggoss. Er zuckte mit den Schultern, und Isa, die eben noch von Marga betört gewesen war, tippte sich an die Stirn.

»Was suchen wir eigentlich?«, fragte Isa eine halbe Stunde später, als sie auf dem Sofa ihren Fuß unter seinen Oberschenkel schob. Durch die geöffnete Tür sah er in der Diele den Wäscheständer stehen.

»Robert, was suchen wir eigentlich?«

Vor Jahren hatte er Isa mit einer Zufallsbekanntschaft aus der Polizeikantine betrogen. Nachdem er mit der Kollegin, oder besser sie mit ihm, auf dem Sofa am Zahmenhofweg geschlafen hatte, war er mitten im Geplauder, das dann folgte, hochgefahren. »Was ist«, hatte die Kollegin gesagt, »kommt jemand?« Nein, hatte er gemerkt, jemand war längst da. Wenige

Schritte vom Sofa entfernt hatte der Wäscheständer gestanden, auf dem Unterhosen von Isa und ihm dicht beieinander hingen. Als er sich für das Kantinenfest umgezogen hatte, hatte er gedacht, Regen kommt auf, und er hatte den Wäscheständer vom Garten in die Diele geholt. Da war er noch ein umsichtiger Mann gewesen, und als wenige Stunden später die Turnübungen mit einer Fremden auf dem Sofa vorbei gewesen waren, hatte ihn der Wäscheständer mit den Augen eines Familienmitglieds angeschaut, das unfreiwillig Zeuge hatte sein müssen.

Isa fuhr mit der Hand über seinen Rücken. Marga war fort. Sie hatten wie früher Whisky getrunken. Vielleicht war es wegen des Whiskys, dass er sagte, manchmal entstehe für ihn bei Sturm ein Hochhaus gleich neben seinem Häuschen im Zahmenhofweg und sein Leben liege plötzlich in Manhattan. »Komm mit mir nach Manhattan, Isa!« Sie schloss die Augen. Im fensterlosen Gang zu seinem Appartement im siebten oder siebzehnten und manchmal im siebenundzwanzigsten Stock, je nach seiner Stimmung bei Sturm, treffe er immer den gleichen alten Hund. »Blödsinn!« Isa lachte mit geschlossenen Augen. »Was siehst du bei diesem komischen Sturm noch?« »Ich sehe vor allem einen verstaubten Gummibaum in meiner Diele«, sagte er, »der auch den möblierten Mietern vor mir bereits Gesellschaft geleistet hat. Den Gummibaum taufe ich Raymond Chandler. Er trinkt mit mir, da drüben in Amerika, wo ich noch nie gewesen bin. Er trinkt Wasser, ich Whisky, aber wir beide trinken die gleiche Menge. Prost!« Sie stießen an und sahen einander in die glänzenden Augen, um herauszubekommen, wer von ihnen beiden erregter war. Sein Handy klingelte. Er ging nicht ran.

»Du kannst richtig gut erzählen, Robert, das ist ja neu, von wem hast du denn das?« Vielleicht lag es an der unwirklichen Stimmung und dem Whisky, dass ihre Lippen wieder die seinen streiften. Vielleicht lag es wirklich am Erzählen. »Erinnerst du dich an unseren zweiten Hochzeitstag?«

»Und ob«, sagte er, »der ganze Tag war eine Nacht.« Wenige Minuten später erwischte er sich mit seiner Frau im Bett, und sie war, wie sie war, wie immer – immer eine andere. So machte sie das mitunter, mitunter machte sie es auch ganz anders. Manchmal war sie sogar hässlich dabei, war sie so, wie sie als Hässliche geworden wäre. Sie brannte, sie wurde starr mitten im Brennen. Er wusste, dass die Augen, die sie geschlossen hielt, grün waren, während sie auf ihm saß, um mit all ihrer Kraft auf das zu achten, was gerade geschah. Laut einer alten Vereinbarung zwischen ihnen hielt sie in einem bestimmten Moment still. Es fühlte sich nicht an wie Liebe. Aber das hatte es nie getan, er hatte es nur immer so erwartet.

IV. Suchmeldung

»A man wakes up in an alleyway.
A trail of perfume follows a girl
leaving a cheap hotel.«

29

Nico stand mit durchgedrückten Knien vor dem Schreibtisch des Kommissariatsleiters Scheuble. Sie wollte sich nicht setzen, und auch er wollte nicht sitzen, solange sie im Raum war. Nico Schreiner blieb eine anstrengende Person, hatte Jura und Sport studiert, hatte ein Patenkind in Bangladesh, eine Meinung zur Rechtschreibreform und eine noch schärfere zum amerikanischen und zum russischen Präsidenten. Sie kam aus Dortmund und nicht, wie Scheuble, von einem schwäbischen Weinberg. Er hatte es gern gemütlich. ›Schaun wir mal‹ war sein Lieblingssatz.

Scheuble hatte frühere Fälle des Kollegen Mandt auf das Motiv »späte Rache« überprüfen lassen, doch für ihn blieb der dicke Burg, der im Koma lag, vorläufig der Hauptverdächtige. Dessen Rückzug in die Wohnung von Mathias Böhm und alles, was er von dort aus angestellt hatte, waren für Scheuble deutliche Zeichen von Identitätsverlust.

»Identitätsverlust«, hatte Nico zu Robert gesagt, »das Wort kramt er nur aus Faulheit hervor. Er weiß gar nicht, was das ist.«

Dass Robert Mandt und Marga Burg den Osten Deutschlands miteinander bereist hatten, bis zur Grenze, davon ahnte Scheuble nichts. Nico, die von Robert und Marga wusste, hatte niemandem etwas davon gesagt. Was sie nicht gesagt hatte, machte alles Reden danach nicht leichter.

»Du machst es mir wirklich schwieriger«, hatte sie zum angeschossenen Robert gesagt. »Was ich nicht frage, häuft sich, denn einen Baustein im Suchbild kann ich nicht benutzen.«

»Welchen?«

»Eure Ghost Affair.«

»Unsere was?«

Nico hatte wütend aufgelegt. Danach war sie in Scheubles Büro gerufen worden, der sich laut darüber wunderte, dass Marga Burg wegen des Bruders keine Vermisstenanzeige aufgegeben habe wie bei Mathias Böhm. Doch er entkräftete sein Staunen gleich selbst. Sie kannte ihren dicken Bruder gut und wusste, er wollte sich durch sein Verschwinden nur interessant machen.

»Schaun wir mal.«

»Wenn Sie meinen«, sagte Nico und hatte ein kleines, bleiches Gesicht.

Ja, sie biss sich an dem Fall Mandt fest. Das hatte sie Robert versprochen. Er war ihr der liebste Kollege und ihrer Meinung nach noch immer in Gefahr. Andreas Burg stand nur deswegen oben auf ihrer Liste der Verdächtigen, damit sie überhaupt eine Liste hatte. Sie zu erweitern war schwierig. Im Rahmen ihrer Untersuchung hatte sie Robert zum ersten Mal über Privates ausgefragt. Ehemalige Liebhaberinnen, Nachbarn und zuletzt ein Kollege und früherer Freund, der aufgrund von Roberts Nachforschungen vom Dienst suspendiert worden war. Robert hatte später nach einer Kantinenfeier mit der Frau des Kollegen eine kurze Affäre gehabt. Doch der Kollege besaß ein Alibi. Er war zum betreffenden Zeitpunkt in Thailand auf der Suche nach einer neuen Frau gewesen. Nico fragte Robert nach dienstlichen Problemen, wie sie zu fragen gelernt hatte, und meinte damit seine seelische Not. Ob ihm manchmal die Schreibtischplatte auf das Gemüt oder das Geschlecht drückte, fragte sie nicht, und auch nicht, warum er sich sonntags so oft freiwillig zum Dienst meldete.

»Hast du als Zivilbeamter mal Drogenkäufe getätigt?«, fragte sie stattdessen.

Hatte er nicht.

Längst hatte die Spurensicherung ihre Arbeit in Roberts Garten gemacht und war dabei wohl hundert Mal über den umgestürzten Baum des Nachbarn geklettert, um Hautabrieb, Faserspuren, Projektile oder Schuhspuren zu finden. Der Schütze musste sich auf Socken nähergeschlichen haben, was zu Andreas Burg gepasst hätte. Als sie schließlich die Munition im Katzenkorb fanden, war auch Nico nach der ersten Euphorie und noch vor jedem Laborbefund fast sicher gewesen, dass niemand, nicht einmal Andreas Burg, so blöd war, sich derart unbedacht verdächtig zu machen. Es sei denn, es war ein Trick. Es sei denn, er legte absichtlich so plump eine Spur, damit er gleich von der Liste flog. Auch das würde passen. Burgs kindliches Getue hielt Nico Schreiner eh für Inszenierung, um in Ruhe die fetten Jahre der Kindheit ins trostlose Erwachsenenalter hinein zu verlängern.

»Schaun wir mal«, sagte Scheuble, als sie mit ihrem Bericht fertig war.

Nico griff nach ihrer gesteppten Jacke mit Kapuzenpelz, die sie auf den Besucherstuhl ihres Kommissariatsleiters geworfen hatte.

»Und was macht das Schreiben, Frau Kollegin, erfinden Sie noch immer munter Geschichten?«, fragte der Kommissariatsleiter und hatte dabei einen Zug um den Mund, der sagte, dass er sich mit dieser Frage besonders schlau vorkam. Er hielt sich an der Lehne seines Stuhls fest. Dass sie schrieb, machte Nico Schreiner angreifbar. Ihre beste Freundin führte neben der Stadtbücherei ein Künstlercafé. Dort ging die Kollegin Schreiner hin, wenn es Lesungen gab. Einmal hatte sie selber etwas vorgetragen, in der Donnerstagsreihe »Leselampe für unbekannte Autoren«, wo man Selbstgeschriebenes und die eigenen Zuhörer mitbringen musste. Dass sie schrieb, hatte sie nicht nur dem Kommissariatsleiter, sondern auch den anderen Kollegen verdächtig gemacht. Sie erfand Geschichten, das war für einen Polizisten, dessen Beruf der Wahrheitsfindung dient, verhängnisvoll.

»Erfinden ist nicht lügen«, sagte Nico und versuchte den Reißverschluss ihrer Jacke zu schließen.

»Von Ihnen möchte ich nicht verhört werden«, sagte der Kommissariatsleiter.

»Schaun wir mal«, sagte Nico. Endlich setzte er sich auf seinen Stuhl. Ein Stuhl war ein Stuhl, das Polster solide und strapazierfähig, die fünf Rollen leise und gefügig, da wusste man, was man hatte. Er lehnte sich zurück und fing sehr unhöflich an zu telefonieren, in einer anderen Angelegenheit. Auf harten Absätzen verließ Nico sein Büro, um wenige Minuten später an ihrem Schreibtisch den Laborbefund ins Licht der Lampe zu halten. Eine Analyse der Hülsen und Pulverreste aus Roberts Garten ließen den Rückschluss auf eine russische Militärwaffe zu, auf eine 9-mm-Makarov. Die Munition, die bei Andreas Burg gefunden worden war, gehörte ebenfalls in eine Makarov. Somit war ein Zusammenhang zwischen Burgs Katzenkorb und Roberts Garten möglich. Zumindest ausschließen durfte man ihn nicht.

30

Auf dem Rücksitz des Taxis betrachtete Robert seine rechte Hand, wendete sie hin und her und hatte nicht das Gefühl, dass er schon so weit sei, allein in sein Haus am Zahmenhofweg zurückzukehren. Er wollte sich nur eine Niederlage als Mann ersparen. Er wollte nicht in den Nächten nach letzter Nacht von Isa auf das Gästebett geschickt werden wie ein Hund auf seine alte Decke.

»Alles klar?«, fragte der Taxifahrer und drehte sich kurz zu Robert um. Er hatte ein bäuerliches Gesicht, das großzügig aussah.

Robert nickte. Schon klar.

In seiner Küche standen ungespült drei Tassen, auf einer stand VENEDIG, und die Fenster zur Wohnung des Mädchens von gegenüber waren verschlossen. Sie war nicht da. Ihm fehlten ihre offensichtliche Zufriedenheit und ihre alltäglichen Gesten im Haushalt, diese Aufforderung zum Glücklichsein. Er ging in den ersten Stock und schob das Bett an die Wand, hart unter die Dachschräge. Er benutzte den unverletzten Arm und seine Knie dazu. So frei im Raum zu schlafen, kam ihm in seinem angeschlagenen Zustand obszön vor.

Als es längst dunkel war, kam das Mädchen von gegenüber endlich nach Hause und winkte ihm, als sie ihn im erleuchteten Fenster stehen sah. Er winkte zurück und rief gleich danach Nico an.

Sie hatte, sagte sie, von dem einzigen Namen auf ihrer Liste den Vornamen gestrichen: Andreas. Burg ließ sie stehen. Ein Geschwisterkomplott hielt sie für möglich. Sie ging sogar so weit zu sagen, dass vielleicht die Schwester geschossen habe, so getroffen, wie Marga hinten auf der Rückbank saß, als sie am Sonntag zu dritt im Auto fuhren. Ja, vielleicht habe Marga sogar auf sie, auf Nico, schießen wollen, aber sie war an jenem Abend nach dem einen Bier bereits fort gewesen. Es war nur noch Robert da. Marga habe mit ihrer Bereitschaft zu handeln irgendwo hin gemusst. Habe die geladene Waffe gehoben und auf Robert gezielt.

»Geschossen«, sagte Nico, »hat in jedem Fall die Eifersucht, aber die kann ich nicht zur Fahndung ausschreiben.« Sie zögerte.

»Was war das eigentlich zwischen dir und ihr, Robert?«

»Was ist das eigentlich zwischen Männern und Frauen«, fragte er zurück. Beide schwiegen, bis er anbot, er könne mit halber Kraft wieder in den Fall einsteigen. Er habe auch eine Spur, die er verfolgen wolle.

»Warte doch noch das Wochenende ab, du musst dich erholen«, sagte sie, »und was soll denn das für eine Spur sein?« Am liebsten hätte sie ihn auf irgendeinen Hasendiebstahl angesetzt, um ihn aus der Schusslinie zu haben.

Robert klemmte den Hörer zwischen Schulter und Ohr fest, drehte den Wasserhahn auf und nahm eine der ungespülten Tassen aus dem Abwasch, um seine einzige Topfpflanze, eine verstaubte Zimmerpalme, zu gießen.

»Lass mich mal«, sagte er, »lass mich mal machen.«

Nach wenigen Minuten hatte er seine Kamera gefunden.

31

»Dass die Polizei nach vermissten Erwachsenen erst sucht, wenn es den Verdacht gibt, der Vermisste sei nicht mehr Herr seiner selbst, das weiß ich jetzt«, sagte Fatzer zu laut, als Robert die Tür öffnete. Sie belagerten zu dritt das Bett von Andreas Burg, zwei standen, eine saß. Es roch nach dem Desinfektionsmittel des Krankenhauses und nach einem Duschgel für Männer.

»Nun ist aber unser Freund Mathias weder Alkoholiker noch Epileptiker«, redete Fatzer weiter, »noch hört er Stimmen, die ihm sagen, er solle sich umbringen, sobald der Vollmond zwischen den zwei Birken bei seiner alten Schule aufgeht. Wissen Sie, wie lange er schon verschwunden ist, Herr Kommissar!« Fatzer drehte sich mit dem Satz scharf um. »Schön, dass Sie auch schon da sind und mitsuchen wollen. Unter dem Bett des Dicken habe ich schon selber nachgeschaut.«

»Und was machen Sie hier?«, fragte Robert.

»Ich bin hier geboren«, sagte Fatzer, »hab ich Ihnen doch schon gesagt.«

Robert schaute auf das Bett. Er wird nicht mehr wach, dachte er, Andreas Burg wird nie mehr wach. Er wird weder gestehen noch gegen irgendwen aussagen können.

Der Stationsarzt hatte Robert eben erklärt, dass die Blutungen wichtiges Hirngewebe zerstört hätten und weiteres bei der Öffnung des Schädels draufgegangen sei, als man das Blutkoagel ausgeräumt habe. Da Andreas Burg ins Koma gefallen war, würde die Erholung, wenn es dazu überhaupt kommen würde, lange dauern, und ob Herr Burg noch einmal in seinem Leben mit hängendem Mundwinkel und gelähmtem Arm und Bein eigenständig in den nächsten Supermarkt würde laufen können, das wüssten die Götter.

Supermarkt? Robert hatte den Arzt stehen lassen. Andreas Burg würde die enge Diele zu Hause vermissen, wo es nach feuchter Wolle und Vogelsand roch, und die stillgelegte Fabrik im Hof, die Wäscheleinen, die auch jetzt noch parallel gespannt blieben über der winterharten Erde und den geborstenen Steinplatten in Schrittentfernung. Wahrscheinlich hängte er dort als Einziger bei der Kälte seine nassen Socken auf. Dort hatte er früher mit seiner Schwester gespielt und später dann nicht mehr.

»Wir haben alle Möglichkeiten erwogen«, sagte der bleiche Dramaturg Lukas, und die Drehbuchautorin auf ihrem Stuhl nickte. »Erstens, Mathias Böhm hatte einen Unfall, und seine Leiche wird nicht gefunden, zweitens, er ist ermordet worden, und seine Leiche wird nicht gefunden. Drittens, er stellt sich tot und ist an einem anderen Ort wieder auferstanden.«

»Aber das alles können Sie ihn hier nicht fragen«, sagte Robert, »deshalb frage ich mich, warum Sie hier sind.«

»Recherche«, sagte Fatzer.

»Alles für die Kunst?«, fragte Robert böse.

»Woran haben Sie gerade gedacht?«, lenkte die Drehbuchautorin schnell ein, »Sie haben doch gerade etwas ganz anderes gedacht, Herr Kommissar.« Sie fuhr mit der Hand über das Kopfkissen von Andreas Burg, aber nicht über seinen Kopf. Der war halb rasiert, halb war das Haar lang, und er sah wegen der Narbe vom Ohr bis zum Scheitel wirklich wie einer aus, der im Salto in die Krone einer Tanne springen kann, um dort lässig mit dem Schwert in der Hand auf und ab zu wippen.

»Wir haben übrigens am Wochenende einen Betriebsausflug nach Sylt gemacht, Herr Kommissar, um zu sehen, ob unser Mathias dort ist«, sagte sie.

»Und?«

Fatzer streckte Robert beide Handflächen entgegen. »Nüscht!«

Robert schaute Andreas Burg ins Gesicht. Er sah aus, als wolle er ebenfalls etwas sagen, aber er bewegte sich nicht. Seine Augen waren bis auf einen dunklen Spalt zwischen den Lidern geschlossen, und aus dem leicht geöffneten Mund rann Speichel. Wenn er die Augen öffnete, wie würde er sie alle anschauen, die um sein Bett herumsaßen? Wie etwas Essbares?

»Aber die Kulisse dort auf Sylt hat uns gefallen«, sagte die Drehbuchautorin, »mit diesem Schwimmbad am Meer, das seit Jahren nicht mehr geöffnet hat.« Sie beschrieb Robert genau die Liegestühle, wie sie auf der Terrasse zwischen Becken und Meer verrotteten.

»Da haben Sie ihn also gesucht, in einem Schwimmbad außer Betrieb gleich am Meer?«

»Wenn er verschwindet, dachten wir, dann vielleicht an einem Ort, der zu ihm spricht«, sagte die Drehbuchautorin.

»Oh Gott, nicht schon wieder dieses esoterische Zeug!« Fatzer fuhr sich mit der Hand über die Glatze, immer wieder die Glatze, immer wieder der Kreis. »Wir haben einfach nachgeschaut, ob er Locations recherchiert, uns nichts davon gesagt hat und es sich gut gehen lässt im Winter am Meer.«

»Winter am Meer?« Robert setzte sich auf die Heizung am Fenster. Die Arbeitsmappen von Mathias Böhm waren längst an einem ganz anderen Punkt angelangt. Es ging da nicht mehr um fotogene Wintermelancholie als geeigneter Filmschauplatz. Es ging um Räume, und in letzter Konsequenz schnurrte so ein Raum beim Hinsehen zusammen auf eine dunkle Linie, unter der unsichtbar die Unterschrift der Angst stand. Eine Linie, nicht abstrakt, sondern schmerzhaft gegenwärtig und roh, die jeden Betrachter warnte: Falls Sie zufällig hier vorbeikommen sollten, bleiben Sie nicht stehen, gehen Sie auch nicht langsamer, sondern gehen Sie einfach weiter. Da ist nichts. Nichts!

Eine Krankenschwester trat ein und Andreas Burg öffnete die Augen. Sie ging zum Bett, fragte den Patienten, wie es ihm gehe. Sie lächelte ihn an, und er starrte mit diesem glasigen Blick zurück, der nicht mehr von hier war. Als sie ihm die Lippen eincremte, dachte Robert daran, dass Marga und Mathias am zweiten oder dritten Abend auf Sylt miteinander geschlafen hatten. Aber er stellte sich nicht vor, wie. Vielleicht hatte Andreas das gemacht, und es war ihm nicht gut bekommen. Kaum hatte die Krankenschwester das Zimmer wieder verlassen, nahm Robert seine Kamera und machte ein Foto von Andreas Burg.

»Soll ich ihn mal ins Profil legen?«, fragte Fatzer.

Robert antwortete nicht. Die Lippen von Andreas Burg schimmerten bläulicher als eben noch. Das mochte an der Creme liegen. Plötzlich öffnete er die Augen weit, ohne Ziel und Blick. Robert hatte das unheimliche Gefühl, dass er alles mitbekam und gleichzeitig die Zeit für ihn auf grausame Weise stillstand, ein Stillstand, der mit Langeweile nicht zu vergleichen war. Konnte sein, dass die Tage vergingen, konnte sein, sie blieben stehen. Das war viel schlimmer, das war so gewichtslos wie unerträglich. Zeit, das Kostbarste, das ein Mensch hat, ging durch ihn hindurch, ohne dass er etwas damit anfangen konnte.

»Schauen Sie!« Die Drehbuchautorin stand auf und beugte sich langsam über ihn. Andreas Burgs geöffnete Augen sahen plötzlich gütig und traurig aus, und jener Schleier, der eben noch über ihnen gelegen und schon eine dortige Kälte angekündigt hatte, war verschwunden. Robert kam es vor, als blicke er durch ein kleines, sich langsam schließendes Fenster auf das Leben zurück.

Das Mädchen von gegenüber war zu Hause, als Robert klingelte.

»Kommen Sie doch herein, geht es Ihnen besser?«

Er holte die Kamera aus der Jacke und zeigte dem Mädchen das Porträt von Andreas aus dem Krankenhaus.

»Ist er das?«

Sie zog die Augenbrauen zusammen, die ziemlich breit waren für so ein kleines Gesicht. Was konnte sie aus dem Bild herauslesen? Was auch er hineinlas? Einsamkeit? Sogar im Koma war Andreas Burg der einsamste Mensch, den Robert kannte. Er hatte sicher nicht nur seinen Revolver oder seinen Kater oder sich verstecken wollen in der fremden Wohnung, sondern dort Anschluss gesucht auf seine sture, uneinsichtige, fordernde Art. Anschluss an das Glück. Die einzige feste Sache in seinem Leben war Marga. Seitdem es Mathias Böhm gab, hing diese Beziehung in der Luft, stak wie ein elektrischer Draht ungesichert und lebensgefährlich aus jeder Wand seines Zimmers. Deshalb wollte er in dieser Wohnung nicht mehr sein, sondern dahin gehen, wo die beiden anderen seiner Meinung nach glücklich gewesen waren.

»Ist das der dicke Junge mit den Turnschuhen, von dem ich Ihnen erzählt habe?«, fragte das Mädchen.

»Ist er das oder nicht?«, fragte Robert zurück.

»Ich bin nicht sicher, ich bin nicht sicher.« Sie starrte auf das Bild und bewegte nicht einmal die Lider dabei. »Was ist denn mit dem passiert, lebt er noch?«

In Schlafanzug und Sportsandalen stand Robert eine halbe Stunde später auf der Schwelle zu seiner Küche. Es war noch nicht richtig Abend, fühlte sich aber so an. Ohne etwas überzuziehen, ging er noch einmal vor die Tür an den Briefkasten, in dem ein beschrifteter Umschlag von seiner Versicherung über einem unbeschrifteten lag. Bestimmt war der von dem Nachbarn mit dem Hund. Bestimmt hatte Robert sogar in seiner Abwesenheit etwas falsch gemacht. Die Post legte er auf den Dielenschrank. Er schaute ins Wohnzimmer, ohne es zu betreten. Er musterte den Fußboden. Jemand musste den Blutfleck entfernt haben. Trotzdem machte er einen Bogen um die Stelle, als er sich auf sein Sofa setzte. Wie lange er einfach so sitzen blieb und vor sich hindämmerte, hätte er nicht sagen können.

»Robert?«

»Ja, hier«, antwortete er der Stimme in seinem Rücken.

»Du musst noch mal vorbeikommen«, sagte Isa so laut auf seinem Anrufbeantworter, dass ihm ihr Ton zwischen die Schulterblätter fuhr. Das Klingeln hatte er überhört, so als hätte er tief geschlafen. Er stand auf und schlitterte über das Parkett zu seinem Telefon.

»Ich bin da«, sagte er, »was ist?«

»Du musst vorbeikommen.«

»Wieso, habe ich etwas vergessen?«

»Nicht du. Sie hat ihre Einkäufe hier gelassen.«

»Wer?«

»Deine Freundin. Ihre Plus-Tüte ist in meinem Bad zwischen Waschmaschine und Wand gerutscht. Sie hat sie wohl in der Eile vergessen. Es ist ein Salatmix drin, den kann sie wegschmeißen, wenn sie ihn nicht bald hat.« Plötzlich veränderte sich Isas Stimme. »Sag mal, hat es für dich wirklich Sex-Appeal, wenn eine Frau sich so altmodisch zurechtmacht?«

»Sie macht sich nicht zurecht.«

»Sie zieht die Schultern hoch.«

»Das tust du auch.«

»Sie ist so unglücklich, wie sie blass ist.«

»Das bist du auch.« Robert griff nach dem unbeschrifteten Briefumschlag neben dem beschrifteten von der Versicherung auf dem Dielenschrank

»Vielen Dank«, sagte Isa. »Soll ich dir auch mal ein Kompliment machen?«

»Ja.«

»Du bist nie um den nächsten Satz verlegen.«

»Was soll ich deiner Meinung nach sonst tun? Stottern lernen?« Er warf den Umschlag wütend auf den Schrank zurück, so wie er früher seine angebrochenen Zigarettenpackungen geworfen hatte, wenn ihm etwas nicht passte, vor allem nicht, dass er immer noch rauchte.

»Ich lass die Tüte hängen«, sagte Isa so sanft wie drohend, »du kannst sie dir hier abholen.«

Die Stille danach, in der der Kühlschrank brummte, irgendwo eine Diele knarrte und der größte Teil seiner täglichen Kleidung von der Flurgarderobe zu ihm herüberstarrte, mit Beulen hier und da, als sei er selber noch darin, diese Stille war nicht auszuhalten, sodass er zu Bett ging, obwohl es noch nicht spät war. So ließ er auch den Brief die Nacht über ungelesen liegen, bis er am Morgen noch vor dem Frühstück eine halbierte Seite liniertes Papier aus dem unbeschrifteten Umschlag zog, auf der nur ein Satz stand.

»Mathias Böhm hat sich bei mir gemeldet, und ich fahre hin. Marga.«

32

Er hatte bereits die rothaarige Nachbarin und ihren Spitz herausgeklingelt, als Nico die Treppe heraufkam.

»Entschuldigen Sie«, sagte Robert, »ich mache das auch nicht gern. Aber es ist Gefahr im Verzug. Wir haben den dringenden Verdacht, Frau Burg habe sich oder jemand anderem etwas angetan. Wir müssen sofort in die Wohnung. Ich möchte Sie bitten, uns als Zeugin zu begleiten.« Im Schlafzimmer hinter der Frau wurde der Fernseher lauter gedreht, offensichtlich lief irgendein Kinderkanal, und der leere Rollstuhl ihres Mannes stand in der Diele.

»Er hat keine Beine mehr, also gehe ich meistens allein spazieren«, sagte sie, während sie ein gehäkeltes Umschlagtuch über die Schultern warf und vorausging. Mit der Rechten zog sie sich mühsam am Geländer hoch.

»Nicht einmal einen Fußabstreifer haben die«, sagte sie, als Nico über ihren Kopf hinweg an Burgs Etagentür klopfte. Dann legte sie sehr langsam ihren dicken Finger auf die Klingel. Kein Ton, und Nico klopfte wieder. »Aufmachen, Frau Burg.« Sie rief nicht »Polizei!«

In seinem Rücken hörte Robert ein feines Trippeln auf der Treppe. Er drehte sich um. Da stand der Spitz, und um sein Frauchen bei Laune zu halten, bückte Robert sich und streichelte den verfilzten Kopf.

»Ach, Sie mögen Tiere«, sagte sie da, schon milder gestimmt.

»Ja«, sagte er, ohne jetzt genauer erklären zu wollen, dass er Ratten, Mäuse, Kakerlaken, Motten, Steckmücken und Wespen nicht mochte und Fische und Hühner ihm völlig egal waren. Er zog seine Kreditkarte aus dem Portemonnaie und schob sie auf

Höhe des Schlosses in den Türspalt, während er den verletzten linken Arm an den Körper presste.

»Na, einarmiger Bandit«, sagte Nico, »soll ich nicht lieber den Schlüsseldienst bestellen? Haben wir denn eine richterliche Anordnung für eine Durchsuchung?« Robert beugte sich zu ihr und sprach durch einen dunklen Haarvorhang in ein Ohr hinein: »Mein Kriminalistik-Lehrer hat immer gesagt, dass in einem guten Polizisten auch ein kleiner Krimineller stecken muss, also machen wir hier mal kein Gedöns und gehen einfach rein.«

»Ich habe einen Schlüssel von Burgs, wollen Sie den haben?« Bei dem Satz war die Nachbarin bereits auf halber Treppe und sagte zum Spitz: »Platz, du bleibst hier bei dem Onkel.«

Wenige Minuten später standen sie zu dritt mit Hund auf dem Kunstrasen in der engen Diele.

»Wegen des Kaninchens«, sagte die Nachbarin und fuhr mit ihrem Pantoffel abschätzig über den Bodenbelag, »das war ja nicht stubenrein.« Robert schaute in den billigen Garderobenspiegel und sah, wie da hinten in der Tiefe der Zeit Andreas Burg sich seinen Mantel noch einmal anzog und Robert reglos musterte.

»Scheußlich«, sagte Nico. Sie drehte sich nach Robert um und war in dem Moment viel jünger als er.

»Nicht nur scheußlich, Nico.«

»Sozialromantiker«, sagte sie.

»Wie bitte?«, sagte die Nachbarin mit den roten Haaren, setzte sich auf den Küchenstuhl mit dem herzförmigen Kissen und nahm ihren Spitz auf den Schoß.

»Ich geh dann mal auf den Dachboden und in den Keller«, sagte Nico, »nachschauen, ob da jemand hängt.«

Nach einer knappen Stunde hatten sie nichts Ungewöhnliches auf dem Dach, im Keller oder in der Wohnung gefunden, aber tranken den Kaffee der Nachbarin, den sie von unten in einer Thermoskanne heraufgeholt hatte, um sich danach wieder breitbeinig auf den Stuhl mit dem Kissen zu setzen, nicht ahnend, dass sie so ihr weiches Fleisch und den ausgeleierten Spitzensaum eines Liebestöters ausstellte, der längst nicht mehr in ihre Schenkel schnitt. Sie beide von der Polizei hätten aber wirklich eine interessante Arbeit, sagte sie und gähnte. Ihr Mann sei Maurer gewesen, aber einmal an Himmelfahrt den Abhang beim Schrebergarten hinunter und auf die Bahngleise gefallen. Wäre ein Zug gekommen, wäre die Sache noch schlimmer ausgegangen.

»Was hat Marga Burg eigentlich so gemacht, im Leben?«, fragte Nico.

Religionswissenschaften habe sie studiert, sagte die Nachbarin, ob sie sich das mal vorstellen wolle, damit bekomme man doch keinen Job, wenn man von hier sei. Ihr Fuß stieß unter dem Tisch gegen das Katzenklo, das unbenutzt war. Erst später habe sie eine Stelle bekommen, beim Zeitungsausschnittsdienst gleich um die Ecke. Das seien zwei schwule Weiber gewesen, die eine grob wie ein Kerl, die andere aufgedonnert wie eine Schießbudenfigur, und die hätten auch nur bekloppte Weiber eingestellt, weswegen sie schließlich auch pleitegegangen seien.

»Sagt mein Mann«, sagte die Frau.

Nico verließ die Küche, um Margas Zimmer noch einmal anzuschauen. Robert blieb. Der Spitz musterte ihn.

Später sei Marga auf dem Straßenverkehrsamt untergekommen, sagte die Nachbarin jetzt lauter und bis zu Nico hinüber, und da sie nicht hässlich sei, hätten sie und ihr Mann gedacht, da würde sie endlich einen Lebensgefährten finden.

»Nichts war. Die hat einfach kein Händchen für Männer, sagt mein Mann.«

Nico kam aus Margas Zimmer zurück und hatte in einer Pergamintüte ein paar lange blonde Haare gesammelt.

»Ich habe ihre Bürste geplündert. Hoffen wir mal, sie hatte Schuppen, aber die hatte sie wegen akutem Stress bestimmt.« Sie hielt die Tüte mit so kalter Hand hoch, dass Robert wegschaute.

»Ich geh dann noch mal ins Schlafzimmer«, sagte sie und steckte ihre Beute ein. »Mach du hier weiter.« Sie drückte ihm eine schwarze Kladde mit rotem Rand in die Hand. »Ihr Tagebuch, schau mal rein. Machen wir später genauer.«

Robert nickte, öffnete die Kladde aber erst, nachdem er ins Wohnzimmer gegangen war, um dort allein zu sein.

»Mittwoch, 24. Oktober. Reise seit Montag wieder mit der Geisterbahn«, stand da. Einen Finger als Lesezeichen in der Kladde schlug er den Flokati vom Ledersofa zurück.

Aber mit Männern sei es ja sowieso eine schwierige Sache gewesen, hörte er die Nachbarin aus der Küche sagen, wegen des bekloppten Bruders. Der habe seine Schwester nicht aus den Augen gelassen und ihr dazu noch auf der Tasche gelegen. Es sei eine richtige Abhängigkeit gewesen. Robert stand vor dem Sofa. Auf dem Polster war ein großer dunkler Fleck und um ihn herum die Kontur eines helleren, wohl älteren Flecks. Ihre Eltern waren beide auf dem Sofa gestorben. Zwei Flügel, die Marga geschützt hatten, auch wenn sie schwach gewesen waren. Weder die Eltern noch der Bruder hatten ihrem Leben im Weg gestanden, sondern nur ihre Gefühle für alle drei. Nico stieß im Schlafzimmer einen Straßenarbeiterpfiff aus und wedelte, als er nachkam, mit einem Plastikbriefchen, auf dem »Gefühlsecht« stand.

»Knapp hundert Präservative, schätze ich«, sagte sie und

zeigte auf die unterste Schublade des Kleiderschranks, als Robert hereinkam. Robert, der die Geschichte bereits von Marga kannte, erinnerte sich. »Marga, lass, ich mach das schon für dich«, hatte Andreas gesagt, als sie nach dem Tod der Eltern den Vorrat gefunden hatten.

»Und wenn es nicht ihre sind?«, sagte Robert.

»Meinst du, der Dicke hat aus den Parisern Wasserbomben gebastelt und die im Hinterhof abgeworfen, sobald einer vorbeikam, den er noch nicht kannte? Würde ja passen zu dem Plunder, den er in seinem Zimmer hat.«

Aus der Küche klapperte eine Tasse. »Ihr Kaffee wird kalt«, rief die Nachbarin und schaltete das Radio an, als ließe sich so das Kaltwerden des Kaffees verhindern. Robert und Nico gingen in Andreas' Zimmer.

»Hier war ich schon mal«, sagte er, »aber ich habe das Gefühl, es ist noch mehr Gerümpel geworden.«

»Du schaust nur anders hin«, sagte Nico und zeigte auf die Dinge, um sie zu registrieren, ohne sie zu berühren. Stapel von Comics, kleinere Felsbrocken, Imitate antiker Waffen, abmontierte Verkehrsschilder, fünf Dartscheiben über dem Bett, und auf dessen blanker Matratze eine Fahne der Sowjetunion als Überwurf, auf dem Fußboden ein Teppichboden aus billigem Filz, darauf leergefressene Kuchentabletts und auf einem davon ein alter Rasierpinsel, daneben Kreuzworträtsel und Preisausschreiben, aus Zeitungen herausgerissen und nie abgeschickt. Bis auf eins, dachte Robert. So hat dann alles angefangen. Auf einem Teetisch standen drei alte Schnurtelefone, eins mit Drehscheibe, bei dessen Anblick Nico, Jahrgang 1981, fragte: »Robert, was ist denn das?«, während aus der Küche ein Nachrichtensprecher von erneuten Auseinandersetzungen im Gazastreifen berichtete. Ein Computer der ersten Generation war unter dem Schreibtisch untergekommen und trug um den verstaubten Bildschirm eine Gasmaske, vielleicht um die Angriffe aus dem Gazastreifen abzuwehren, vielleicht aber auch, um den Stadtsparkassenkalender aus den neunziger Jahren besser studieren zu können, der auf seiner Tastatur lag. Es war ein Katzenkalender.

»Das Wetter«, sagte die Stimme des Nachrichtensprechers aus der Küche.

Nico kniete sich hin und griff unter das Bett. Sie holte zwei Hanteln und eine Plüschmaus an langer Leine hervor, in deren Kunstfell ein Dartpfeil steckte.

»Morgen wird es also wieder schneien«, sagte sie und hielt die Maus am Schwanz hoch. Als sie den schweren, dunklen Vorhang vor dem Balkonfenster beiseite zogen, lag in der Nische unter der Fensterbank ein weiteres Dutzend Gasmasken und darauf das dümmliche Gesicht einer Frau mit blonden Zöpfen. Eine Karnevalsmaske. Nico entfuhr der Laut, den man erschreckt und angeekelt beim Anblick halb verwester Tiere macht.

»Das ist ja widerlich, das ist ja, ist ja … irgendwie pornografisch, oder?«, sagte sie.

Ein Schamgefühl, das im Hals klopfte, hielt Robert davon ab, sie zu fragen, was sie damit meinte. Er öffnete nur die Balkontür, um Luft ins Zimmer zu lassen, und trat hinaus. Im Himmel schien tatsächlich bereits Schnee zu hängen. Er sah hinunter auf die Straße. Ein dünner Junge mit einer verbeulten Einkaufstasche auf Rädern verteilte Werbung in alle Hausbriefkästen. Er schaute wie ertappt zu Robert herauf, und Robert steckte die schwarze Kladde in seine Jacketttasche.

»Wohin jetzt, einarmiger Bandit?«, fragte Nico, als er sich im Auto neben sie setzte.

»Du weißt, wo Isa wohnt?«

»Machst du schon Feierabend?«

»Fahr«, sagte er und schlug ungeduldig die Kladde auf. Nico startete den Wagen.

»Lies laut«, sagte sie. Robert schaute zum Rücksitz.

»Wir sind allein«, sagte Nico.

»Nicht ganz«, sagte Robert. Auf dem Rücksitz lag das Blaulicht. Er steckte wie nebenbei Margas Kladde zurück in sein Jackett. Nico duckte sich im Anfahren noch einmal, um an dem Haus der Burg-Familie hochzuschauen. Die Nachbarin zog auf ihrer Etage mit einem bösen Ruck den Vorhang vor.

33

Mittwoch, 24. Oktober

Reise seit Montag mit der Geisterbahn. Habe angeheuert. Sie haben mich genommen, und ich habe mich gemeint gefühlt. Das kommt nicht oft vor, dass ich mich gemeint fühle. Ich soll auch beim Abbau helfen. Django und Lupo, die zwei vom Personal, haben Lampenfieber, in der Nacht bevor Abbau ist. Django ist seit 42 Jahren mit dabei und hat noch immer bei jedem Abbau Lampenfieber. Als er 18 war, hat sein Onkel ihn beim Chef vorbeigebracht, damit er was Ordentliches lernt. ›Wie willst du heißen‹, hat der Chef den Jungen gefragt. ›Django‹, hat der Junge gesagt und sich einen Schnauz wachsen lassen. Er ist nie mehr nach Hause gegangen, nicht mal zur Beerdigung seiner Mutter. Lupo kommt aus Rumänien, aus dem Ort, wo auch Dracula herkommt. Sighiçoara in Siebenbürgen, hat Schlegel, der Chef, gesagt. Und: Goldener Oktober, hat der Chef gesagt, bevor wir um 14 Uhr anfingen. Der Chef hat ein Gesicht, das sich aus vielen Gesichtern zusammensetzt. Jeder Ort hat seine Spur hinterlassen, und er sieht sehr zufrieden damit aus. ›Alles Friedvolle besitzt eine bewegte Vergangenheit‹, habe ich einmal gelesen. Ob das stimmt? Andreas fragen! Ich habe den Chef wohl ziemlich lange angesehen, als er das mit dem goldenen Oktober sagte, denn er hat gerufen: ›Guck nicht so, Marga-Mädchen, dich kenne ich auch irgendwo her!‹ Django und Lupo haben gelacht, aber sie wissen nicht immer, was sie tun. Dann haben sie die ersten Wagen mit aufgeregten Kindern reingeschickt. Beide haben sie keine Kinder, sie sind vor lauter Kirmes nicht dazu gekommen. Ich bin auf Position gegangen, mit meinem Kühlakku für die kalte Hand, und die

Chefin hat die Kunden angelockt. Eine schöne Fahrt, eine schaurige Fahrt, treten sie ein ins Abenteuer, hat sie ins Mikro gesagt. Sie ist schon immer Schaustellerin gewesen. Als Mädchen ist sie mit Ziegenhufen an den Händen aufgetreten, aufgebahrt in einem Sarg, auf dem in Gold Satansbraten gestanden hat, und weil sie mit fünfzehn wie achtzehn aussah, hat sie auf der fünf Meter hohen Balustrade der elterlichen Schaubude das vorgeführt, was man heute Table Dancing nennt. Mit ihren Turnübungen hat sie die Menschen in ihre eigene Taubendressur gelockt. Carmen, Ilona, Tosca, Isabelle und Ramona hießen die weißen Weibchen. Die Namen der schwarzen Männchen hat sie vergessen, sagt sie.

Sie ist 66 und eine geheime Verführerin. Am Mikro hat sie eine unglaublich junge Stimme, und dem weißen Haar sieht man noch immer das Pechschwarze an.

Heute Nacht in meinem Traum hat auch ein Mikro mitgespielt. Eine Freundin, die ich längst nicht mehr habe, hat vor Gericht über Mikrofon immer wieder die Unschuld am Tod ihres Kindes beteuert. Dazu hat sie eine Platte von den Stones aufgelegt und das Mikro an den Lautsprecher gehalten. Das war sehr laut, und ich bin davon wach geworden. Heute Nacht schlafe ich noch in der Etagenpension Garni über der Stadtsparkasse unterm Dach. Wenn ich aus dem Fenster schaue, kacken die Tauben die Simse vor den schmalen Klofenstern gegenüber voll, und wenn ich das Fenster öffne, riecht es nach Essen. Im Bad hat jemand den Handtuchhalter geklaut. Ab morgen habe ich einen eigenen VW-Bus mit Küchenzeile, Dusche, Bett und Fernseher. Hole ich in Köln ab, dann kann ich dem Wohnwagen von Schlegels hinterherfahren. Dann gehöre ich richtig dazu. Andreas ist beleidigt. ›Du lässt mich mit der ganzen Scheiße allein‹, hat er gesagt. ›Es ist unsere einzige Chance‹, habe ich gesagt.

Donnerstag, 25. Oktober

Auf dem Weg nach Unna. Gar nicht so einfach, an den VW-Bus von Schlegels Sohn ranzukommen. Oberleitungsschaden in Essen, Bombendrohung in Bochum. Alle Züge überfüllt, ich ärgerte mich und setzte mich einfach in die 1. Klasse. Das habe ich noch nie getan. Vor einer Woche hatte ich eine Menge von dem, was ich inzwischen getan habe, noch nie getan. Ich wachse über mich hinaus. Die Möglichkeit war schon immer da, nur unterdrückt. Ein Junge, Mischling, fragte in der S-Bahn seine Mutter, ob das da die Kranken seien, hinter der Glasscheibe, auf der 1. Klasse steht?

Ja, der Bus ist eine Schönheit und genauso alt wie ich, hat gelbe, runde Augen und überall Gardinen. Ich fahre ihn zurück. Von einer Telefonzelle aus habe ich Andreas angerufen. ›Buhhurg‹, hat er sich gemeldet. Wie ein Gespenst hat er geredet. Es war kurz nach 17 Uhr. Er hat gesagt, er habe bereits zu Abend gegessen. Er kocht sich immer Schweinereien und nennt sie ›Scharfes‹. Dann versammelt er hinten im Zimmer seine Dinge um sich und wartet auf den Dritten Weltkrieg.

Der Fernseher im Bus ging nicht. Also habe ich das Radio angemacht. Gegen 23 Uhr kam ein Gespräch über Selbstmord. Die Moderatorin sagte, Selbstmord heiße, sich heim drehen. Niemand widersprach. Mir war kalt und ich ging ins Bett.

Montag, 29. Oktober

Am Himmel über dem Kirmesplatz ein schwarzes Band. Tausend Vögel, die Richtung Süden wollen. Woher kennen sie den Weg? Die kleinen, gewöhnlichen Vögel, die hier bleiben werden, fliegen, wenn es dämmert, über die großen Pfützen auf dem Platz, so nah wie möglich an ihrem Spiegelbild. Die Dunkelheit kommt früh, und so wird es noch einige Wochen lang bleiben. Als wir am Morgen herfuhren, lag überall Raureif. Die

Männer bauten gleich nach der Ankunft auf. Ich putzte den Geistern in den Stellagen die Gesichter. ›Ein Geist ist 10000 Euro wert‹, hat der Chef gesagt. Die Chefin lederte die Scheiben des Kassenhäuschens. Früher hat sie einen Laufstall für den Sohn darin gehabt, dann für die zwei Töchter. Die Kinder haben dort sogar schlafen können, beim Geschrei des Kettengeists, den alle Eijeijeijei nennen. Unterwegs sind die Kinder zur Schule gegangen, sogar zur Realschule, sagt sie, aber jede Woche in eine andere. Das hat sie psychisch gefestigt. Wäre nichts für Andreas gewesen. Schon am ersten Tag haben die Kinder vom Ort den Kirmeskindern die Taschen bis zum Wohnwagen getragen. Das hätte Andreas nie gemacht, er macht nicht gern etwas für andere. Nur wenige Male in seinem Leben hat er gesagt: ›Lass, Marga, lass, ich mach das schon.‹ Einmal, als der Wäschekorb vom Waschsalon bis hoch zu uns in den 4. Stock zu schwer war, einmal, als wir das Kaninchen einschläfern lassen mussten, einmal, als wir diesen peinlichen Vorrat unserer Eltern fanden, und dann noch einmal vor gut einer Woche. Habe ich noch etwas vergessen?

Jetzt ist es wieder Nacht, und wenn ich aus dem Bulli-Fenster schaue, sehe ich den menschenleeren Kirmesplatz, wo die Fahrgeschäfte wie halb montierte Saurier im Dunklen herumstehen.

Dienstag, 30. Oktober

Der Herbst wirft seine Blätter durch die geöffnete Schiebetür bis in meinen Bus. Es ist wärmer heute, trotzdem erinnert mich das frühe Dunkelwerden an den Tod. Sehe Vater und Mutter auf der Straße. Laufe ihnen hinterher. Als ich ankomme und sie sich endlich nach mir umdrehen, bin ich so klein, wie ich mit acht war. Ich muss zu ihnen aufschauen, sie lachen, sagen, ›komm mit‹, und gehen weiter, ohne auf mich zu achten. Am Himmel vor ihnen ist eine dünne schwarze Linie.

›Was machst du für ein Gesicht, Marga-Kind?‹, hat Django gesagt, als ich zur Arbeit kam, und mir ein Schaustellerlied vorgebrummt: ›Wagen streichen und lackieren / Farben mischen, aufpolieren / Leinwand nähen, Seile spleißen / Knoten schlagen, die nicht reißen / Wagen wenden, Platten schleppen / Blitzabbau mit Aushilfsdeppen …‹

›Und jetzt aber mal dalli, Marga-Kind, und Licht an im Gesicht!‹

Singen kann er wirklich nicht.

34

»Robert, deine Frau steht schon unten«, sagte Nico und bremste. Isa stand mit einer Plastiktüte von Plus am Handgelenk in ihrem Hauseingang und wickelte sich kompliziert einen langen Schal um den Hals.

»War dir das Vorlesen eben unangenehm?«

»Schon«, sagte Robert. Lieber hätte er allein in der Kladde herumgelesen, in seinem Büro, zu dieser gewissen Zeit am Tag, die niemandem so richtig gehörte, in den längeren Minuten zwischen fünf und sechs am Nachmittag, wenn unten am Empfang kein Mädchen mit modischer Frisur mehr saß, sondern der Kollege mit dem festen weißen Haar und dem festen, freundlichen Blick, der seit Sommer eigentlich in Rente war.

»Vorlesen ist mir immer unangenehm«, sagte Robert, »ich höre mir selber nicht gern zu.«

Er hatte sich beim Vorlesen nackt gefühlt unter den Seitenblicken von Nico, hatte bei jedem Satz Angst vor dem nächsten gehabt und befürchtet, sich zum Komplizen von Margas Kladde machen zu müssen. Er wollte Marga nicht verraten, er wollte nicht, dass sie sich verriet. Er hatte nichts unterschlagen, aber Angst gehabt, es tun zu müssen.

Nico fuhr so dicht an den Bordstein heran, dass die Reifen quietschten. Im Billardsalon auf der anderen Straßenseite ging das Kneipenlicht an. Der Wirt drehte das Schild an der Tür um. Open. Nico und Robert stiegen aus dem Auto, und Isa kam auf sie zu. Ihr Haar glänzte feucht, und fast hätte Robert die Hand ausgestreckt. Erkälte dich nicht!

»Hier ist Salat in der Tüte, und wenn Frau Burg den noch essen will, müsst ihr euch beeilen.«

»Schon klar«, nickte Nico. Auch sie sagte nichts davon, dass Marga verschwunden war. Isa stellte die Füße übereinander, und Robert sah, dass ihre Schuhe ungeputzt waren. Sie legte die Tüte auf Nicos Kühlerhaube ab, und in dem Moment gab es ein hartes Geräusch, wie von Metall, das auf Metall schlägt.

»Was war das?« Isa schob die Hände in die Manteltaschen.

»Bestimmt nicht der Salatstrunk.« Nico griff nach der Tüte, fuhr mit der Hand hinein und zog sie wieder zurück, als hätte sie in einen elektrischen Zaun gefasst. Sie wurde rot. Unter den Weihnachtslichterketten, die von Akazie zu Akazie hingen, war der vernünftigen Polizei-Nico die andere Nico passiert.

»Was mach ich denn da, Robert?«

»Schon in Ordnung«, sagte Robert, »man kann die Handschuhe nicht immer anhaben.«

Danach gingen alle drei in verschiedene Richtungen auseinander. Isa nahm die Bahn zum Zahnarzt, Robert telefonierte und winkte dann einem Taxi, um den nächsten Termin auf der Suche nach Marga abzuhaken. Nico sprang in ihr Auto. Auf dem Beifahrersitz lag die Tüte und in der Tüte, unter dem Salat, die Pistole mit den Fingerabdrücken. Von Nico.

Donnerstag, 1. November

Heute, 14 Uhr, letzter Spieltag hier. Am Morgen ein feiner Regen, und die Sonne will hinter dem dünnen Vorhang auch noch mitreden. ›Schlecht fürs Geschäft‹, sagt Schlegel, und seine Frau schlägt ihm die Schuppen vom schwarzen Hemd, in dem er immer zur Arbeit kommt. ›Letzte Nacht war Polarlicht über Deutschland‹, sagt er, ›habt ihr gesehen?‹ Habe ich verpasst, denn ich habe um die Zeit von einer der letzten Telefonzellen dieser Stadt aus mit Andreas gesprochen, und er hat gefragt, was ich eigentlich da mache, wo ich jetzt bin. ›Aufstehen 9 Uhr‹, sage ich, ›dann frühstücken mit Frau Schlegel, die schon roten Lippenstift aufgelegt und eine Duftkerze im Wohnwagen angezündet hat, dann rüber zur Geisterbahn, kleine Putzarbeiten erledigen, und später, wenn alles gerichtet ist, die Lippenbewegungen der Geister kontrollieren, ob sie synchron zum Ton sprechen und ob der Geist Halloween auch präzise spuckt. 14 Uhr geht der Vorhang hoch wie im Theater, ich sitze in meiner Ecke und kühle die Hand vor, und Lupo huscht an mir vorbei in seinem Kostüm als Todesvogel mit dem langen Schnabel, mit dem er, hinten auf den Wagen hockend, den Menschen über die Wange fährt. Aber Lupo macht das nur auf Bestellung‹, sage ich zu Andreas, und er fragt mich wieder, was ich da eigentlich suche, in dieser Geisterbahn. ›Mathias‹, will ich sagen.

»Was suchen wir eigentlich genau?«, fragte der Taxifahrer und drehte sich nach Robert um, »die Hauptstelle vom Straßenverkehrsamt oder die neue Nebenstelle beim TÜV gleich hier vorn?«

Robert ließ den Finger in der Kladde stecken. Er hatte beim Lesen nicht auf den Weg geachtet.

»Die Hauptstelle suchen wir«, sagte er. Der Fahrer wendete.

Nein, Marga Burg sei auch heute nicht zur Arbeit gekommen, hatte eine Frauenstimme eben noch am Telefon gesagt, bevor er ins Taxi gestiegen war, sie habe sich auch nicht abgemeldet, entschuldigt oder Urlaub genommen. Nein, Marga Burg habe im Oktober bereits schon einmal Urlaub genommen und im November auch einmal, ganz plötzlich, aber da habe sie nur eine Städtetour gemacht, Dresden und so. Nein, einen Hinweis, wo sie abgeblieben sein könnte, konnte auch diese junge Frau nicht geben, obwohl sie mit Marga das Büro und offensichtlich auch die Kaffeemaschine teilte, die im Hintergrund vor sich hin prustete.

»Wirklich nicht?«, hatte er nachgefragt, nur um ihre Stimme

noch einmal zu hören, »hat sie denn keinen Ort, an den sie gern geht und von dem sie manchmal erzählt?«

»So ist sie nicht, sie geht mehr nach innen.«

Die Stimme am anderen Ende der Leitung kam Robert bekannt vor. Aber es konnte ja nicht sein, dass alle Frauen Isas Stimme hatten.

Er schlug die Kladde wieder auf. Der letzte Eintrag war ohne Datum.

Der Tag nach Hagen, hatte Marga in der Zeitrechnung der Kirmesleute notiert: »Heute Morgen gegen 10 Uhr, wieder ein Zug gen Süden, aber heute sind es größere Vögel, wie Krähen fast, aber lebhafter und gegen den Himmel alle schwarz. Fahren wieder los, mit Schlepper, Anhänger, den Wohnwagen von Lupo, Django und Schlegels. Ich fahre mit dem Bus hinterher. Es ist mein letztes Gastspiel. Die Geisterbahn wird danach ins Winterquartier gehen.

›Du hast aber ziemlich viele nervöse Einschüsse‹, hat Django gestern zu mir gesagt und auf die weißen Flecken im Fingernagel gezeigt, die unten hervorzuwachsen beginnen. ›In einem halben Jahr kannst du sie bei der Maniküre abschneiden, dann sind sie rausgewachsen. Bis dahin mach Lack drüber, Mädchen.‹

In einem halben Jahr, was wird da sein? Morgen gehe ich zur Polizei. Nein, übermorgen, oder erst in der nächsten Woche.«

35

Ihr Teint war Ende November so braun wie die Schale einer Ofenkartoffel. Sie trug enge weiße Hosen, die zu dünn für dieses Wetter waren. Ihr Hintern bebte, als sie vor ihm herging, und die Kaffeemaschine gluckerte immer noch, als sie die Tür zum leeren Büro 317 im Straßenverkehrsamt für ihn öffnete.

»Nehmen Sie doch schon einmal Platz.«

Er setzte sich auf die Kante eines der beiden Schreibtische. Über den zwei Drehstühlen hingen Jacken, und auf der Fensterbank stand eine Schale mit getrockneten Lavendelblüten. Lavendel half gegen Motten und Depression. Er stand auf, ging an den linken Schreibtisch, der urlaubshaft aufgeräumt war, sicherlich Margas. Aus der geplanten Reise mit Mathias Böhm war das Herumreisen mit der Geisterbahn geworden, und als jene zwei Wochen um gewesen waren, war sie noch immer nicht zur Arbeit gekommen, sondern hatte eine Städterundreise angehängt mit einem weiteren Mann, den sie gar nicht richtig kannte. Robert öffnete die unterste Schublade mit der linken Hand. Seit dem Morgen trug er den Arm nicht mehr in einer Schlinge. Handcreme, Labello, Tic Tac. Gummibärchen und Entwässerungstee. Am Fenster stand eine blütenlose Topfblume, in ihrem Schatten hockte ein Häkelhase. Auf den tönernen Topf waren die Blüten gemalt, die beide Frauen, die hier arbeiteten, vielleicht lieber gehabt hätten. Robert schaute aus dem Fenster und ging mit dem Gesicht dicht an die Scheibe. Zwei Jungen liefen weit unter ihm über die Straße, auf der sich wegen einer Baustelle die Wagen stauten. Sie kurvten im Slalom zwischen den laufenden Autos herum und schlugen auf alle Kühlerhauben. Robert machte ein Geräusch, das ein Lachen sein sollte, aber mehr ein Zischen war, und Atemnebel legte sich dabei auf die Sicht. So war er auch mal gewesen, so ein Jagdhund, wie Andreas Burg gesagt hätte. Robert lehnte die Stirn gegen die Scheibe, und in dem Moment öffnete sich in seinem Rücken die Tür. Sie kam auf ihn zu, rückte ihre Brille gerade und gab ihm die Hand.

»Der Kommissar, den sie fast erschossen hätten«, sagte das Mädchen von gegenüber und lachte leise. Isas Stimme hing im Raum.

»Wie kommen Sie darauf, dass es mehrere waren?«

»Ich meine das nicht konkret, ich meinte mehr eine unbekannte Menge.« Sie machte sich schmal und drückte sich an ihm vorbei, um an dem Schreibtisch Platz zu nehmen, dessen Schublade er eben geöffnet hatte.

»Hier hat sie übrigens gesessen.«

Wer, die unbekannte Menge?, wollte er das Mädchen von gegenüber fragen, aber er ließ es. Sie war über zehn Jahre jünger als Marga, doch in einem Punkt ihr sehr ähnlich: Auch sie war nicht geeignet für Filmplakate.

»Und, was soll ich jetzt sagen?«, sagte sie und schob die Unterarme über die Schreibtischplatte, bis die Kante in ihre Achseln drückte. Das sah kindlich aus. Bestimmt zog sie auch die Schuhe aus, wenn sie im Auto mitfuhr, legte die Füße oben auf der Verkleidung ab, spielte mit den Zehen Klavier an der Windschutzscheibe und sang irgendetwas dazu, bei dem man sich alt vorkam, weil man den Song nicht mehr kannte. Sie war wirklich sehr jung, bestimmt war es ihr noch egal, ob sie mit fünfzig, sechzig oder achtzig sterben würde.

»Sagen Sie, was Sie wissen«, sagte Robert.

»Alles? Gut. Ihnen zuliebe.«

Es gab zwei oder drei Dinge, die sie von ihr wusste. Marga aß gern Pommes frites, hätte gern einen Schrebergarten gehabt und machte nachts lange Spaziergänge durch die Stadt, meistens in der Gegend um den Bahnhof herum, aber nie ging sie in einen Wald. Sie hatte einen Bruder, mit dem zusammen sie am liebsten alte österreichische Filme anschaute.

»Und Männer?«

Das Mädchen von gegenüber zögerte, denn sie kannte wohl Margas Scheu, über körperliche Dinge zu reden, als sei es ungehörig, sich mit so etwas zu beschäftigen. Nur am Ende des letzten Sommers hatte Marga in Bezug auf »so etwas« von Sylt erzählt, als ob es etwas Ernstes sei, sagte das Mädchen.

»Kannten Sie den Mann?« Robert hielt den Kopf schräg, wie um besser in die Situation hineinhorchen zu können.

»Ich kannte nicht mal seinen Namen.« Das Mädchen stand auf und schaltete die Kaffeemaschine aus. Er hatte das Gefühl, dass sie log. Sie war verlegen, ging aber trotzdem auf ihn zu und blieb dicht vor ihm stehen.

»Warum suchen Sie sie – nur weil sie verschwunden ist? Mochten Sie sie? Übrigens habe ich jetzt Feierabend, Sie auch?«

»Nein«, sagte Robert und beantwortete damit nur die letzte Frage.

»Schade, wir hätten den gleichen Weg gehabt.«

»Hätten wir«, sagte er, ließ die Augen einmal an ihr herunter und wieder hoch wandern und fing auf der Hälfte des Weges an zu lächeln. Sie war hübsch, auch auf so eine provinzielle Art, aber weniger altmodisch als Marga. Bevor sie das Büro verließen, drehte er sich noch einmal um. »Und der Kaffee?« Er zeigte auf die volle Kanne.

»Den trinkt unsere Putzfrau immer. Sie ist schwarz, hat eine blonde Perücke und sagt, kalter Kaffee mache schön. Und ich heiße übrigens Ela.«

36

Das Untersuchungsergebnis kam am Freitagabend gegen neun. Robert und Nico saßen im Sozialraum des Präsidiums, den die Kollegen in Uniform Schwemme nannten. Nico hatte den Beamten von der Kriminaltechnik überredet, sich die Pistole aus der Plus-Tüte gleich vorzunehmen. Das LKA hatte eine Patrone aus dem Besitz von Andreas Burg mit der gefundenen Makarov verfeuert. Jede Waffe hinterließ eigene Merkmale auf einem Geschoss, und in diesem Fall konnten Waffe und Munition ihre Verbindung nicht abstreiten.

»Sie hat die Pistole wahrscheinlich nach der Wende von den abziehenden russischen Truppen bekommen«, sagte Nico, »als die armen Soldaten Ausverkauf machten, bevor sie zurück mussten nach Sibirien. Die Herkunft der Waffe ist aber nicht nachvollziehbar, weil die Beschusszeichen herausgeschliffen sind.«

»Makarov passt zu Andreas«, sagte Robert und verlor sich in Gedanken, in denen ein lang vergangener Kindergeburtstag eine Rolle spielte. Ein beleidigter Andreas verließ sein eigenes Fest im Fabrikhof, und ein jugendlicher Halb-Krimineller spielte im letzten Augustlicht mit einer Waffe herum, um Marga zu verführen. Danach lagen der Halb-Kriminelle und Marga unter einem Poster von James Dean beieinander. Und wo war die Pistole?

»Robert, hier spielt die Musik«, sagte Nico, »die Makarov passt zwar zu Andreas, aber gefunden haben wir sie bei Marga Burg.«

Stimmt, dachte Robert, in einer Tüte, die sie aus unerfindlichen Gründen neben der Waschmaschine meiner Frau liegen gelassen hat. Ich fass es nicht.

»Da haben wir den Salat, mein kleiner Robert«, sagte Nico und legte eine Hand auf seinen Arm.

Dies hier ist etwas für Privatdetektive, dachte er, für solche, die aus der Hüfte heraus gehen, schießen und auch leben.

»Hallo«, sagte Nico, »du hörst ja gar nicht mehr zu.« Robert fuhr sich mit der Hand durch das Gesicht und sah sich im Sozialraum um. Er wusste plötzlich, warum er Schwemme hieß. Die ausgesessene Couchgarnitur, der abgestoßene Tisch aus Nussbaumholz und drum herum die gepolsterten Stühle, die sich nicht einmal eine evangelische Kirchgemeinde im Billigmöbelmarkt ausgesucht hätte, das ganze Inventar sah aus wie angeschwemmter Müll.

»Hier bin ich«, sagte Nico, »als Grundlage einer Fahndung haben wir jetzt den Verdacht eines Tötungsdelikts im Fall Mathias Böhm und den Mordversuch an einem Polizisten vom KK 11, einem beliebten Kollegen. In jedem Fall handelt es sich um ein schweres Delikt, das alles mobilisiert, was der Polizei zur Verfügung steht, zumal ein Polizist eines der Opfer ist.«

»Stimmt«, sagte Robert, »jetzt, wo du es sagst.« Er sah seine Schuhspitzen an. Was waren das nur für Frauen, die ständig um ihn herum waren?

»Und wo bist du in Gedanken, Robert?«

»Bei dem Salat, was ist mit dem?«

»Der war welk und hatte nichts mit der Sache zu tun. Sie haben ihn im Labor weggeschmissen.«

Robert schaute hoch und Nico direkt in die Augen.

»Sag schon.«

»Mein kleiner Robert, du denkst schnell, aber ich bin weiter. Ich habe den Verdacht, sie macht noch mehr Unsinn, wenn wir sie nicht schneller finden, als du denken kannst.«

»Gesendet: Freitag, 23. November, 21.27 Uhr. Betreff: Personenfahndung nach Marga Burg, gesucht wegen versuchten Totschlags. Haare: aschblond und schulterlang. Alter: achtunddreißig. Größe: eins fünfundsiebzig.«

Während Nico Robert den Text für die Personenfahndung diktierte, schämte er sich. Scham war eine bessere Form von Angst, hatte er in seiner psychologischen Ausbildung bei der Polizei gelernt. Einer, der sich schämte, war nicht schuldig geworden, weil er ein Verbot übertreten hatte. Er hatte ein Ideal verfehlt. Was war ihm passiert? Versuchter Totschlag? Nein, nicht wirklich. Marga war ihm passiert. Er war auf Marga, ihre kleinen Geschichten und ihre spröde Zuneigung hereingefallen, weil sie ihn in einem Moment angetroffen hatte, als sein Herz offen stand und bewohnt werden wollte. Jetzt wäre es das Beste, den Fall Marga Burg ganz an einen Kollegen abzugeben, der nicht verletzt war und einen kühlen Kopf behielt auf der Suche nach dieser schönen Zeugin, die sich als Verdächtige entpuppt hatte. Ja, Robert schämte sich. In seinem Anzug fühlte er sich nackt. Er sah zum Fenster und wünschte sich weit weg. Aber kein Fluss bettete sich da drüben für ihn in Dunst und hieß Seine, kein Ofen knisterte in der Ecke, und keiner rauchte hier, wie es in alten Filmen einmal gewesen war, wo französische Kommissare mit erotisch väterlicher Ausstrahlung ein leeres Päckchen »Mary Long« zusammenknüllten und die Verhörte nach acht Stunden Befragung ebenfalls nach einer Zigarette verlangte. Während ihr der Rauch in den trockenen Augen biss, gab es eine erste Spur von Morgenlicht und die erste Andeutung eines Geständnisses. Aber so war es nur in den Filmen. Roberts Job war gar nicht romantisch, sobald die Maschinerie lief, und die lief längst. Vor allem die daktyloskopischen Spuren auf der Pistole, die sie in der Plus-Tüte gefunden hatten, waren ein Problem – nicht das Morgenlicht. Griff und Abzug waren fischhäutig geriffelt, damit die Waffe beim Schwitzen selbst einer wie Marga Burg nicht wegrutschte. Sie suchten nach Hautabriebspuren, um sie mit der DNA der gesuchten Person zu vergleichen.

Nico legte die Haare aus Margas Bürste auf den Schreibtisch und diktierte weiter. »Augenfarbe: eins braun, eins blau. Besondere Merkmale: keine. Die Flüchtige hat kein Fahrzeug auf sich zugelassen. Kontaktadresse ist der Bruder Andreas Burg, zurzeit aus gesundheitlichen Gründen nicht vernehmungsfähig. Außerdem ist er geistig behindert und steht in einem Abhängigkeitsverhältnis zu seiner Schwester. Tatbestand: Auf den ermittlungsführenden Beamten Robert Mandt, der Marga Burg aufgrund einer vorläufigen Vermisstenanzeige am Sonntag, den 4.11. als Zeugin anhörte, wurde von seinem Garten aus geschossen. Die benutzte Waffe kann der flüchtigen Burg zugeordnet werden. Um EDV-Behandlung wird gebeten.«

Robert hob nicht den Kopf, als Nico mit ihrem Diktat fertig war, sondern fuhr mit zwei Fingern die Leertaste entlang. Was in der Such-E-Mail nicht vorkam? Marga Burg hatte so gelebt, dass es kaum Auskünfte über sie gab, und Andreas Burg auf der Intensivstation schaute noch immer mit glasigen Augen in eine Welt hinein, die für ihn nicht mehr existierte und deren bewohnten Teil Nico und Robert weiter nach seiner Schwester absuchen würden.

Nico hängte der Mail ein Passfoto von Marga an, das sie vom Einwohnermeldeamt bekommen hatte. Als sie Roberts Büro kurz verließ, um am Automaten zwei Cola light zu ziehen, rutschte er auf seinem Stuhl so weit nach vorn, bis er auf dem Steißbein saß. Er hatte das Gefühl, jeder könnte ihn jetzt vernichten.

37

Nachtnebel, dünn, klamm und durchdringend, verwischte die Konturen der benachbarten Häuser, als er sich in der Haustür noch einmal umdrehte und die Straße hinuntersah. Freitagnacht. In der Küche im Zahmenhofweg schaltete Robert das Deckenlicht an und setzte sich gut sichtbar an den Tisch. Ein Lockvogel, aber mit hängenden Flügeln. Er war nicht mehr in Gefahr, dessen war er sich so sicher wie der Tatsache, dass Mathias Böhm tot war. Robert stand noch einmal auf, holte ein Bier aus dem Kühlschrank, zögerte und nahm ein zweites. Er öffnete beide und stellte die zweite Flasche an den Platz ihm gegenüber. Dann wartete er. Wer liebt, wartet, hatte Marga gesagt, als sie sich das erste Mal sahen. Sie hatte damals mit dem Rücken zur Tür gesessen, der Kragen eines altmodischen Mantels war wie ein riesiges Rhabarberblatt über ihre Schultern gefallen, und als sie sich zu ihm umdrehte, hatte er es gewusst. Er hatte alles gewusst, ohne Grund, sprachlos und sofort, als sein Gesicht sich bei ihrem Anblick von innen her bleich und kalt angefühlt hatte. Wer seine Sinne hat / ins Innere gebracht / der hört, was man nicht redet / und sieht bei Nacht. Er aber war ein guter Polizist, der inneren Stimmen zu schweigen befahl. Sie waren kein Vernehmungsmittel. Ein guter Polizist musste nicht mit einer Ahnung, sondern mit dem Anfang beginnen.

Name? Wohnort? Nationalität? Marga hatte seinem Blick mit solcher Reglosigkeit standgehalten, dass sie ihm schön vorgekommen war. Der Kollege wird sich richtig Zeit für Sie nehmen, junge Frau, hatte der diensthabende Beamte gesagt, als Robert ihn an jenem Sonntagmorgen Anfang November ablöste. Wie lange war das her, und wie recht er doch behalten hatte. Vor dem Fenster war das graue Licht eines kurzen Tages gewesen, und auf dem Gang vor dem Büro hatte eine Tür geschlagen. Zu! Die Fahrt ins Dunkel hatte begonnen, und aus jenem Dunkel hatte eine unbekannte Menge auf ihn geschossen.

Was war das denn für ein Job in der Geisterbahn, Frau Burg?

Die Kalte Hand, Herr Kommissar. Robert hatte sich damals auf seinem Stuhl zurückgelehnt wie jetzt an seinem Küchentisch, und er hatte auf dem Bildschirmschoner die Mannschaft der Polizeidienststelle auf einem Elbschiff namens Pirna gesehen, alle auf dem Hinterdeck, alle mit Nikolausmützen auf dem Kopf und einer Flasche Bier in der Hand. Alle Geschichten gehörten irgendwie zusammen.

Warum kommen Sie erst jetzt, Frau Burg? … Warum erst jetzt, Marga? … Komm näher!

Er beugte sich vor und beschloss, die auf ein Bier geladene Person Marga Burg trotz Abwesenheit hier am Tisch auf die Probe zu stellen. Er würde einen psychologischen Polizeitest dafür benutzen.

Kennst du den Test, Marga?

Sie antwortete, wie nicht anders erwartet, mit Schweigen und drehte den Kopf nach rechts, wo sie unter dem Küchenregal die geleerten Bierflaschen nachzuzählen schien. Also würde er für sie reden müssen.

Nehmen wir folgende Geschichte an, Marga, begann er mit dem Test. Während der Beerdigung ihrer Mutter sieht eine junge Frau einen Mann, den sie nicht kennt. Sie ist von ihm überwältigt und sehr sicher, dass er der Mann ihrer Träume und ihres Lebens ist. Sie verliebt sich, ohne mit ihm geredet zu haben. Doch nach der Beerdigung verschwindet der Mann, und sie sieht ihn nicht wieder. Wenige Tage später tötet die junge Frau ihre eigene Schwester. Warum?

Marga saß da, schüchtern, ein wenig verschwommen und absolut unverdächtig.

Hast du einen Verdacht, Marga? Der Test stammt von einem amerikanischen Polizeipsychologen, der damit festzustellen versucht, ob jemand die Mentalität eines Mörders besitzt. Du musst schon antworten, damit wir weiterkommen.

Bin ich ein Mörder? Marga drehte den Kopf nach links und betrachtete das gelbe Tischlämpchen, das wieder an seinem Platz stand. Robert sah ihren Hals mit den angespannten Muskeln.

Ich kann dir sagen, Robert, warum diese junge Frau ihre Schwester wenige Tage nach der Beerdigung der Mutter getötet hat. Sie hat gehofft, der Mann werde auf der nächsten Beerdigung auch erscheinen.

Robert schluckte. Wenn jemand die Frage so beantwortete, handelte es sich laut Test um einen Psychopathen. Wenn man die Frage anders beantwortete, konnte man froh sein. Wenn irgendjemand, und sei es auch der beste Freund, sie so beantwortete, war es besser, auf Distanz zu gehen.

Lange blieb Robert an dem Abend in seiner hell erleuchteten Küche sitzen. Natürlich kam sie nicht in ihrem Mantel mit dem Rhabarberkragen durch ein Loch im Zaun gekrochen, durch das sich sonst der Hund des Nachbarn mit eingekniffenem Schwanz in Roberts Garten schlich, um so zu tun, als interessiere er sich plötzlich für Blumen.

V. Hochzeit

»Newlyweds make love on the roof.
A ringing phone goes unanswered.«

38

Marga Burg blieb einen Monat lang unauffindbar. Es war der 23. Dezember, ein Sonntag, und früher Nachmittag, als sie festgenommen wurde. Der Himmel hatte am Morgen die Farbe und Struktur von Schiefer, auf der Landschaft lag Reif und machte sie kostbar. Die Leute auf der Straße verabschiedeten sich mit einem »Frohe Weihnachten« voneinander, als würden sie sich für lange Zeit nicht mehr sehen.

Den Dezember hatten Nico Schreiner und Robert Mandt mit der Suche nach Marga Burg und Mathias Böhm verbracht, ohne nennenswerte Ergebnisse in den ersten zwei Wochen. Waren erst einmal zwei Wochen vergangen, näherte sich jeder Fall der Unlösbarkeit, sagte die Erfahrung. Andere Aufgaben kamen dazwischen, und sie waren nach Dringlichkeit abzuwägen. Die Akte Burg rutschte auf dem Stapel langsam nach unten. »Ohne Leiche kein Mord«, sagte der Kommissariatsleiter Scheuble, als sie zum x-ten Mal die Ermittlungsergebnisse in der Runde besprachen, »vielleicht sind die beiden auf Lanzarote, Langzeiturlaub, sind bald schon zu dritt, und wir reißen uns hier den Arsch auf.«

Er schob Robert zwei vorweihnachtliche Selbstmorde zu, und Nico wurde wieder als Schwangerschaftsvertretung zur Sitte abgeordnet. Als sie nach längerer Zeit zum ersten Mal in

Roberts Büro kam, saß er an seinem Schreibtisch, hatte einen Dreitagebart und betrachtete das Foto eines Erhängten, ohne richtig hinzusehen. Nico zeigte auf das Loch an seinem Ellenbogen.

»Was ist los, kleiner Robert«, fragte sie, »was ist los mit dir? Hast du die Motten?«

»Richtig, Motten«, sagte er, »jetzt wo du es sagst, fällt es mir auch auf.«

39

Dann fing es an, kalt zu regnen, ein flacher, grauer Winterregen, und es hörte nicht mehr auf. Der Hund von nebenan heulte ab vier Uhr am Nachmittag, wie Wölfe es tun, hoch und herzzerreißend. »Er ist so wetterfühlig«, sagte der Nachbar. »Und ich kann bei dem Wetter nicht einmal meine Fenster putzen«, sagte seine Frau.

»So ein Wetter soll es auch an Weihnachten geben«, sagte das Mädchen von gegenüber, als Robert sie eines Nachmittags nach dem Dienst auf der Straße traf. Sie trug keine Brille, hatte aber einen großen weißen Schirm dabei. Sie hieß Ela, erinnerte er sich, und er erinnerte sich auch an die Kaffeemaschine in ihrem Büro.

»Wo ist Ihre Brille?«

»Ich habe jetzt Linsen«, sagte Ela. Hinter ihr hoben sich die Dächer der Einfamilienhäuser gleichförmig nass und glänzend gegen den grauen Himmel ab, und die Gardinen hingen straff wie Eisenstäbe an den Fenstern zur Straße. Hier und da brannte an der Decke eine Lampe und streute ihre ganze Hässlichkeit in den Wohnraum. Ohne Brille war Ela nicht mehr so jung, wie er gedacht hatte. Anfang dreißig vielleicht. Sie hatte eine feine, weiche Haut, aber um die Augen und Mundwinkel zeigten sich erste Risse. Sie öffnete den Schirm und drehte ihn auf der Schulter, als sei der Himmel über ihr blau. »Hilton Hotel Dresden« stand auf dem weißen Saum.

»Kennen Sie das italienische Restaurant, da oben, auf halbem Berg?« Er zeigte mit dem Daumen hinter sich.

»Ihre Stimme klingt nicht mehr so traurig«, sagte sie, »soll ich uns dort für morgen Abend einen Tisch bestellen?«

Während er seine Haustür aufschloss, sah er noch einmal zu ihr hinüber, zog die Schultern hoch und ließ sie mit einem lauten Atemstoß wieder fallen. Er hätte sich mit ihr im Restaurant verabreden sollen statt anzubieten, sie abzuholen. Das hätte dem Abend etwas Unverbindlicheres gegeben.

Tags darauf sanken die Temperaturen unter null, es hörte auf zu regnen, die nassen Straßen vereisten. Er nahm trotzdem den Wagen, holte sie ab, blieb aber im Flur stehen. Ihr Haus war auch innen beinahe spiegelgleich zu seinem gebaut, sah Robert, wenn auch ihres noch mehr in seinem ursprünglichen Zustand stecken geblieben war. Raum ist Gestalt gewordene psychische Energie, erinnerte er sich. Ihm war, als würde das Mädchen von gegenüber noch mit den Eltern hier wohnen. Bis in den Flur hinein roch es nach einem Badezusatz, der California Dreaming hieß. Die Probe hatte auch in seinem Briefkasten gelegen, und er hatte vor einer halben Stunde damit geduscht.

»Sie leben auch allein?«, fragte er gegen seinen Willen vom Fuß der Treppe aus, während sie im ersten Stock nach irgendeinem Schal suchte.

Ihre Familie lebe in der nächstgrößeren Stadt in einem Haus, an dem die Schwebebahn auf Höhe ihrer Etage vorbeifahre, antwortete sie aus einem Zimmer, in dem sie wahrscheinlich schlief, wenn sie die Räume so vernünftig aufgeteilt hatte wie er. Sie habe zwei Schwestern, die weit weg wohnten und Kinder hätten. Zwillinge sogar. »Na ja, Sie wissen schon«, rief sie, »jedes späte Glück hat seinen Preis«, und Robert brauchte eine Zeit, bis er verstand. Sie selber habe lange Zeit einen Freund gehabt, der verheiratet gewesen sei. Als seine Frau starb, hätten sie sich kurz darauf getrennt.

Sie kam in einem altmodischen Kleid die Treppe herunter. Er half ihr in den Mantel und sah, das Kleid hatte kleine Brokatstickereien an Ärmelbund und Rocksaum, sodass es wie das beste Stück einer Harfenspielerin aussah. Er musste an Marga denken. An ihr war so ein Kleid ernst gemeint, an Ela blieb es Zitat. Das machten viele jetzt so. Sie lehnten sich für ein geliehenes Lebensgefühl an eine vergangene Zeit, so wie man sich an einen Oldtimer lehnt, der einem nicht gehört, aber als Kulisse Spaß macht. Manche erwachsenen Frauen trugen sogar Zöpfe, obwohl sie früher nie welche hatten tragen müssen.

Vorsichtig fuhr er den Berg zum italienischen Restaurant hinauf. Als sie auf dem Parkplatz am Waldrand ausstiegen, schob Ela ihre Hand unter seinen Oberarm. »Es ist so dunkel, es ist so glatt. Es ist Ihnen doch recht, oder?«

Ela bestellte einen Manhattan als Aperitif, er auch. Unverwandt sah sie ihn über eine rot-weiß karierte Tischdecke hinweg an, sogar wenn sie redete, aber er hätte nicht sagen können, was sie dachte, während sie weiter von sich, der Familie und dem Freund erzählte.

Der Kellner brachte die Vorspeise und den Wein. Als Robert einschenkte, merkte er, er trug die Manschettenknöpfe, die Isa ihm zum zweiten Hochzeitstag geschenkt hatte. Der zweite Hochzeitstag, mein Gott ja, seine Frau in dieser nicht enden wollenden Nacht neben ihm, auf ihm, ihre Hände, die schmerzhaft seine Schultern gegen den Boden drückten, und wie sie einmal »Robert« gesagt hatte, als stecke ihr das nackte Wort in der Kehle. Robert setzte die Weinflasche auf der karierten Tischdecke ab und zog die Jackettärmel über die Manschetten.

»Waren Sie schon mal in Dresden, Ela?«

»Sie meinen wegen Marga, weil Marga in Dresden war?«

»Ich meine, wegen Ihres Schirms vom Hilton.«

»Seh ich so aus, als könnte ich mir das leisten? Den hat jemand beim Anmelden seines Mercedes bei uns auf dem Amt vergessen.« Sie nickte so, dass eine Haarsträhne sich löste und ihr ins Gesicht fiel. Als sie sie hinter das Ohr klemmte, war er wegen der einen blassen Geste sicher, auch sie gehe nur selten mit einem Mann aus.

»Woher wissen Sie, dass Marga in Dresden war?«, fragte er.

»Sie hat mir eine Ansichtskarte von dort geschrieben. Vorn war der Zwinger drauf und auf der Rückseite stand Ihr Name.«

»Mein Name?«

»Ja, aber kein Wort davon, dass Sie bei der Polizei sind. Ich dachte, Sie sind der, den sie von Sylt kannte und wegen dem sie die zwei Wochen Urlaub genommen hat. Plötzlich gab es einen richtigen Mann in ihrem Leben, und als sie im November ein weiteres Mal weg war, rief noch einer an und fragte nach ihr. Er gab sich als ihr Bruder aus. Ich habe ihm gesagt, sie sei mit einem gewissen Robert in Dresden.«

Wieder fühlte sich Roberts Gesicht von innen bleich an, wie an jenem Sonntagmorgen Anfang November, als er Marga das erste Mal gesehen hatte. Sein Gesicht besaß plötzlich Form und Kontur einer Maske, besser: die Form und Kontur der Rückseite einer Maske, die sich kalt mit seinen Zügen mischte. Ela hatte ihn mit Mathias Böhm verwechselt, so wie er Elas Stimme mit Isas verwechselt hatte. Er konnte nur hoffen, dass der Tod seine Kandidaten besser auseinanderzuhalten wusste. Unwohl fühlte er sich, dann richtig übel. Ob Marga indiskret gewesen war, darum ging es nicht. Auf so einer Ansichtskarte war für intime Geheimnisse kaum Platz. Es ging darum, dass Ela ihn verwechselt hatte mit jemandem, der mit größter Wahrscheinlichkeit tot war. Wer verwechselt wurde, war austauschbar. Auch für den Tod. Das durfte doch nicht wahr sein! Doch, doch, so ist die Wirklichkeit des wahren Lebens, hatten seine älteren Kollegen schon immer gesagt, wenn Robert sich dies nicht erklären konnte und jenes einfach nicht glauben wollte. Aber Wirklichkeit, was sollte das bitte sein? Wirklichkeit gibt es nicht wirklich, hatte Marga einmal gesagt, und auch er, Robert, bekam langsam Zweifel, wer da eigentlich die Drähte zog. War das hier überhaupt noch die Wirklichkeit, oder war er bereits in deren Kulisse gelandet? War Wirklichkeit vielleicht nur eine wacklige Vereinbarung, aus der man herausfliegen konnte, und er, Robert, war längst das Opfer einer Illusionsmaschine voller kalter und warmer Hände, die ihre Inszenierung aufgeben würde, sobald sich das Geisteraufgebot für einen wie ihn nicht mehr lohnte? Was war passiert? Marga war ihm passiert, wiederholte er für sich. Marga war an all dem schuld, was er dachte und fühlte. Sie hatte ihn infiziert, und die Tatsache, dass sie vielleicht fünf Mal aus dem Dunkeln auf ihn geschossen hatte, war ein Kavaliersdelikt, gemessen an dem, was sie in seinem Kopf und seinem Herzen angerichtet hatte. Das war ihre eigentliche, große Schuld. Sie hatte Vorstellung und Angst in sein Leben gebracht.

Robert hob die Arme, als bedrohe ihn jemand, dann leitete er die Bewegung um und faltete die Hände hinter dem Kopf. Er tat gelassen, obwohl er sich fühlte wie ein Frosch auf dem Mittelstreifen einer viel befahrenen Straße.

»Tragen Sie eigentlich eine Waffe?«, fragte Ela. Genauso war es schon einmal gewesen.

Sein linker Arm schmerzte in dem Moment höllisch, sodass er nicht gleich antworten konnte. Vielleicht hatte er ihn zu früh aus der Schlinge genommen? Er fletschte die Zähne zu einem Lächeln. »Nein«, sagte er schließlich, »aber schmeckt's?«

Sie schaute auf ihren Teller mit Lammcarrée und Polenta. »Ach«, sagte sie, »wir können ja auch gemeinsam eine Weile nichts mehr sagen. Oder wollen Sie, dass ich von Marga rede?«

Er antwortete nicht. Was er nicht tat, häufte sich. Ela redete.

Es war bei einer Theateraufführung gewesen, für die Marga noch Karten bekommen hatte, weil sie sich morgens um sechs beim Vorverkauf anstellte. Sie versprach sich aus irgendeinem Grund von der Aufführung ein Wunder. Es war ein Tanzstück. Sie hatte Vorberichte mit Fotos in der Zeitung gesehen von Mädchen, die den rechten Fuß und die linke Hand über dem Kopf zueinander führen und dabei mit niedergeschlagenen Augen die Zeit durch den Raum gehen lassen konnten. Wie jung diese Mädchen waren, verschwand im Haarknoten. So etwas gefiel ihr. Marga kaufte um kurz nach sechs den besten Platz. Reihe sieben, Mitte. Eine halbe Stunde vor der Aufführung setzte sie sich in den noch leeren Zuschauerraum und genoss es, voller Erwartung vor einem geschlossenen Vorhang zu sitzen, bis das Klingelzeichen ertönte. Die anderen Zuschauer kamen, nahmen ihre Plätze ein und redeten über ihren Kopf hinweg miteinander, bis das Licht ausging. In der Pause blieb Marga auf ihrem Platz sitzen und hörte das Rumoren vom Umbau hinter dem Vorhang. Wieder das Klingelzeichen, wieder die Flut der Zuschauer, die zurückkamen und jetzt nach Zigaretten und Alkohol rochen, während sie sich wieder über Margas Kopf hinweg für das anschließende Abendessen verabredeten, das ihnen wichtiger als die Aufführung war. Die zweite Hälfte des Stücks dauerte länger als die erste. Um Marga herum wurde es unruhig, und es wurde noch unruhiger, als Tänzer von der Bühne ins Parkett wechselten, um den Zuschauern die Hände zu schütteln, aber nur denen, die am Rand saßen. Marga, siebte Reihe Mitte und für die Invasion des Bühnenpersonals gänzlich unerreichbar, musste so brennend geschaut haben, dass einer der Tänzer sich seinen Weg zu ihr bahnte, eine halbe Reihe teurer Kleider dafür aufstehen ließ und nur sie, den einsamen Platz in der Mitte, umarmte. »Er hat mich gemeint«, hatte sie am nächsten Tag zu Ela gesagt, »verstehst du? Mich.«

»Verstehen Sie?« Ela schob die Arme bis zu den Ellenbogen über den Tisch. »Er hat mich gemeint, hat Marga danach immer wieder geschwärmt. Das hat sie am Ende ihres Syltsommers auch gesagt, und ich dachte später, Sie seien der Mann gewesen, von dem sie im Büro sprach, ohne den Namen zu nennen, der Mann, mit dem sie weiter geheimnisvolle Reisen machte, für die sie ihren ganzen Urlaub nahm, bis sie schließlich gar nicht mehr auftauchte. Bestimmt ist es einer vom Film, dachte ich, auch wenn es mich wunderte. Marga ist eigentlich nicht so.«

Wie? So?, dachte Robert.

»Ihren Herzensgrund«, sagte das Mädchen, »hat sie erst auf einer Postkarte aus Dresden beim Namen genannt. Ach, Robert Mandt, habe ich da gedacht, der Mann von gegenüber. Ich kannte ja Ihr Klingelschild.«

Sie ist neugierig, dachte Robert.

»Ach, der Mann aus meiner Straße, die jetzt unsere Straße ist«, sagte sie.

Ja, und auf den Sie geschossen haben, kurz nachdem die Karte kam, dachte Robert. Sie ist neugierig, stellt aber keine Fragen.

In dem Moment berührten ihre Finger fast seine Hand.

»Ich war noch nie auf Sylt«, sagte sie.

»Sylt«, sagte er. »das war ein anderer. Ich war da nicht gemeint.«

»Ja, eine blöde Verwechslung«, sagte sie, »können wir bald gehen?«

Er ließ ein Trinkgeld auf dem Tisch liegen und ging zur Garderobe, um die Mäntel zu holen. Es regnete wieder, als sie aus dem Restaurant kamen, ein feines, stetiges Nieseln, das die einzige Neonlampe vor dem Restaurant mit einem schmutzigen Schein umgab.

»Fahren wir noch ein wenig spazieren?«

Überrascht sagte Robert ja. Er hielt ihr die Tür auf.

»Wo möchten Sie denn hin?« Er startete, stellte den Scheibenwischer an, der mit jeder Bewegung das Fenster nur noch mehr verschmierte.

»Egal«, sagte sie. Sie verkroch sich in ihren Mantel, schlug den Kragen hoch, und er drehte Heizung und Gebläse auf. Bloß kein Gespräch anfangen, dachte er, noch immer verwundert, wieso sie in einer solchen Nacht ziellos wie zwei Jugendliche in der Gegend herumfahren sollten. Er war doch gar nicht der, den sie erwartet hatte. Wartete sie trotzdem darauf, dass er das Auto in eine Waldschneise fuhr, den Arm um sie legte und sie zu küssen versuchte?

»Ich habe nichts gegen solche Nächte«, sagte Ela, als sie eine geöffnete Schranke am Waldrand passierten, »Hauptsache, man kann sich in ihnen bewegen, Hauptsache, man ist irgendwie schneller und stärker als sie. Manchmal, wenn mir so zumute ist, mache ich lange Spaziergänge. Glauben Sie, dass Marga tot ist?«

Roberts Stimmung änderte sich schlagartig. Dieses Mädchen neben ihm dachte gar nicht an ihn. Sie war in ihre eigenen Gedanken versunken.

»Wir sind noch auf der Suche nach ihr«, sagte er. »Dauert es länger als zwei Wochen, bis wir etwas in Händen haben, wird die Wahrscheinlichkeit oder die Hoffnung, sie zu finden, immer geringer.«

Sie fuhren über die Höhen, die rings um die Stadt lagen und nicht sehr hoch waren, aber dem kleinen Ort einen Mantel aus schöner Landschaft überzogen. Die Stadt an sich aber hatte etwas Verlorenes. Die Einwohner alterten, die Jungen zogen fort. Die Grundstückspreise fielen, und die Arbeitslosigkeit stieg. Es gingen noch einige Kinder in die Schule und ein paar Alte in die

Kirche, und ein Zug fuhr alle halbe Stunde in die nächstgrößere Stadt, auf einem Gleis, das noch nicht mit jungen Büschen bewachsen war. Diese Stadt war ein trauriges Nest für die, die darin hocken blieben.

»Hier haben mal die Reichen gewohnt!« Ela starrte aus dem Autofenster den Hang hinauf. Auf der Straße durch den Wald lagen zwei Villen, die wie heruntergekommene Schlösschen aussahen.

»Da«, sagte Ela, »da sehen Sie, wie traurig und wie schön.« Offensichtlich konnte sie dem Reiz leerstehender Häuser nicht widerstehen und mochte Orte, die früher bewohnt und jetzt überwuchert waren. Brachte sie ihre Dämonen dort unter?

»Da«, sagte Ela, »da rechts«, und Robert fuhr langsamer. Auf einem unbebauten Grundstück standen einige Schafe in der Dunkelheit herum. »Da drüben ist die Villa Weiß.«

Das Gebäude auf dem Nachbargrundstück zur Schafswiese lag ohne Licht. Sie ließ das Seitenfenster herunter, und der feine Regen sprühte ihr ins Gesicht, was sie nicht zu stören schien. Er schaltete den Motor aus und ließ den Wagen langsam weiter bergab rollen. Ein hohes, geschwungenes Eisentor, ein verrotteter Bauzaun und zwischen den ersten Bäumen der Auffahrt ein Schild, das sich selbst nicht mehr ernst nahm: »Zu verkaufen oder zu vermieten«. Am Ende der Auffahrt musste das Haus liegen, das man nicht sah. Robert starrte in die Dunkelheit und versuchte etwas zu erkennen.

»Ich gehe manchmal hier vorbei«, sagte sie, »auch nachts. Wegen der Schafe da drüben, und wenn der Mond scheint, strahlt ihre Wolle heller als am Tag. Hören Sie, wie still es hier ist?«

Er nickte und ließ den Motor wieder an. Danach sagte sie nichts mehr. Als sie einige Minuten später vor ihrer Wohnung hielten, entschuldigte sie sich.

»Ich kann manchmal nicht reden, aber vielen Dank für den Abend. Außerdem kennen Sie das bestimmt, dass jemand nicht redet. Sie kennen bestimmt alles, was es gibt.« Robert lachte, aber undeutlich. Ela stieg aus und warf eine Kusshand durch die geöffnete Beifahrertür, bevor sie sie zu heftig zuschlug.

Seltsames Mädchen. Doch summte in seinem Körper eine Müdigkeit, die verhinderte, dass er länger darüber nachdachte.

40

Wenige Nächte später stand Robert abends in seinem Bad und putzte die Zähne. Das Telefon ging, obwohl es fast Mitternacht war. Robert war der Einzige, der in der Straße noch Licht brennen hatte.

»Schlesinger hier«, sagte Schlesinger auf Sächsisch. »Habe eure Fahndungs-E-Mail erst jetzt genauer gelesen, Kollege.«

Doch einer, der las, was die Kollegen anderswo bedrückte. Robert nahm die Zahnbürste aus dem Mund und spuckte ins Waschbecken.

»Danke.«

»Nichts zu danken. Ich glaube, ich habe sie gesehen. Sie hatte einen Staubsauger in der Hand.«

»Hat sie Sie damit bedroht?«

»Seien Sie nicht albern, Mandt. Ihre Kleine arbeitet hier in Dresden in der Pension Nebenan als Zimmermädchen. Falls es wirklich Ihre Kleine ist.«

»Da habe doch ich gewohnt, als ich in Dresden war«, sagte Robert.

»Ihr habt bei mir gewohnt, wenn ich mich richtig erinnere«, sagte Schlesinger, und Robert hörte das Grinsen in seiner Stimme. Das Licht des Bewegungsmelders im Nachbargarten sprang an, und der Hund bellte. Mit der Zahnbürste in der Hand und Schlesinger am Ohr ging er zum Fenster und hob die Badezimmergardine an. Er schaute auf die kahlen Äste eines Baumes, der noch nicht umgefallen war. Noch immer bellte der Hund, und das gab Robert ein Gefühl von Sicherheit. Er war nicht allein auf der Welt. Der Hund lebte, und der Baum da drüben würde ihn und den Hund überleben, wenn er nicht umfiel. Robert bemerkte, wie er beim Anblick der kahlen Äste übergangslos in seinem eigenen inneren Winter ankam. Wie sich entlang der dunklen Schemen da drüben, die bei Tag aus handfestem Holz waren, ein harmloses Stück Gegenwart in Bedrohung verwandelte. Zu viel aus dem Fenster zu schauen war nicht gut für ihn, wenn er ein zuverlässiger Polizist bleiben wollte.

»Sind Sie sicher, Schlesinger, dass sie es ist?« Schlesinger schnaufte. Robert hörte eine Tasse klappern.

»Fast sicher, sie versucht, ein neues Leben hier im Osten anzufangen. So etwas merkt man. Stünde sie nicht unter Mordverdacht, würde das auch klappen.«

Robert war seiner Meinung. Ein neues Leben anzufangen war für eine wie Marga ein Leichtes. Wer hätte sie vermisst, bevor die Polizei anfing, sie zu suchen? Kaum jemand. Wer nicht vermisst wurde, hatte die idealen Voraussetzungen, jederzeit neu anzufangen. Aber es waren traurige Voraussetzungen. Drüben in Dresden wurde deutlich hörbar eine Tasse auf einen Teller gestellt.

»Trinken Sie Kaffee, Schlesinger, um diese Zeit?«

»Ja, ich kann davon besser schlafen.«

»Würden Sie morgen, wenn sie zu arbeiten anfängt, hingehen und die Personalien überprüfen?«

»Morgen ist Sonntag, aber ich glaube, ich mach das«, sagte Schlesinger. »Für euch. Ihr wart so ein schönes Paar. Wenn ich euch in einem Café hätte sitzen sehen, jeder an seinem Tisch, und ihr hättet einander noch nicht gekannt, ich wäre von einem zum anderen gelaufen und hätte gesagt, dass ihr euch unbedingt kennenlernen müsst.«

»Schauen Sie ihr in die Augen, Schlesinger, wenn Sie sie sehen, und fragen Sie, ob sie einen Bruder hat. Ob sie weiß, wie es dem geht.«

»Ist das eine Falle, das mit dem Bruder?«

»Wenn Sie so wollen.« Es klapperte die Tasse, und alles war wieder da, Schlesingers Wohnung, das braune Sofa, die noch brauneren Kissen, die Wodkaflasche, die Wasserflasche, die Kaffeetasse danach, damals.

»Schlesinger, schauen Sie in diesem Nebenan informell auch nach einem männlichen Gast Mitte fünfzig, Beruf Filmausstatter, Name Mathias Böhm. Schauen Sie nach, ob er dort lebt.«

»Warum?«

»Es ist mir wichtig, dass er noch lebt.«

Später in der Nacht wurde Robert noch einmal wach von seinem eigenen unartikulierten Geheul, nicht tief, nicht hoch und so grausam unbeantwortet wie das Weinen des großen Hundes von nebenan, wenn die Menschen ihn allein ließen. Er war im Traum eine lange, dunkle Treppe in einen Tunnel hinuntergestiegen, und während er zu gehen glaubte, überraschte ihn der Körper mit einem zweiten Gefühl. Er sank, oder besser, die Treppe zog sich in die Länge. Das Licht am Ende des Tunnels, das auch dessen Anfang war, wurde ein schwacher, immer schwächerer Kreis. Und auf die Frage, was ist mit mir, was hab ich denn, gab es nur eine Antwort. Die Treppe fiel und zerrte im Rutschen ihn, ihr Opfer, mit sich hoch. Es war eine echte Mathias-Böhm-Treppe, wie sie ausgefeilter in dessen Mappen nicht vorkommen konnte.

Das Telefon klingelte erst wieder, als es längst hell war. Da war es bereits Sonntag, und die Glocken läuteten zum Hochamt. »Einen einzelnen Mann um die fünfzig gibt es in der Pension Nebenan nicht«, sagte Schlesinger, »sondern nur drei Ehepaare Mitte vierzig aus Hannover, Zahnärzte, die wegen des grünen Gewölbes und all dem Kram hier sind. Und die Kleine hat grüne Augen, davon zwei. Ihre Papiere sind in Ordnung, sie sieht nur fast genauso seltsam aus wie Ihre.« Als die Chefin der Pension vorbeikam, wurde sie nervös, ganz ohne Grund, denn sie hat nicht einmal einen Bruder. Am schrägen Fenster über Roberts Bett zogen die Regentropfen schnelle Schneckenbahnen. Kein Schnee. Nichts. An der Tür klapperte der Briefschlitz und etwas, das zu schwer für normale Post war, fiel auf den Boden der Diele.

»Frohe Weihnachten«, sagte Schlesinger, »und eigentlich schade, dass Sie nun doch nicht kommen müssen.«

Für den Heiligen Abend hatte Robert sich freiwillig zum Dienst gemeldet, denn die drei Weihnachtskugeln auf dem Pult des Pförtners im Polizeipräsidium waren ihm lieber als ein ganzer Baum voll davon daheim und allein. Und Frohe Weihnachten in Dresden mochte Robert sich gar nicht vorstellen. Übrig blieb in den menschenleeren Straßen seine Vorstellung von einem einzelnen schwarzen Mantel, der seine Trägerin am Hals kratzte. Weihnachten. Bei dem Wort wollte eigentlich jeder von früher erzählen, in der Hoffnung, es sei heute noch wie damals, als der Dezemberregen immer Schnee war.

»Auf ein andermal, Schlesinger«, sagte Robert, »und ebenso, Frohe Weihnachten.« Er legte auf, drehte sich im Bett mit dem Gesicht zur Wand und wünschte sich in dem Moment die schläfrige Vereinigung mit irgendeiner Frau, bei der es keine Grenze zwischen Liebe und Neugier und Nähe und auch nichts Feuriges oder Selbstsüchtiges gab. Sein Wunsch war ein Frauenwunsch, oder der eines Mannes, dem eine Frau in den Knochen steckte. Wenige Minuten später stand er auf und ging barfuß zur Haustür. Er hob die Sonntagszeitung auf, die dicker war als sonst wegen eines Buchpräsents zu den Festtagen. Er öffnete, die Zeitung noch unter dem Arm, die Haustür einen Spalt, um nach dem Wetter zu sehen. Die Luft war kalt und trocken, 23. Dezember. Er schloss die Tür.

41

Auf dem Foto schien Schlegel älter zu sein als vergangenen Monat noch. Sein Kopf saß näher an den Schultern. Er hatte zugenommen. Wovon? Wohl von allem. »Wer Angst hat, kriegt sein Geld wieder«, lautete die Überschrift des Zeitungsinterviews.

Herr Schlegel hatte in diesem Jahr zu Weihnachten Teile des hölzernen Geisterschiffs seines Großvaters von 1923 rekonstruiert. Die Besucher würden beim Spaziergang über die Decks die schauerlichsten Begegnungen mit lebenden Geistern haben, versprach er im Interview.

»Lebendige Animateure«, sagte Schlegel, »aber es werden nur Frauen sein, denn unsere weiblichen Fahrgäste haben vor Männern im Dunkeln mehr Angst als vor echten Geistern, wenn Sie verstehen, was ich meine. Nicht?«

Die Interviewerin fragte nach.

»Sie wissen doch, wie Männer sind«, sagte Schlegel. »Sie brauchen da eine Frau, damit die kalte Hand wirklich professionell bleibt.«

Robert zog sich an, stieg ohne Frühstück in sein Auto und fuhr los.

Dass man auf Rädern und nicht in einem gewöhnlichen Haus saß, davon schwiegen die Dinge, auch wenn sie kleiner waren als sonst.

»Setzen Sie sich«, sagte Frau Schlegel. » Wenn Sie sich wundern sollten, ja, wir sind auch auf dem Weihnachtsmarkt mit dem Wohnwagen unterwegs. Daheim haben wir die Maler. Da ist es hier gemütlicher.« Sie zündete wieder eine Kerze auf dem Tisch an, die einen Duft von Vanille verbreitete, und ihre lila

Bluse passte wieder zu den schweren Stores in den Fensternischen ihres Wohnwagens. So war es schon einmal gewesen: das geblümte Sofa, die zweiarmigen Wandlämpchen mit den rosa Schirmen, die nackte Porzellantänzerin in der Vitrine, die für eine abwesende Sonne die glänzend weißen Arme hob, zwei Tassen aus der Kollektion Wild Rose, zwei Fertigkuchen. »Kirsche oder Pflaume?« »Kirsche, bitte.« Ja, so war es schon einmal gewesen.

»Sie sind immer noch ein netter Kerl«, sagte Frau Schlegel.

»Ich komme wegen Marga Burg.«

Frau Schlegel setzte sich in den geblümten Sessel neben ihm. Über ihrem Kopf hing das Relief einer uralten Geisterbahn. »Schloss Dracula« stand in Frakturschrift auf einem Banner, das sich über vielen windschiefen Türmchen in den nachtblauen Himmel schwang.

»Was wollen Sie von Marga?«

Jemand klopfte an die Fensterscheibe hinter Robert. Er drehte sich um. Vor dem Wohnwagen stand ein Mann mit Schnauz. Frau Schlegel machte ein Zeichen Richtung Tür.

»Das ist Django, Sie wissen schon.«

Robert nickte.

»Sie wissen?«

Er nickte.

»Alles?«

»Ja.«

»Stimmt bestimmt«, sagte sie, »dass Sie alles schon wissen.«

Django blieb in seinen schweren Arbeitsschuhen auf der Perserbrücke zwischen Küche und Wohnraum stehen. Das Mittagslicht, das hinter ihm durch die geöffnete Tür fiel, war gleißend hell.

»Es war der Montag nach Belgien, dass sie bei uns angerufen hat«, sagte Frau Schlegel.

»Haben Sie in Belgien gespielt?«

»Da haben wir uns in Gent zwei gebrauchte Geister zugelegt, von einer Geisterbahn in Ostende, die pleite war.« Frau Schlegel fuhr sich mit beiden Händen über den Rock, der glatter nicht werden konnte. Ein hellroter Lippenstift stellte die Feinheit ihrer Haut aus.

»Und jetzt sag mal guten Tag, Django, was ist denn?«

»Ihr Mann«, sagte Django, »der ist so heiser. Wer soll denn heute nachmittag rekommandieren?«

Frau Schlegel sah Robert in die Augen. »Marga«, sagte sie, so wie man »endlich« sagt.

Django ging. Robert blieb sitzen. Frau Schlegel stand auf und stellte die Sprühsahne auf den Tisch. Es sah aus, als brauchte sie die äußere Bewegung, um die innere zu besänftigen.

»Seit wann vermissen Sie Marga?«

»Vermissen?« Robert war verlegen und fühlte sich ertappt, als er das Wort wiederholte. Bedauerte er wirklich, Marga nicht mehr in seiner Nähe zu haben?

»Ich meine, suchen Sie sie schon lange?«, half Frau Schlegel ihm weiter.

»Sie steht unter Mordverdacht, seit über einem Monat.«

»Davon hat sie uns nichts erzählt.«

Erzählt hatte sie Schlegels nur, dass sie den ersten schnellen Zug genommen hatte, der an jenem Morgen gleich nach ihrem schlimmen Fehler in den Bahnhof einfuhr. Sie fuhr los, ohne Ziel, stieg am Abend in einer Stadt aus, die sie nicht kannte, und übernachtete im Hotel am Bahnhof, ohne schlafen zu können.

»Am Morgen darauf rief sie bei uns an«, sagte Frau Schlegel.

»Warum?«

»Aus Verlorenheit«, sagte Frau Schlegel, »aus Verlorenheit.«

»Und weil sie diesen schlimmen Fehler begangen hatte«, fragte Robert, »wissen Sie davon?«

»Ich glaube, es hatte mit einer Plastiktüte und mit Ihnen zu tun, Herr Hauptkommissar?«

Robert sah die goldbestickte Weihnachtsdecke auf dem Tisch an.

»Kannst kommen, Kind, habe ich deswegen gesagt, kannst kommen, Kind, Komödiantenfamilien sind anständige Familien. Sie halten zusammen«, sagte Frau Schlegel. »Zweimal musste Marga umsteigen, zuletzt in einen Bus, und kam spät und völlig durchgefroren bei uns an. Sie war glücklich, in unser Gartenhäuschen ziehen zu können, das Wasseranschluss hat und mit Radiator beheizbar ist. Sie sah aus wie ein Gespenst. Ob sie die Geister für das Winterquartier mit vorbereiten wolle, fragte mein Mann, und ich mochte sein Grinsen in dem Moment überhaupt nicht. Sie wollte, aber wie! Liebeskummer hat sie, sagte mein Schlegel dann, als sie zu Bett war. Ich nickte, weil ich dachte, er meinte Sie, Herr Hauptkommissar. Aber er meinte einen anderen Mann. Dahinter steckt bestimmt der Kerl von damals, sagte mein Schlegel, der mit dem weißen Anzug, der hinter ihr herlief, als sie gerade am Autoskooter ›Early Birds‹ spielten. Stellen Sie sich vor, mein Schlegel erinnerte sich nur wegen des Lieds!«

»Sie müssen jetzt sehr genau sein«, sagte Robert, beugte sich so weit wie möglich vor und legte beide Hände neben den Kuchenteller, wie er es als Kind von seiner kettenrauchenden Mutter gelernt hatte.

»Ich in meinem Kassenhäuschen«, sagte Frau Schlegel, »ich habe damals die schreiende Frau nur von hinten gesehen, als sie das Kind mit der Zuckerwatte umrannte und selber dabei hinfiel. Ich habe eher Verzweiflung als wirklich eine Frau gesehen. Als Marga am Montag drauf das erste Mal zu uns kam, habe ich auch wieder Verzweiflung gesehen, eine stillere zwar, doch ähnlich. Also kam mir Marga bekannt vor.«

»So bekannt«, sagte Robert, »wie einem zur Weihnachtszeit jeder Engel bekannt vorkommt, vom Typ her.«

»Sie haben aber ein gutes Gedächtnis.«

»Und Ihr Mann?«

»Der«, sagte Frau Schlegel, »der hat wohl beide Personen von vorn gesehen, aber er erinnerte sich nur so genau, weil er sich plötzlich wieder an das Lied ›Early Birds‹ erinnerte. So eine Logik! So ist er!« Sie tippte sich an die Stirn. »Wofür soll ein Lied der Beweis sein? Dass ich mich an eine Filmmusik erinnere, heißt noch lange nicht, dass ich auch die Szene dazu noch genau weiß, oder? ›Frag sie mal genauer nach ihrem Kummer‹, hat mein Schlegel gesagt. Ich bin mit einer Wärmflasche rüber zum Gartenhäuschen gegangen, kurz vor Mitternacht. Sie schlief, und ich legte die Wärmflasche auf den Blumenhocker bei der Tür. Wissen Sie, auf eben den Blumenhocker, auf dem in der Geisterbahn immer ihr Kühlakku für die kalte Hand lag. Danach habe ich die Tür leise wieder geschlossen.«

»Leise wie zu einem Kinderzimmer?«, fragte Robert. »Ich verstehe.«

»Ja, Sie verstehen«, sagte Frau Schlegel. »Ich habe sie ja dann auch nicht gefragt.«

Marga sei geblieben. Sie machte sich nützlich bei den defekten Geistern und fuhr mit auf den Weihnachtsmarkt, diesmal nicht als Kalte Hand, denn das machte im Winter in dem unbeheizten Geisterschiff wenig Sinn. Schlegel gab ihr das Kostüm des großen schwarzen Vogels, das im Herbst Lupo getragen hatte. Marga musste auf leisen Krallen den Besuchern folgen und ihnen kurz vor dem Ausgang mit dem langen, elfenbeinfarbenen Schnabel so sanft von hinten über die Wange fahren, dass sie schrien.

»Mein Gott«, sagte Robert, »mein Gott.«

»Der hat damit nichts zu tun«, sagte Frau Schlegel und

schwieg. Nach wenigen Herzschlägen tippte sie mit dem lackierten Fingernagel auf das Ziffernblatt ihrer Armbanduhr: »14.00 Uhr, Herr Hauptkommissar, wir müssen.«

»Müssen wir?« Robert blies die Kerze mit dem Vanilleduft aus, als gehöre er mit in diesen Wohnwagen. »Können Sie mir sagen, warum ich Polizist geworden bin?«

Frau Schlegel löschte mit angefeuchteten Fingern den Docht, der noch glomm.

»Vielleicht fand Ihre Mutter Sie hübsch«, sagte sie, »aber die anderen fanden Sie zu schmächtig. So ist dann alles gekommen.«

42

Als sie vor den Wohnwagen traten, hatte es angefangen zu schneien, in dicken Flocken, die wie Eiderdaunen herumwirbelten. Sie gingen dicht nebeneinander, Frau Schlegel und er. Sie trug keinen Mantel, sondern nur ihre flauschige Strickjacke, in deren Fusseln sich die Schneeflocken verfingen. Er war nervös, nervöser als in seinen Anfängen. Da hatte bei einem seiner ersten Einsätze auf der Rückbank seines Streifenwagens ein geisteskranker Totschläger gesessen, der seine Tabletten nicht mehr nahm. Robert musste ihn ins Bezirkskrankenhaus fahren und sich auf dem Weg von ihm erzählen lassen, wie er seinen Vater mit zweiundsechzig Messerstichen umgebracht hatte. Er habe auf ihn eingestochen wie auf einen Mehlsack, hatte der Verrückte wiederholt, bis sie endlich am Ziel gewesen waren.

Der Schneefall wurde dichter, und das Muster der herabfallenden Flocken hatte eine hypnotische Wirkung. Das war Robert nur recht. Der Schnee entlastete, als sei, was noch kommen musste, längst einige Winter entfernt, als sei die Gegenwart dieses 23. Dezember nur ein Echo der Erinnerung und er längst in einem anderen, glücklicheren, behaglicheren Leben angekommen. Ja, der Weg war lang gewesen und er plötzlich so müde, wie Schauspieler es sind, wenn Lampenfieber zur Müdigkeit wird.

»Haben Sie Angst?« Frau Schlegel schob ihre Hand in seine Armbeuge.

»Nein«, sagte Robert, »aber ein Problem.«

»Sie ist wirklich ein nettes Mädchen«, sagte Frau Schlegel, »und Sie beide wären ein schönes Paar geworden, so wie meine beiden Vögel im vergangenen März. Ja, schauen Sie ruhig so überrascht. Als wir zum Saisonbeginn die großen Scheinwerfer aus dem Lager holen wollten, war ein Vogelnest in einem der Gehäuse. Das Pärchen, das dort nistete, hatte in das Geflecht ihres Nestes ein gelb-schwarzes Absperrband mit eingewoben, und wir haben den Scheinwerfer im Schuppen gelassen.« Sie blieb stehen und sah Robert an.

»Lieben Sie noch Ihre Frau?«

»Wer hat das gesagt?«

»Marga.«

»Woher will sie das wissen?«

»Sie hat es gesehen, an dem Tag mit dem schlimmen Fehler«, sagte Frau Schlegel.

In dem Moment hörte Robert Margas Stimme über Mikrofon. Es war eine Stimme, die über die Person, die er kannte, hinausgewachsen zu sein schien. Eine gewaltige und gleichzeitig leise, eine schroffe und gleichzeitig zärtliche Stimme, die mit jedem neuen Vokal eine neue Seite ihres Wesens zu öffnen versprach. Vor Robert tauchte Schlegels Geisterschiff auf.

»Eine Fahrt ins Ungewisse, eine schöne Fahrt, eine schaurige Fahrt«, sagte Marga Burg, während er näher kam. Nichts Ausgedachtes oder Manieriertes war in der Stimme, sie strahlte vor kindlicher Freude, endlich mehr als sie selbst zu sein, wenn sie aus dieser stolzen, alten Geisterkulisse kommen durfte, die nicht von billigem Urwaldgrün war wie die Fassade der anderen Geisterbahn, sondern nachtblau und auch haselnussbraun dort, wo ihr Grundmaterial Holz zum Vorschein kam. Es gab keine zweisitzigen Wagen, die wie Krustentiere aus Plastik auf den Schienen hockten, oder fleischfarbene Hexen, denen beim Ritt über den Giebel des Fahrgeschäfts die eigenen Brüste um die Ohren flogen. Robert sah das Geisterschiff auf einem dünnen Tuch Schnee näher gleiten, wütend, voller Trauer und majestätisch in seinem Unglück, nur für diese einzige Überfahrt an

Weihnachten zugelassen zu sein. Trotzdem hinterließ das Schiff das Bild eines strahlenden Sieges. Es schleuderte seine Schönheit in die gewöhnliche Kälte eines Kirmesmittags hinaus und war um Nummern zu groß für diesen Weihnachtsmarkt am Rand des Ruhrgebiets. Marga saß im Kassenhäuschen. Sie faltete die Hände ineinander. Über ihrem Kopf hing das Schild: »Fahrpreis 3 Euro. Kinder unter 14 Jahren 2 Euro.« Frau Schlegel ging weiter, Robert blieb stehen. Er war neugierig auf jede Einzelheit dieses Augenblicks und spürte, dass Marga Ausschau nach ihm hielt. Django hatte sie sicher gewarnt. Robert hielt sich zurück und beobachtete sie. Er wollte nicht, dass diese neue Person sich mit seinem Erscheinen in Luft auflöste.

Marga sah sehr müde und sehr aufmerksam zugleich aus. Sie trug große Ohrringe, und ihre Gesichtszüge waren selbst auf die Entfernung deutlicher, waren deutlich jünger und älter zugleich. Hatte sie sich geschminkt? Sie saß da mit dem gleichen Selbstvertrauen, mit dem sie ihn schon einmal überrascht hatte, an dem Tag, als sie die Plus-Tüte in Isas Bad liegen ließ. Auch damals hatte sie ihn aus jeder Gewissheit gerissen, die er über sie zu haben glaubte.

»Lassen Sie sich das Vergnügen nicht entgehen, meine Damen, meine Herren, eine schöne Fahrt, eine schaurige Fahrt«, sagte Marga mit dem Mund dicht am Mikrofon. Ein Mann um die vierzig, von ihrer Stimme angezogen, blieb stehen und suchte Margas Blick. Sie beugte sich noch näher zum Mikrofon.

»Der Anfang allen Schreckens ist das Schöne«, sagte sie leise. Das hatte sicher noch nie jemand am Mikrofon einer Geisterbahn gesagt. Es klang, als stünde Marga in Verbindung mit einer Welt dramatischer Abenteuer, hitziger Liebesgeschichten und tödlicher Gefahren, die in der Schaubude hinter ihr warteten, wie in einem Leben, das man nicht versäumen durfte. Der Mann ging auf die Kasse zu, und Robert folgte ihm. Marga trug ein kleines Lurextop, und ihre Arme waren mitten im Dezember nackt. Sie sah aus, als brauchte sie sich neben niemandem mehr zu verstecken.

»Ich hätte gern einmal so eine schöne und schaurige Fahrt«, sagte der Mann, »aber retour, bitte.«

Marga nahm einen Chip vom Stapel.

»Sie haben eine so wunderbare Stimme an einem so kalten und grauen Tag. Arbeiten Sie immer hier?«

»Ich arbeite hier nicht, ich trete auf«, sagte Marga schlicht, während sie bei der Antwort eine Hand über das Mikrofon hielt und leise lachte. Sie freute sich wie ein Kind über das Kompliment und sah über die Schulter des Mannes hinweg plötzlich Robert an, ob er es auch gehört hatte. In dem Moment begriff er, dass ein Teil von ihr, zu dem auch diese Stimme gehörte, bis zum Schluss den verschwundenen Mathias Böhm geliebt und mit nach seinem Mörder gesucht hatte. Der Mann drehte sich zu Robert um, sagte »Schiff ahoi« und verschwand in einer knarrenden Luke, die sich wie von selbst für ihn öffnete.

Robert stand vor Marga. Sie schob die Trennscheibe hoch und reichte ihm die Hand. Er nahm sie. Sie war warm.

»Marga?«

»Ja?« Sie zog die Hand zurück. »Ich habe auf dich gewartet, Robert.«

»Wo ist Mathias Böhm?«

Abrupt deckte sie mit der Hand wieder das Mikrofon ab, aber diesmal so, als wolle sie jemandem den Mund zuhalten.

»Wo wäre ich, wenn es nach dir gegangen wäre, Marga?« fragte er. »Da, wo er jetzt ist?«

Sie sah auf ihren gewölbten Handrücken. Dann stand sie auf und nahm ihren Mantel mit dem Rhabarberkragen vom Haken an der Tür. Zum ersten Mal sah er sie in Hosen. Du darfst jetzt schlucken, Mandt, ermahnte Robert stumm sich selber, als

Marga aus der Kasse trat und ihre Ohrringe blitzten. Sie zog den Mantel über und legte eine Hand auf seinen Arm. Nichts war zu Ende.

»Ich bin froh, dass du kommst, Robert. Ich möchte mit Frau Nico Schreiner reden, aber allein.«

»Okay«, hörte er sich selber sagen, »wenn du darauf bestehst, mit der Kollegin Schreiner allein zu sein, wird die Polizei dir aus ermittlungstaktischen Gründen so weit entgegenkommen, wie das möglich ist.«

Dem Geisterschiff gegenüber stand ein mobiles Restaurant namens »Pommes XXL« mit Café und Grill. Pommes Frites wurden auch an Weihnachten gegessen. Zwei Männer von der Bedienung lehnten rauchend an der Tür und schauten auf das Paar, wie es über den Weihnachtsmarkt Richtung Hauptausgang ging. Zwischen ihm und ihr war eine Lücke, durch die kaum ein kleiner Vogel gepasst hätte. Der Schnee fiel auf die schwarzen Kellnerwesten und blieb für einen Moment weiß dort liegen. Robert hatte es im Vorbeigehen gesehen. Die größte Angst, die ein Polizist hat, ist die Angst, etwas zu übersehen.

»Bist du verliebt, Robert?«

»Nein, ich bin nicht verliebt in dich.«

»Macht nichts, aber ich in dich«, sagte Marga und blieb an der Schießbude stehen, wo sich die Frau mit dem Pferdeschwanz eine selbstgedrehte Zigarette ansteckte, die noch dünner war als sie. Scharf geschossen wurde auch an Weihnachten? Für einen Moment fühlte Robert sich wie in einem Traum. Nichts schien ihm mehr nach den Regeln der Polizei überprüfbar zu sein, aber es stimmte in sich. Das war nicht mehr seine Wirklichkeit, das war Margas Welt. Die Frau reichte ihm das Gewehr, und Marga nahm es. Die Frau spielte an ihrem Haar, während Marga für einsfünfzig fünf Rosen schoss.

»Gutes Mädchen«, sagte die Frau und sah Robert dabei an, der sich in dem Moment zum Geisterschiff umdrehte. Herr und Frau Schlegel hatten sich nebeneinander ins Kassenhaus gesetzt und schauten geradeaus, bis hinaus aufs Meer.

»Bin ich jetzt verhaftet?«, fragte Marga und ließ das Gewehr sinken. Es klang wie: »Jetzt werde ich glücklich sein.«

43

Sie teilten sich die Arbeit. Nico Schreiner ging mit Marga Burg in den Raum, der für Verhöre vorgesehen war. Sie richtete die Kamera ein, sodass sie Marga im Profil aufnahm. Die Frauen saßen sich am Tisch gegenüber, die Kamera wie eine dritte Person dabei. Sie stand so, dass Marga sie hätte vergessen können. Tat sie aber nicht. Im Bildhintergrund waren die Jalousien an den Fenstern zum Hof zu sehen. Die letzte im Haus bekannte Videovernehmung war mit einem Taubstummen gewesen, der seine Mutter erstochen und seine Großmutter mit vielen Messerstichen lebensgefährlich verletzt hatte. Die Aufzeichnung jetzt war für Robert gedacht. Er würde sie sich nach seinem Ortstermin ansehen.

»Was für ein Ortstermin?« Marga setzte eine abweisende Miene auf, bevor sie an dem großen, mit Resopal beschichteten Tisch zum Verhör Platz nahm.

»Die Anschrift haben Sie doch selber genannt, Frau Burg.«

Nico machte mit einem Stück Papier den Weißabgleich. Marga fuhr mit den Händen an der Unterseite ihrer Schenkel entlang, um einen Rock glattzustreichen, den sie gar nicht trug. Sie hatte Jeans an, eine Nebensache, die nur für Robert persönlich eine Bedeutung hatte, als er später das Video sah.

Nico belehrte Marga, wies sie darauf hin, dass das Gespräch aufgezeichnet werde. Marga drehte den Kopf ein wenig und lächelte dazu in die Kamera, mit einer Intensität und Hemmungslosigkeit, die Robert einmal mehr verblüffte. Eine Kamera war eine Schusswaffe, und Marga schien die Bedrohung zu mögen.

»Frau Burg?«

»Ja, ich bin mit der Aufzeichnung einverstanden«, sagte sie.

Im Nebenzimmer stand ein Monitor, auf dem zwei Kollegen und eine Psychologin das Verhör verfolgten. Der Schatten, der ab und zu an Margas Mundwinkel zupfte und nicht mehr als ein flüchtiger Schemen war, die Hände, die sich immer wieder ineinanderschoben, wobei der rechte Daumen den linken wie zur Beruhigung streichelte, ihr Zögern, das Schlucken, die Pausen, alles war dokumentiert. Mit der Nennung der Anschrift hatte sie die Schuld eingestanden. »Am Hang 23.« Dort werde man Mathias Böhm finden, hatte sie zu Nico gesagt, gleich nachdem sie ihren Mantel ausgezogen hatte.

Nico hatte jetzt Zeit. »Kindheit? Eltern? Geschwister? Sind Sie verheiratet? Und sonst so?«

Nico ließ Marga reden. So hatte sie es gelernt.

»Ja, jetzt wo Sie so genau fragen«, sagte Marga, »da erinnere ich mich.« Sie schlug die Augen nieder und die Beine übereinander und schien in dem Bildausschnitt, den das Video bot, freier zu sein als sonst.

Nein, Mathias Böhm war nicht nach zwei Monaten als Leiche vom Grund eines Sees aufgestiegen, weil ein schwerer Stein endlich von ihm abgefallen war. Er war auch nicht von einem Jogger mit Pulsuhr oder dessen Hund wenige Meter neben einem Waldweg gefunden oder von hungrigen Rehen und Hasen ausgebuddelt worden, damit ein Förster über ihn fiel. Er lag nicht auf einer Müllkippe, wo hartnäckige Kinder spielten, um Leichen zu entdecken. Auch Frau Schlegel hatte ihn nicht ganz hinten in einer Stellage für Geister außer Betrieb gefunden. Sein Ablegeort, wie Nico es nannte, hatte eine richtige Anschrift: »Am Hang 23«. Sie hatte sie an Robert weitergegeben.

Zwei Kollegen kamen mit, einer von der Streife, der den Wagen fuhr, und einer von der Kriminaltechnik, um Frau Burgs

Angaben zu verifizieren. Als Robert zu den Kollegen ins Auto stieg und die sich zur Begrüßung nach ihm umdrehten, sah er, dass der eine jung und der andere noch jünger war. Er schaute in ihre Gesichter wie in einen Spiegel. Mein Gott, wie alt man doch aussah, wenn man bald vierzig wurde.

»Wie war die Anschrift?«, fragte der Kollege von der Kriminaltechnik auf dem Beifahrersitz. »Ach da«, sagte er, während er das Radio anmachte, »da in der Nähe gehe ich manchmal mit meiner Freundin italienisch essen.« Sein Blick traf Robert im Innenspiegel. Winterzeit. Es war kurz nach vier Uhr, und es hatte angefangen, dunkel zu werden.

Einmal im Kindergarten, da habe sie beim Malen mit Wachsstiften ein Mädchen, das ihr die Farbe Rot nicht geben wollte, so geschubst, dass es mit dem Kopf auf die Tischkante schlug. Es habe ein hässliches, knarrendes Geräusch im Nacken des Mädchens gegeben, bevor es das Bewusstsein verlor. »Mörder, Mörder«, habe ein Junge gerufen, der jünger, aber größer und aus besseren Verhältnissen gewesen sei als sie. »Ja, es war einmal im Kindergarten«, sagte Marga und suchte den Blick der Kamera. Lies mich, lies mich, Robert! stand in ihrem Gesicht, als säße er da, anstelle der Kamera, und eine Strähne löste sich aus dem hochgesteckten Haar und streifte ihre Wange.

Seit gut einer Stunde schneite es nicht mehr. Sie durchquerten mit dem Streifenwagen den Nebel in Straßen, die Robert auswendig kannte. Sie kamen durch eine Gegend, die ihm weniger vertraut war. Unter einer Straßenlaterne sah er einen Mann einem anderen Feuer geben, danach gingen die Männer in verschiedene Richtungen auseinander, und die paar Dutzend geduckter Häuser einer Nachkriegssiedlung standen wieder allein da, Häuser, in denen seit der Einweihung im Jahr 1948 ein handgeschriebenes Schild auf Kopfhöhe innen an jeder Haustür klebt. »Wir bitten höflichst, die Haustüre nach 21.00 Uhr abzuschließen«, ein Schild, an dem man merkte, wie man wuchs, wenn man in so einem Haus aufwuchs. Was auf den ersten Blick normal war, kam Robert auf dieser Fahrt zum Fundort wie ein Film aus lauter aneinandergeschnittenen Schrecksekunden vor. Aus der bekannten Umgebung schälte sich kantig eine fremde Gegend und wurde Modell für eine Kulisse. Die Handlung stand fest: »Grausam lernen wir neu, wer wir sind. Hier ist der Tod. Gruß Mathias Böhm.«

Niemand im Wagen redete, während der lokale Radiosender lief. Robert nervte die fröhliche Stimme, die irgendwelche gemischten Nachrichten sprach und danach vor Blitzern warnte. Vor Blitzern, nicht vor dem Leben oder dem Tod.

»Könnten Sie vielleicht das Radio ausmachen«, bat er die Kollegen, die vorn saßen.

Marga schaute kurz in die Kamera und redete weiter. In den Wochen darauf war der Junge hinter ihr hergelaufen, wenn sie nach Hause ging, und hatte Mörder-Mörder-Mörder an jeder Straßenecke gerufen, um die sie bog. Fünf Jahre später kam sie auf das Gymnasium, und der Junge war in ihrer Klasse. Er schlug alle Mädchen auf die Brüste, die sie noch nicht hatten. An dem Tag, an dem Marga keine Lust mehr hatte, so zu tun, als tue ihr das nicht weh, rannte sie weg, bevor er sie sich vornehmen konnte. Sie riss dabei die Tür des Klassenzimmers zum Flur so heftig auf, dass eine Schülerin, die draußen vorbeilief, mit einem Schlag blutend am Boden lag. »Mörder-Mörder-Mörder«, rief der Junge. Zwei oder drei andere Jungen stimmten mit ein.

Marga veränderte ihre Sitzposition. Sie nahm die übereinandergeschlagenen Beine auseinander, stemmte die Hände auf die Schenkel und die Ellenbogen spitz in die Luft. Nico, im Bild nicht zu sehen, sah sicher genau hin. Die Vorschriften zur polizeilichen Vernehmung hielten dazu an, auf Körpersprache zu achten. Ob jemand schwitzte oder errötete, ob er die Arme verschränkte, sich zurücklehnte, die Stimme verhärtete, die Füße um das Stuhlbein schlang und sich vielleicht die Stirn wischte, all das sagte etwas über die Angst beim Lügen aus. Jene Angst, konstruierte Geschichten, die weder gelebt noch in Gefühl und Erinnerung verankert waren. Diese Geschichten ließen sich nur schlecht wiederholen. Wer log, konnte nicht wiederholen. Wiederholung war die Kehrseite der Erinnerung.

»Ein oder zwei Jahre später«, sagte Marga, »stehe ich an einer Telefonzelle und warte auf meine Großmutter, um mit ihr in die Rosenkranzandacht zu gehen. Ich sehe, wie sie die Straße bei der Brauerei herunterkommt. Der Junge, mittlerweile sitzen geblieben, aber immer noch größer und stärker und immer noch aus besseren Verhältnissen als ich, kommt vorbei und schlägt mich in den Nacken. ›Was bist du‹, sagt er, ›was bist du, los sag's!‹ Ich sehe meine Großmutter, wie sie anfängt zu laufen, und höre sie rufen: ›Mach ihn fertig, mach ihn fertig, kriegste fünfzig Pfennig.‹ ›Was bist du‹, sagt der Junge, ›eine große oder eine kleine Flasche‹, und schlägt mich nochmals. Ich schlage wie eine Windmühle zurück, treffe aber genau. Als meine Großmutter bei mir ankommt, liegt der Junge am Boden mit einer gebrochenen Rippe und Gehirnerschütterung. Bin ich jetzt eine Mörderin, Frau Schreiner?«

Als sie mit dem Streifenwagen auf halber Höhe waren, kannte Robert sich wieder aus. Am Rand der Stadt gab es keinen regelmäßigen Streudienst, und der junge Kollege fuhr behutsam durch den neuen Schnee.

»Meine Freundin«, sagte der Kollege von der Kriminaltechnik, »ist übrigens letzte Woche hier mit ihrem Cabrio und Sommerreifen stecken geblieben, als sie mit einer Kollegin essen war. Zwei Kellner haben sie mit Allradantrieb bis zur Hauptverkehrsstraße geschleppt, seitdem schwärmt sie für Italiener.«

Robert erkannte das geschwungene, hohe Eisentor sofort wieder, auch den Bauzaun und zwischen den vorderen Bäumen das Schild. »Zu verkaufen oder zu vermieten«. »Ich gehe manchmal hier nachts vorbei«, hatte Ela gesagt, »wegen der Schafe. Wenn der Mond scheint, strahlt ihre Wolle heller als am Tag.« Es waren weit und breit keine Schafe zu sehen.

Sie hielten an.

»Bin ich eine Mörderin?«

»Mörder«, sagte Nico, und sie klang später beim Abspielen des Videos rau und belegt, als hätte sich der Abrieb früherer Aufnahmen auf ihre Stimme gelegt, »Mörder ist, wer einen Menschen tötet aus Mordlust, Habgier oder zur Befriedigung des Geschlechtstriebs. Oder weil er heimtückisch tötet und grausam und mit gemeingefährlichen Mitteln. Oder weil er tötet, um eine andere Straftat zu ermöglichen oder zu verdecken.«

»Dann bin ich kein Mörder«, sagte Marga, »ich schwör's.«

Hinter Marga war das Fenster zu sehen, mit zwei schräg gestellten Jalousien davor. Ein wenig Licht von den Flutscheinwerfern im Innenhof des Polizeipräsidiums fiel durch die Lamellen. Die vertikale Linie in der Mitte der zwei Jalousien zerschnitt immer wieder Margas Profil, je nachdem, wie sie sich setzte. Unbehagen kam beim Hinsehen auf, und der Balken erzeugte ein Gefühl von Hoffnungslosigkeit, die sich später für Robert hartnäckig über alles legte, was dort gesagt worden war.

»Sollen wir eine Pause machen, Frau Burg?«

Marga lehnte sich auf ihrem Stuhl weit zurück.

»Wieso?«

»Wir kommen jetzt zu Ihrer Zeit mit Mathias Böhm. Wie war Ihre Beziehung zu ihm?«

Marga schwieg. Sie legte das Kinn in die Handmulde, und am Bildrand gegenüber erschien Nico, die plötzlich ebenfalls so dasaß, wohl aus irgendeinem nicht kontrollierbaren Anfall von Sympathie für die Frau am anderen Ende des Tisches. Marga schwieg noch immer. Nico ließ sie. Marga fuhr mit der Hand an ihrem Bein entlang bis zur Fessel und kratzte sich. Dabei reckte sie das Kinn vor, was ihrem eigentlich tragischen Gesichtsausdruck in dem Moment etwas Fröhliches und Herausforderndes gab.

»War es … Liebe?«, fragte Nico, und etwas an ihrer Stimme rührte beim Zuhören.

»Liebe«, sagte Marga langsam, »was soll denn das sein? Was mit Alkohol?«

»Frau Burg, Sie haben uns bereits gesagt, wo wir Mathias Böhm finden können. Können Sie uns auch sagen, wie es dazu kam, dass wir ihn dort finden können?«

Die Kollegin Schreiner war sehr vorsichtig geworden.

»Da wären wir also«, stellte der junge Polizist am Steuer zum wiederholten Mal fest, um sich der Richtigkeit des Ortes zu versichern, weil es kein Schild mit der Hausnummer 23 mehr gab. Er versuchte, den Wagen durch das alte Tor und an den Ilexhecken vorbei die Auffahrt hinaufzulenken.

»Ich kann das übrigens nicht mehr hören«, sagte der Kriminaltechniker auf dem Beifahrersitz.

»Was?«, fragte der Kollege von der Streife.

»›Ach, diese Italiener‹, so liegt meine Freundin mir seit diesem Abschleppmanöver in den Ohren. ›Ach, diese Flirterei, da bleibt einem ja das Herz stehen.‹« Er machte die Stimme der Frau nach. »Was soll ich da denn darauf sagen?«

»Bleibt dir das Herz stehen, sollst du weitergehen«, reimte Robert auf seinem Rücksitz. Die beiden vorne lachten wie über einen Männerwitz. Aber Robert hatte es ernst gemeint.

»Haben Sie die Taschenlampen bereit, Kollegen, wir werden jetzt aussteigen«, sagte er.

Zu dritt gingen sie durch den Schnee die Auffahrt zum Haus hinauf.

»Man nimmt in jungen Jahren etwas an sich wahr, das man nicht unbedingt gleich als Angst erkennt«, sagte Robert unvermittelt in das Dunkel hinein, während er hinter den beiden jungen Kollegen herging. »Ich erinnere mich, dass ich in den ersten Wochen im Streifendienst nervöse Herzbeschwerden hatte. Ich fühlte den Puls, nur um festzustellen, dass alles in Ordnung war. Ich ging zu einem Arzt, der meinte, es sei die Umstellung von Schule auf Beruf, oder es sei die Umstellung auf die Wirklichkeit. Was das denn sein sollte, Wirklichkeit, habe ich damals noch nicht gefragt.«

»Mach ich heute noch nicht«, sagte der von der Kriminaltechnik.

»Sie sind ja auch noch jung«, sagte Robert. »Auf jeden Fall war ich von der Antwort des Arztes erst einmal beruhigt. Später gab es oft ein Kniezittern auf dem Weg zum Einsatz. Sie schlotterten, ohne dass ich selber schon zum Schlottern bereit gewesen wäre. Noch später gab es eine Phase, da träumte ich heftig, ich müsse schießen oder meine Kollegen ließen mich im Kugelhagel allein. Bei einem Einsatz auf einem Campingplatz, nachts, winters und auf mich selbst gestellt, observierte ich die Wohnwagen, in die ständig eingebrochen wurde. Jedes Geräusch kündigte Gefahr an. Kommt er jetzt zu dir, oder ist es nur ein Tier, habe ich beim ersten Rascheln gedacht.«

»Kenn ich«, sagte der Kollege von der Streife. »Ich kenn das, so ist das wirklich.«

Sie blieben vor dem Haus Nummer 23 stehen. Robert schaute an der Fassade hinauf. Zahllose schwarze Fenster, Totenstille und in deren Mitte eine hohe Tür, die einen Spalt offen stand.

»Fangen Sie mit Ihrer Suche bei den leerstehenden Häusern an«, hatte Marga im Café beim Blauen Wunder in Dresden gesagt.

»Hier muss es sein.« Die Stimme des Kollegen von der Streife war belegt. Bestimmt hätte er jetzt lieber im Sozialraum des Reviers auf dem krankhaft gelben Polster eines Nussbaumstuhls gesessen, im Blick die vielen Kühlschränke in der kleinen Küche und auf dem Schoß die gut gefüllte Tupperdose von daheim.

Marga saß vor der Kamera wie eine Blume, die man an den Tisch gesetzt hatte, statt sie draufzustellen.

»Kassette 2, es ist 17.47 Uhr.« Nico hatte eine neue Kassette eingelegt, nannte Margas und ihren eigenen Namen noch einmal und das Aktenzeichen.

Nein, es sei kein Streit vorausgegangen, sagte Marga, als Nico ihr vom Bildrand her zunickte. Mathias habe gesagt, so eine Geisterbahn, das sei doch nur Fake, da zögen sie alle paar Meter einen schmutzigen Putzlappen durch das Gesicht der Besucher, und vielleicht greife auch noch ein Riesenaffe nach einem und röche unter den Armen nach alter Pappe dabei.

»Sie sind also doch mitgefahren.«

»Ja, Samstagabend.«

»Sie haben gesagt, Mathias Böhm sei am Sonntag verschwunden.«

»So war es auch.«

Samstagabend seien sie gemeinsam gefahren, sagte Marga,

denn er habe in der Geisterbahn für die Ausstattung irgendeines Filmprojekts recherchieren wollen. »Komm«, habe er gesagt, »zur Not kannst du die Augen zumachen, ich bin bei dir, Kind.« Vielleicht, weil er »Kind« gesagt habe, sei sie mitgefahren. Als Kind sei sie nämlich noch ganz anders gewesen, da habe sie tote Vögel mit den bloßen Händen angefasst und begraben.

»Irgendwann ging das nicht mehr, irgendwann gehen viele Sachen nicht mehr«, sagte sie und schwieg. Wieder fügte die Vertikale zwischen den beiden Jalousien am Fenster dem Gesicht einen störenden Balken hinzu. Wieder das Unbehagen beim späteren Betrachten der Aufzeichnung.

Die Bahn habe zwei Stockwerke, sagte Marga, und an einer Stelle, an der eigentlich nichts besonders Grausiges war außer Dunkelheit, sei der Wagen steil bergab und eigentlich Lichtjahre in die Finsternis hineingerast, sagte sie. Ein Gefühl von Einsamkeit habe sich über sie gelegt, und Angst.

»Für immer«, sagte sie und verbesserte sich gleich. »Nein, schlimmer, nicht für immer, für ewig.«

Dass Mathias Böhm neben ihr saß, habe die Sache nicht leichter gemacht, im Gegenteil. Sie habe angefangen zu schreien.

»Und er fing an zu lachen«, sagte sie. »Es war wie eine Vergewaltigung.«

In ihr drin ging, was sie seit dem Sommer für ihn an schönen Gefühlen versammelt hatte, zu Bruch. Als der Wagen ins Freie gerumpelt war, sprang sie auf, sobald der Bügel entsichert war, und rannte über den Kirmesplatz. Ein Kind verschmierte mit Zuckerwatte ihren Mantel, als sie es blind umstieß. Mathias folgte ihr, aber er hatte nichts mehr mit ihr zu tun, als er sie einholte. »Was ist mit dir, was hast du denn?«, sagte er noch ein paar Mal, als sie auf dem Weg zu ihr nach Hause waren.

»Er wollte«, sagte Marga, »dass ich ihm meinen Raum aus

Angst noch einmal genau beschrieb, um ihn für seine Räume zu benutzen. Mathias gehörte dem Film, nicht mir. Er meinte nicht mich, wenn er etwas von mir wollte. Das hatte ich an dem Samstagabend begriffen.«

»Würden Sie mir diesen Raum aus Angst beschreiben, Frau Burg?«, fragte Nico leise. Marga riss die Augen auf.

»Ich sag Ihnen mal was, Frau Schreiner. Sie ist für uns Menschen eigentlich nicht fassbar, diese Schwärze, die zu allem fähig ist und vor der wir uns fürchten, aber es nicht immer wissen. Sie kann überraschend und für Momente um sich schlagen, diese Schwärze. Aber dann legt sich der Schreck gleich wieder. Eine Geisterbahn mit ihren Panikpappen und Attrappen ist nur ein trübes Abbild von all dem. Am trüben Abbild haben wir nicht nur das Leben, sondern auch den Tod. Das Ding wird rasch wieder ein Ding, sobald das Licht wechselt, das Schwarze wird wieder grau. Man kann es mit heimnehmen, das Grau. Die Farbe der Angst. Wir sind dann auch zu mir gegangen. Mathias und ich.«

Für einen Moment erschien Nicos Hand am Bildrand der Videoaufzeichnung, wie sie eine Tasse Kaffee von der Mitte des Tisches näher zu sich heranzog. Was sie jetzt noch falsch machen konnte? Alles. Und eins sicher: Marga verletzen.

Da das Haus Nummer 23 am Hang lag, befand sich der Eingang auf Höhe der ersten Etage. Es hatte wieder zu schneien begonnen. Eine breite Treppe führte zur Tür. Einer der Kollegen stieß sie mit dem Fuß auf. Schnee fiel auf Schnee. Robert sah sich mit der Taschenlampe in der Hand noch einmal um, bevor er eintrat, und betrachtete die frischen Fußspuren von drei Männern. Wen haben wir denn da? Kannte er die? Und die Spur in der Mitte, die mit den Sohlen ohne Profil, war das noch er? Zum ersten Mal in seinem Leben hätte er es klar sagen können:

Ständig für die Sicherheit und Ordnung anderer aufzukommen, indem man sich physisch und psychisch selber in Unsicherheit und Unordnung dieser anderen begab und sich dabei konsequent unbeliebt machte, das hatte etwas Schizophrenes. Wer zur Polizei ging, musste eine aggressive Schnecke sein. Ja, er hätte das jetzt ganz klar sagen können. Aber niemand fragte ihn danach.

Im Flur der leerstehenden Villa waren die Wände bis auf Kopfhöhe weiß gekachelt. Darüber löste sich die Tapete, die mit feinen Gräsern gemustert war, von den Wänden. Sie welkte in langen Fetzen in den Raum hinein. Auf der blanken Wand darunter machten sich Graffiti breit, und dreckig und feucht lag ein Teppichläufer, der einmal rot gewesen sein musste, über den hellgrauen Bodenfliesen. Bei jedem Schritt auf dem Velours gab es ein schmatzendes Geräusch. »Riecht nach Mäusen«, sagte der Kollege von der Kriminaltechnik, dankbar, dass er noch nichts anderes roch.

Sie verteilten sich auf die Räume, und so trennten sich ihre Wege. Als Robert allein in den Wintergarten kam, der nach hinten heraus lag, trat er in ein friedliches graues Licht. Im Windfang zum Park hinaus brannte eine einzelne Laterne, die die Stadtwerke aus unerklärlichen Gründen übersehen haben mussten. Eine der Glasscheiben an der Decke des Wintergartens war zerbrochen, und Schneeflocken fielen durch das Loch auf ihn herab. Er blieb einfach stehen, senkte den Blick, betrachtete seine schwarzen Schuhe, die zu dünn für dieses Wetter waren, zwischen Bierdosen, leeren Zigarettenschachteln und zwei Kondomen, die auf den großen orientalisch gemusterten Fußbodenkacheln lagen. Er wartete. Es wartete auch. Es wartete kein Mörder, sondern eine Leiche, ein stummer Zeuge. Es war ein Beweismittel, vor dem er Angst hatte. Es überführte Marga. Es überführte auch ihn, auch er war sterblich. Und es überführte die Liebe ihres immer möglichen Gegenteils. Unwillkürlich griff er nach seiner Waffe. Er hatte sie nicht dabei. Er musste lachen.

»Wir sind dann zu mir«, sagte Marga. »Andreas hatte gekocht, etwas Scharfes. ›Du hast da was Weißes am Mantel‹, hat er gesagt, als ich hereinkam, und auf den Rest von Zuckerwatte gezeigt, der irgendwie obszön aussah. Er hat uns von seinem Essen angeboten. Während ich es aufwärmte, ging Mathias zu ihm ins Zimmer. Ich hörte sie lachen. ›Biste jeck‹, oder so etwas Ähnliches hat mein Bruder gerufen, und dann ist Mathias in mein Zimmer gegangen, um sich dort die Jacke auszuziehen. Später habe ich mir gedacht, dass er in dem Moment das Ding unters Bett geschoben haben muss. Andreas hat mit rotem Gesicht im Rahmen seiner Zimmertür gestanden und hinter ihm hergeschaut. Ich weiß nicht, ob er rot vor Wut, vor Scham oder vom Lachen war. Aber er hat eine Grimasse in meine Richtung gezogen, sodass ich wusste, er mochte Mathias nicht mehr als sonst, selbst wenn sie zusammen gelacht hatten. Wir haben gegessen, Andreas blieb in seinem Zimmer und hatte den Fernseher ziemlich laut gestellt. Gegen halb zwölf sind wir ins Bett gegangen. Ich habe nachts immer so eine Plastikflasche mit Mineralwasser neben dem Bett stehen. Da das Essen scharf gewesen war, hatte ich aus Andreas' Kasten eine zweite geholt. Für das Mineralwasser ist Andreas zuständig, er kauft die Kästen ein. Für mich Plastikflaschen, für sich nur Glas.«

Marga hielt inne, griff mit den Händen an ihren Hinterkopf und richtete mit einem routinierten Griff das hochgesteckte Haar. Danach war die Strähne, die sich gelöst hatte, in der rosa Spange verschwunden.

»Ich hab ihn«, rief der Kollege, den seit einiger Zeit die Eifersucht auf Italiener quälte, und Robert beeilte sich zunächst. Angst vor Fliegen oder davor, dass er eine von denen, die gerade noch auf der Leiche gesessen hatte, verschlucken könnte, brauchte er bei diesen Temperaturen nicht zu haben. Aber je näher er dem Fundort kam, desto langsamer wurden seine Schritte.

»Ich glaube, es war ein Mord, den jeder hätte begehen können«, sagte Marga.

Mathias Böhm lag in einer Kammer, die einmal die Gästetoilette gewesen sein musste. Er lag so in der Tür, dass Robert über ihn würde steigen müssen, um in den Raum zu kommen. Links in der Wand klaffte ein Loch, die Dielen des Fußbodens waren ochsenblutrot gestrichen, die Kloschüssel abgeschraubt, aber die Spülinstallationen in der bröckelnden Wand waren noch vorhanden. An der Schmalseite des Raums und fast unter der Decke hing ein großer altmodischer Heizkörper, den Robert irgendwo schon einmal gesehen hatte. In Mathias Böhms Mappe vielleicht, dachte er, während er endlich den Blick auf den Menschen am Boden richtete, der seit zwei Monaten tot war. Beklommenheit, kein Ekel. Die Leiche war nackt bis auf die Unterhose. Seine Kleidung lag auf einem Haufen neben ihm. Hemd, Hose, Jackett. Schuhe mit den Socken drin und Gürtel zuoberst. Mathias Böhm war dunkel gefroren. Seine Kleidung war noch immer weiß. Über den Fund war ein fadenscheiniger Perserteppich ausgebreitet gewesen, den der junge Kollege von der Kriminalistik bereits beiseite genommen hatte. Beide Kollegen standen im Innern der Kammer, und Robert machte über den Toten hinweg einen großen Schritt in den kleinen Raum hinein, der wirklich wie eine Installation von

Mathias Böhm aussah. Als Robert neben dem Kollegen von der Streife zum Stehen kam, hörte er, wie dessen Magen knurrte.

»Mathias löste die Krawatte«, sagte Marga, »legte sie über meinen Schreibtischstuhl, dann zog er die Schuhe aus, die Socken.«

Stunden später, als Robert das Video anschaute, war ihm an dieser Stelle längst klar, warum Marga mit Nico und nicht mit ihm hatte sprechen wollen.

»Mathias schob die Socken in die Schuhe«, sagte Marga, »und stellte sie unter mein Bett. Er zog das Hemd aus der Hose und knöpfte es auf, alles mit Sorgfalt, und alles zum letzten Mal. Ich sah die Haare auf seiner Brust. Ein Unterhemd trug er nicht. Nie. Er öffnete den Gürtel, dann die Hose. Auch die hängte er über meinen Schreibtischstuhl. Er kam zu mir ins Bett und schob seine Hand auf meinen Körper. Ich drehte mich weg, um einen Schluck aus meiner angebrochenen Wasserflasche zu trinken. Dann war sie leer, ich stellte sie ab, sie fiel ohne ein Geräusch um. Ich erinnere mich, dass ich gleich nach dem Trinken plötzlich traurig war und einige Sekunden auf den Boden vor meinem Bett starrte. Als ich mich zurückdrehte, saß eine Frau mit blonden Zöpfen neben mir, deren Enden mit den rosa Schleifen auf eine bloße, behaarte Männerbrust fielen. Sie grinste dümmlich, legte den Kopf schräg und griff nach meiner Brust. Während sie sacht an der linken Warze drehte, sagte ihr schräger Kopf ›Nein-Nein-Nein‹, so langsam, wie man ein Messer zieht, um mit Bedacht zu töten. Jetzt muss ich sterben, dachte ich und griff hinter mich. Erst einmal ins Leere. Die Plastikflasche konnte ich nicht greifen, sie war umgefallen. Ich griff die zweite, die volle. Die aus Glas. Während ich zuschlug, dachte ich, Scheiße, das ist Andreas' Flasche. Aber die Person, die hier schlägt, bin ich. Scherben sprangen über das Bett, das

Wasser sprudelte, während das Gesicht der Frau starr weitergrinste. ›Marga‹, sagte die Stimme von Mathias, weit weg und ohne die Lippen zu bewegen, ›Marga, was tust du da?‹ Ich schlug wieder zu, diesmal nur mit dem Flaschenhals, der abgebrochen in meiner Hand lag. Wie oft und wohin ich schlug, weiß ich nicht. Die Stimme ging, das Grinsen blieb. Irgendwann habe ich aufgehört zu schlagen und die Beine angezogen. Ich habe gewartet, während er langsam zur Seite kippte. Seine Hand hat sich ganz weit da drüben noch einmal in meine Richtung gehoben, ist aber an der Entfernung zwischen uns abgeglitten und auf das Betttuch gefallen.

Dann stand Andreas in der Tür.

›Die Maske ist meine‹, hat er gesagt und auf Mathias' Gesicht gezeigt.

›Die Flasche ist auch deine‹, habe ich gesagt.

Er hat Mathias die Karnevalsmaske abgenommen. An Blut kann ich mich nicht mehr erinnern, aber es hat nach Pappe gerochen.«

Es war kalt Am Hang 23. Es zog, sodass die Leichenschänder Larven, Mücken, Fliegen kaum hatten ihre Arbeit machen können. Wo war die Seele hin aus diesem Körper, der in seiner Haut aus lila Leder auf dem Rücken vor Robert lag? Einen Moment lang sah er, wie der tote Körper seinen Schultergürtel und Unterleib zwei Zentimeter anhob, Mund und Augen aufriss, die Zunge bis zum Kinn herausstreckte, die Pupillen nach oben rollte und mit einem stimmlosen, aber unheimlichen »Hach!« aus seiner Tiefe die Seele losließ.

Sie riefen im Präsidium an und bestellten das ganze Aufgebot.

Ungefähr zur gleichen Zeit machten sie im Vernehmungszimmer eine Pause, die Nico dringender zu brauchen schien als Marga.

Dass Andreas sofort gesagt hatte: »Ich mach das für dich, Marga«, wie damals beim Tod des Kaninchens, dass er tatsächlich einen Transporter organisiert und als Rechtfertigung für das Mieten eines solchen Wagens irgendwo rasch einen gebrauchten Home-Trainer gekauft hatte, den die Nachbarin beim Hochtragen mit den Worten »eine gute Wahl, eine gute Wahl« tätschelte, dass er mit Margas zittriger Hilfe noch in der Sonntagnacht Mathias Böhm in das leere Haus brachte, das er vom Herumstreunen in weißen Turnschuhen kannte, ja, dass sie am Mittag darauf, Margas erster Urlaubstag, den sie mit Mathias Böhm hatte verbringen wollen, bei der Geisterbahn anheuerte, mehr verwirrt als berechnend, um im Dunkeln nach etwas zu suchen, das verschwunden war und das sie noch immer Liebe nannte – das alles hatte sie mit Nico zu diesem Zeitpunkt bereits geklärt.

»Und wollen Sie jetzt wissen, wer auf Ihren Kollegen Robert geschossen hat?«, fragte Marga.

»Waren Sie das?«

»Sie meinen, weil ich bei unserer Rückfahrt hinten im Wagen sitzen musste?«

»Wir konnten ja schlecht alle drei vorn sitzen«, sagte Nico, und als sie beide lachten, fragte sie erneut in die gelöste Stimmung hinein: »Haben Sie geschossen?«

Keine Antwort.

»Wo war die Makarov her?«

»Von einem Kindergeburtstag«, sagte Marga, »vor vielen Jahren. Ein Nachbarsjunge hat die Pistole mitgebracht, um anzugeben, und Andreas hat sie ihm geklaut.«

»Warum?«

»Eifersucht«, sagte Marga.

»Und warum ist auf Robert geschossen worden, Frau Burg?«

»Damit er stirbt.«

»Wer hat geschossen?«

»Die Eifersucht«, sagte Marga.

»Und die hat auch die Munition in den Katzenkorb gelegt?«

»Trauen Sie ihr das nicht zu? Vielleicht war es auch ein Trick, eine falsche Spur, wie Kinder sie sich aus dem Vorabendprogramm abschauen.«

»Kinder wie Andreas?«

Marga war eingeschüchtert, hielt aber den Kopf hoch. »Andreas! Der!«, sagte sie.

»Sie wollen Ihren Bruder nicht belasten?«

Keine Antwort.

»Wie kam die Pistole in Ihre Plastiktüte, Frau Burg?«

»Sie ist mir mit der Post zugeschickt worden. Anonym.«

Nico beugte sich über den Tisch, wie man sich aus einem Fenster lehnt. »Aber Sie haben trotzdem die Schrift erkannt? Andreas' Schrift? Er wollte, dass man die Waffe bei Ihnen findet?«

»Ist doch jetzt egal«, sagte Marga und lehnte sich zurück. Ihr Gesicht entfernte sich von der störenden, vertikalen Linie zwischen den zwei Jalousien. Die Atmosphäre wechselte.

»Was haben Sie gemacht, nachdem die Pistole bei Ihnen gelandet war?«, fragte Nico.

»Ich wollte sie in Mathias' Wohnung verstecken.«

»Warum?«

Marga saß jetzt weit zurückgelehnt auf ihrem Stuhl, im Hintergrund nur noch die hellen, horizontalen Jalousienlamellen. Plötzlich die Weite, Hoffnung. Harmonie.

»Der Polizei«, sagte Marga, »hätte so ein Fund bewiesen, dass Mathias noch lebt, und mir, dass er mich liebt, wenn er auf einen Konkurrenten schießt.«

»Aber Böhm war tot, oder?«, sagte Nico leise.

»Ja.« Marga kippte auf dem Stuhl wieder nach vorn, »es ist schrecklich, so schrecklich, dass ich es zwischendurch immer wieder vergessen habe. Als ich mit der Plastiktüte vor Mathias' Wohnung stand, dachte ich, jetzt kommt er mir gleich entgegen. Die Tür öffnete sich, aber es war Robert, der erschien. Mit einer schönen Frau.«

»Böhms Frau?«

»Nein, Roberts.«

»Sie sind getrennt«, sagte Nico.

»Sie lieben sich, Frau Schreiner«, sagte Marga. »Ich habe ihre Wohnung gesehen, wie er dort Tee kocht, wie er den Kopf an ihre Schulter legt und dabei durch mich hindurchschaut. Wie er grinst. Und ich habe verstanden.«

»Ich glaube, Sie haben da etwas falsch verstanden«, sagte Nico.

»Nein. Er und sie werden wieder zusammen sein, wenn all das hier vorbei ist. Sie ist betörend.« Marga schaute sich um, als wollte sie aufbrechen.

»Und Sie?«, fragte Nico.

»Durchschnitt«, sagte Marga trocken. »Aber als ich die Waffe in der Wohnung ließ, wollte ich wenigstens gefährlich sein. Robert sollte merken, mit wem er es zu tun gehabt hat.«

»Wie sehen Sie sich jetzt, Frau Burg?« Nico sprach leise.

»Eine Schneelandschaft, im Hintergrund ein paar abgeknickte Bäume, im Vordergrund eine kleine Wanne mit warmem Wasser«, sagte Marga.

»Haben Sie das einmal geträumt?«

»Ja.«

44

In den Tagen zwischen den Jahren versuchte Robert das Kapitel Marga Burg für sich abzuschließen. Er traf am Silvestermittag das Mädchen von gegenüber auf der Straße mit zwei großen Einkaufstüten. Er sagte ihr, dass Marga Burg erst einmal nicht mehr mit ihr das Büro im Straßenverkehrsamt teilen werde. Sie sagte, sie wisse das alles schon. Unsicher geworden, was sie denn alles wisse, erzählte er ihr, er werde den Abend mit Kollegen verbringen. »Schön«, sagte sie, »dann wünsche ich Ihnen einen guten Rutsch.« Gegen Nachmittag fiel der Schnee schneller als sonst und zog der Welt für den Jahreswechsel ein dickes, kaltes Kleid an. Als Robert sich für die Einladung bei Nico am Fenster zur Straße die Krawatte umband, reflektierte das Licht der Straßenlaternen auf dem Weiß und machte die Welt frisch und still und kalt. Von den Fenstern des Mädchens gegenüber war eins erleuchtet. Sie putzte in ihrer Küche Salat. Er stellte den CD-Player aus und nahm für Nico drei selbstgebrannte CDs von Bob Dylans Nachtsendung mit.

Anfang März bekamen die Kollegen einen Fall von Kälteidiotie auf den Tisch und schoben ihn eine Tür weiter auf Roberts Schreibtisch. Zwei Frauen hatten in der Nähe einer Schrebergartensiedlung in einem kanalisierten und betonierten Arm eines kleinen Bachs eine leblose männliche Person gefunden. Sie lag mit dem Kopf Richtung Auslaufröhre. Der Mann war für die Jahreszeit zu dünn gekleidet. Ein blauer Strickpullover sowie das Unterhemd waren über den Bauch nach oben gerollt, eine blaue Jogginghose und die Unterhose heruntergezogen. Die Haut zeigte kleinere Abschürfungen. Die Schuhe lagen nebeneinander, einen halben Meter von den ziemlich mitgenommenen Socken an den Füßen des Mannes entfernt. Socken und Schuhe waren mit Reif bedeckt wie der Rest der Kleidung auch. Seinen Mantel hatte der Mann zusammengerollt und als Kopfkissen benutzt. Am Vorabend hatte ein Zeuge gegen 18 Uhr eine ihm fremde, männliche, übergewichtige Person bemerkt, weil sie einen sehr unbeholfenen, wenn auch nicht alkoholisierten Eindruck gemacht hatte. Die Person war mühsam aus einem Taxi gestiegen.

Die Leichenöffnung ergab eine Konzentration von 1,4‰ Alkohol im Blut sowie die Einnahme des Schmerzmittels Paracetamol, des Schlafmittels Zolpidem und des Antidepressivums Clomipramin. Das hatte den Bewusstseinsverlust hervorgerufen. Gestorben aber war Andreas Burg nach langem, offensichtlich verwirrtem Herumkriechen im Brombeergebüsch an der Kälte. Er war kurz zuvor aus dem Koma erwacht und hatte das Krankenhaus heimlich verlassen. Dass er in einem »ungeeigneten Gelände«, wie die Kollegen schrieben, die Kleider abgelegt hatte, war durch das Phänomen Kälteidiotie erklärbar. Oder?

Robert bestätigte diese Vermutung und stellte weitere nicht mehr an.

Im gleichen Monat noch wurde er vierzig und beschloss zu heiraten.

»Eine mir unbekannte Menge von Frauen, wenn ich ehrlich bin«, sagte er zu Ela und lächelte, während sie den Möbelpackern zusahen, die einen blau gestrichenen Küchenschrank über die Straße zu Roberts Wohnung trugen.

Dank an:

Jens Mayer, Polizeiobermeister Kriminaltechnik / Szenekundige Beamte, Polizeidirektion Ulm

Manuela Obermeier, Polizeihauptkommissarin im Präsidium München

Markus Rübsam, Erster Kriminalhauptkommissar, Landeskriminalamt Düsseldorf

Volker Uhl, Kriminalhauptkommissar und Gründer der Polizeipoeten, Freiburg